顿悟时刻：艾丽丝·门罗短篇小说中的时间与叙事研究

辽宁省教育厅面上项目（LJKMR20221772）

华章余韵：
艾丽丝·门罗作品叙事艺术研究

赵红新　著

吉林大学出版社

·长春·

图书在版编目（CIP）数据

华章余韵：艾丽丝·门罗作品叙事艺术研究 / 赵红
新著． — 长春：吉林大学出版社，2023.1
ISBN 978-7-5768-1346-3

Ⅰ．①华… Ⅱ．①赵… Ⅲ．①艾丽丝·门罗—文学研
究 Ⅳ．① I711.065

中国版本图书馆 CIP 数据核字（2022）第 245686 号

书　　名：华章余韵：艾丽丝·门罗作品叙事艺术研究
　　　　　HUAZHANG YUYUN: AILISI MENLUO ZUOPIN XUSHI YISHU YANJIU

作　　者：赵红新
策划编辑：邵宇彤
责任编辑：杨　平
责任校对：杨　宁
装帧设计：优盛文化
出版发行：吉林大学出版社
社　　址：长春市人民大街4059号
邮政编码：130021
发行电话：0431-89580028/29/21
网　　址：http://www.jlup.com.cn
电子邮箱：jldxcbs@sina.com
印　　刷：三河市华晨印务有限公司
成品尺寸：170mm×240mm　　16开
印　　张：12.5
字　　数：217千字
版　　次：2023年1月第1版
印　　次：2023年1月第1次
书　　号：ISBN 978-7-5768-1346-3
定　　价：78.00元

前　言

　　艾丽丝·门罗从加拿大安大略省威汉姆的小镇女孩到"主妇作家"，再到登上世界文学的巅峰摘取诺贝尔文学奖的桂冠，一步步实现了完美的蜕变。从1949年在西安大略学生出版物《手稿》上发表第一篇文章《阴影的维度》，到2013年门罗宣布《美好生活》成为她的封笔之作，门罗一生致力于短篇小说的创作，她的创作生涯跨越了六十多年，总共创作了包括《快乐影子之舞》《女孩和女人们的生活》《公开的秘密》《幸福过了头》等在内的14部小说集，二百多篇小说故事作品，更是拿下了包括加拿大总督文学奖、加拿大吉勒文学奖、加拿大书店协会奖、美国国家书评人协会奖、欧·亨利短篇小说奖、英联邦作家奖、布克国际文学奖等在内的无数大奖。2013年10月，门罗获得了诺贝尔文学奖，成为诺贝尔文学奖史上第一位加拿大籍作家，瑞典文学院给她的颁奖词是"当代短篇小说大师"。门罗六十多年的文学创作生涯见证了加拿大文学从默默无闻到被世界文坛熟悉、接受与认可的全过程。她的短篇小说打破了传统小说的写法，形成了自己独特的写作风格，她的作品讲述的几乎都是普通底层阶级人物的命运，书写他们的喜怒哀乐，于细微处洞见人性，被誉为加拿大的"当代契诃夫"。

　　本书共分六章，第一章主要讲述了艾丽丝·门罗的生平及作品创作情况；第二章从叙事视角的角度分析了艾丽丝·门罗作品的特点；第三章从叙事声音方面分析了门罗作品中存在的女性叙事声音和不可靠叙述；第四章从叙事时间和叙事空间方面分析了艾丽丝·门罗作品的特点；第五章从叙事结构和叙事进程方面分析了艾丽丝·门罗的作品特点；第六章主要分析了艾丽丝·门罗作品中的叙事修辞。全书架构清晰、内容新颖、论述全面，对从事艾丽丝·门罗作品研究的从业人员和文学爱好者具有一定学习与参考价值。

本书在编写过程中参考了众多专家学者的研究成果与文献资料，在此表示衷心感谢。由于编者水平有限，书中难免存在一些不足，欢迎专家和广大读者不吝批评指正！

目 录

第一章

艾丽丝·门罗其人及创作

第一节 艾丽丝·门罗其人

一、小镇女孩

艾丽丝·门罗原名艾丽丝·安·雷德劳，1931 年出生于加拿大安大略省西南部一个偏僻的小镇——威汉姆。门罗的父亲罗伯特·雷德劳经营一家家庭养殖场，从事水貂和狐狸的养殖，受当时皮草市场的影响，生意很不稳定。门罗的母亲安娜·雷德劳是一名小学教师，结婚后被迫放弃了自己的职业，成为一名家庭主妇，二人育有二女一子，艾丽丝·门罗是长女。

威汉姆是具有典型的安大略地区特征的小镇，地处偏僻，艾丽丝·门罗的家更是处于小镇的边缘地带，她的童年和整个少女时期都是在这个小镇度过的。在艾丽丝·门罗的许多作品中故乡小镇威汉姆的影子随处可见。

例如，《弗莱兹路》中的诸伯利小镇：

我们的房子位于弗莱兹路的尽头，这条路从镇子边上的巴克尔商店那里向西延伸。这座摇摇欲坠的木头房子，从前到后如此狭窄，看起来就像立起来的纸板盒，上面随便贴了些金属，涂着面粉、茶、燕麦卷、软饮料和香烟的标志，对我来说它就是镇子的尽头了……从巴克尔的商店一直到我们的房子，一路上都没有遮阴之地，田地间长有参差不齐的杂草、黄蒲公英、野芥菜或秋麒麟草，不同的季节有不同的植物。这里的房子彼此隔得更远，整体上比镇上所有的房子都显得更荒凉、贫寒和怪异：有的墙壁只粉刷了一半就停工了，梯子还架在那里；有的门廊被掀掉了一部分，还没有遮盖起来；一个前门没有台阶，离地面有三英尺高；有的窗子根本没有窗帘，而是用发黄的报纸遮着。[①]

《庄严的鞭打》中的"汉拉提"和"西汉拉提"：

他们住在镇上比较穷的区域。镇上有汉拉提和西汉拉提，一条河在其间流淌。这边是西汉拉提。那边是汉拉提，社会结构是从医生、牙医和律师到铸造工人、工厂工人和车夫；而在西汉拉提，有工厂工人和铸造工人、大批出来瞎

---

① 艾丽丝·门罗.女孩和女人们的生活[M].马永波，杨于军，译.南京：译林出版社，2013：8.

混的赌徒、妓女和一事无成的小偷们。①

《查德列家族和弗莱明家族》中的达格利什小镇：

我们住在休伦县的达格利什镇，在安大略省的西部。镇子边界上有一块标牌，上面写着："本镇人口：两千人。""现在是两千四百人啦。"②

门罗的父母都来自移民家庭，各自信仰不同的宗教。这种不同宗教信仰之间的冲突是当时所处时代的典型特征，在安大略的各个地区都普遍存在。门罗父亲是苏格兰后裔，信仰长老会教，生活严谨而又守律，比较安于现状，容易逃避现实；母亲则是爱尔兰新教徒，更崇尚自由，具有勇于突破现状、改变生活的勃勃雄心。这种不同的宗教信仰以及观念理想的差异在家庭生活中处处都有体现，成为家庭生活中一条不可逾越的鸿沟。门罗的父亲罗伯特·雷德劳并不是一个拥有上进心的人，他骨子里是一个自尊而又固执的人，他从事养殖狐狸的同时，还醉心于户外生活，经常到野外捕猎。而艾丽丝·门罗的母亲虽然在结婚后迫于社会风俗而放弃了自己的教师职业，但始终保持着作为知识女性的优越感和对美好生活的不懈追求。

对于敏感而喜欢幻想的艾丽丝·门罗而言，地域边缘性的威汉姆小镇、复杂而模糊的宗教观念冲突、平凡而矛盾不断的家庭生活……这一切生活经历成为她创作源源不断的素材来源。

受当时皮草市场的影响，艾丽丝·门罗父亲养殖场的生意时好时坏，很不稳定。虽然父母没有带给她富足的生活，但家庭良好的阅读氛围使门罗受益匪浅。并且家族中还一直保留着"讲故事"的优良习惯，这对门罗产生了深刻的影响。母亲经常讲述一些家族的奇闻趣事，从小耳濡目染的门罗对讲述故事有着特别的兴趣。在照看弟弟妹妹以及和邻居伙伴玩耍的时候，门罗也会即兴创编一些生动有趣的小故事。这也为门罗以后的写作生涯打下了很好的基础。

1937年，门罗进入家附近的下城区学校读小学。这所学校的教育设施落后，来自不同教派家庭的学生之间经常拉帮结派、打架斗殴，学习风气也特别不好，这些都给门罗留下了可怕的回忆。门罗后来在她的作品《特权》中对这所学校有过详细的描写：

她相信学校里形成的秩序是改不了的，而那里的规矩跟弗洛能理解的一切

---

① 艾丽丝·门罗.你以为你是谁? [M].邓若虚，译.南京：译林出版社，2018：6.
② 艾丽丝·门罗.木星的卫星 [M].步朝霞，译.南京：译林出版社，2019：2.

都不一样，野蛮行为数不胜数。她现在将正直和整洁看作无罪，是出于她早年形成的认知。她正在建构第一层认知，然而无论如何都无法将其表达出来。①

为了门罗能够接受更好的教育，两年后，母亲坚持把她转到了威汉姆镇上的公立学校就读，这次转学再次在门罗的生命历程中留下了深深的烙印。新学校与下城区学校给她的感觉又完全不同，门罗觉得自己像一个外来的闯入者，与周围的一切都格格不入。1943年对门罗来说同样是印象深刻的一年，这一年，受二战的影响，皮草价格暴跌，门罗父亲雷德劳的养殖场也受到了波及，狐狸养殖场最终没有维持下去而破产，门罗的父亲在家附近的一个铸造厂找到了一份上夜班的工作。这一年，门罗的母亲出现了帕金森综合征的一些早期症状。

1944年到1949年对门罗家来说是尤为困难的几年。门罗在日后的回忆中讲述了那段困难的时光，尽管那时经济上非常困难，但门罗的父亲经常从工作的地方带杂志回家，家庭中的文化生活还是很丰富的。这段时期，门罗母亲的病情也不断恶化，身为长女的门罗在家庭中越来越多地承担起母亲的责任。她不仅要照顾年幼的弟弟妹妹，还要进行洗衣、做饭、打扫卫生等永远忙不完的家务，几乎没有时间去参加她这个年龄段的女孩子所热衷的跳舞、约会等社交活动，甚至没有时间温习学校的功课。好在门罗有着惊人的记忆力，她对学过的课本上的内容保持着深刻的记忆，常常是在考试的前几天拼命熬夜复习，这样她才能保持住她优异的学习成绩和对她经济困难的家庭来说弥足珍贵的奖学金。

在威汉姆地区的高级中学就读期间，门罗有幸遇到了一位对她以后人生和创作道路都产生巨大影响的老师。这位叫安德莉亚的女教师发现了门罗在写作方面的才能，她鼓励门罗继续求学，并给予了门罗无私的帮助。当时加拿大社会的整体受教育程度并不高，女性很少有上大学的。大多数女孩子在完成高中的学业之后，就会走向社会工作，然后结婚生子，成为一位普普通通的家庭主妇。门罗在安德莉亚老师的鼓励和帮助下，凭借优异的成绩，最终进入了安大略大学的新闻系学习。门罗十分感激这位在她人生道路上给了她深刻影响的恩师，为了纪念这位老师，门罗后来给自己小女儿取名为安德莉亚。

---

① 艾丽丝·门罗.你以为你是谁? [M].邓若虚，译.南京：译林出版社，2018：35.

二、大学及婚后的创作时光

1949 年，门罗离开了她熟悉的威汉姆小镇，凭借优异的成绩正式成为西安大略大学新闻系的一名学生。刚入大学的门罗在写作方面展现出了非凡的才华，受到了当时主讲《英国文学概论》的选修课老师的赏识，一年后，在这位老师的动员下门罗正式转入英语学院学习。

1949 到 1951 年期间，门罗先后在西安大略学生出版物《手稿》上发表了三篇小说：《阴影的维度》《星期天的故事》《寡妇》。在大学期间，门罗认识了比她高一届的吉姆，吉姆对因为发表小说在学校小有名气的门罗早有耳闻，两个年轻人很快陷入了热恋中，并于 1950 年的圣诞节宣布了订婚。吉姆出于和门罗的未来考虑，从历史系转入了艺术系，这样他就能够提前一年毕业，找工作养家糊口。而门罗在为期两年的奖学金资格到期后，因家里拿不出钱来供她继续学习，只能选择退学。随后，两个人于 1951 年 12 月在威汉姆镇的联合教堂正式结婚。其实门罗和吉姆两个人无论在家庭背景还是性格方面都存在很大差异，吉姆来自多伦多地区的富人区，他的父亲在多伦多的一家百货商店担任资深会计师，家庭条件优越。身为长子的他性格相对来说比较保守。而出生于偏僻小镇的门罗曾经为自己的出身深深自卑，她的性格比较矛盾，有时候喜欢安静，有时候又十分招摇。这种差异为他们以后的婚姻生活埋下了隐患。

在门罗的创作生涯中，还有一位对她影响颇深的亦师亦友的人，这个人就是被称为"加拿大文学教父"的罗伯特·韦弗。1951 年，罗伯特·韦弗担任加拿大国际广播电台"谈话与公共事务板块"的负责人，手下有一档以朗读加拿大原创小说为主的朗读节目。门罗在这一年向这个栏目投稿，她的小说《陌生人》被选中。此后，门罗又陆续向罗伯特·韦弗投了好几篇稿子，虽然都被拒稿了，但是罗伯特·韦弗为门罗的创作提出了很多有益的建议和帮助，还把她的作品推荐给了其他杂志的编辑。1954 年，门罗的小说《一篮子草莓》在《梅菲尔区》杂志上发表。在罗伯特·韦弗的鼓励下，门罗开始积极向美国的各类商业与文学杂志投稿，他尤其鼓励门罗向《纽约客》投稿。当时的《纽约客》在美国属于文学杂志的标杆。另外 20 世纪 50 年代末到 60 年代初的这段时期，加拿大曾经盛极一时的各类"小杂志"开始迅速走向衰退。对于加拿大出版业的这种大环境的变化，门罗并不十分敏感，但是美国杂志的选择余地更大，在稿酬方面存在不少优势。向美国杂志投稿是门罗写作生涯中迈出的重要一步。

在这一时期内，无论是对加拿大的文学圈和出版圈，还是对北美的出版圈和文学圈，门罗都知之甚少，韦弗成为她和加拿大文学圈乃至北美文学圈联系的唯一纽带。

门罗的文学创作在婚后得到了丈夫吉姆的大力支持，这对门罗来说是十分幸运的，因为就当时加拿大的社会传统而言，女性结婚后一般都要留在家里相夫教子，成为社会普遍认可的贤妻良母，职业女性在当时的社会环境下是非常不受鼓励和欢迎的。门罗的丈夫为妻子能够更好地写作，还送给了她一台打印机作为礼物。不过这样平静的日子没过多久就被打破了。1955 年，他们的二女儿凯瑟琳出生后没多久就因为先天不足而夭折了。这对身为母亲的门罗是一个沉重的打击，在很长一段时间里，门罗沉浸在失去女儿的悲痛中无心创作。直到 1957 年随着女儿詹妮的出生，门罗才从伤痛中慢慢走出来。后来，门罗专门创作了小说《我母亲的梦》，来纪念失去的二女儿凯瑟琳。

随着孩子们的陆续出生，孩子和家务占据了门罗生活的大部分时间。当时门罗并没有放弃写作，她利用每天干家务活的间隙阅读或写作，有时候甚至一边洗碗一边构思故事的内容，然后趁孩子们午睡时把想法整理记录到本上。在1950 年到 1960 年，门罗不断推出新的小说，其作品陆陆续续在《梅菲尔区》《城堡夫人》《落叶松评论》《加拿大论坛》等文学刊物上发表。

其实，在那个年代，加拿大的整体创作环境并不算好，作家面临着普遍的困境。受加拿大经济发展的影响，国民们更注重务实，对艺术、文学等高层次的精神追求并不十分注重。再加上加拿大地广人稀，书籍的印刷和运输成本都比较高，对图书的销量产生了很大的影响。加拿大的作家们为了生存发展把目光投向了美国读者的目标市场。

1958 年，在罗伯特·韦弗的大力推动下，门罗也曾向新成立的加拿大艺术委员会申请写作项目经费，但并没有成功。在那个年代，男性加拿大作家已经很艰难了，对于女性作家而言更是难上加难，但这一时期门罗的创作并没有受到环境的太大影响，在加拿大文坛她逐渐成为小有名气的新人。

1961 年，经过近十年时间的积累，门罗出版短篇小说集的计划被提上了日程。但中间出版的过程却历经波折，由于编辑调动、出版社出于商业目的的考量，再加上门罗本人对短篇小说集的出版也并不热衷等多方面原因，直到 1968 年，赖森出版社才终于出版了门罗的处女短篇小说集——《快乐影子之舞》。这部小说集收录了包括《沃克兄弟的放牛娃》《亮丽家园》《重重想象》《谢谢让我们搭车》《办公室》《疗伤药》等在内的 15 篇短篇小说。在长篇小说比较受欢迎的大环境下，这部短篇小说集的销量并不算理想，但是在当时的加拿大文学评论界赢得了普遍好评。1969 年，这部短篇小说集被加拿大总督文学奖提名，值得一提的是，与门罗私交甚好的罗伯特·韦弗正好是那一届的评委会主席。为了避嫌，罗伯特没有参加评奖讨论，但最终这部短篇小说集《快乐影子之舞》还是众望所归，赢得了总督文学奖的大奖。

门罗获得加拿大总督文学奖的消息在吉姆和门罗夫妇所在的维多利亚市造成了轰动，人们诧异于加拿大最高文学奖——总督文学奖的获得者竟然是一名普普通通的家庭主妇。不久之后的 1970 年她再次完成了短篇小说集《女孩和女人们的生活》书稿，这部具有强烈自传色彩的短篇小说集由《弗莱兹路》《活体的继承者》《伊达公主》《信仰之年》《变迁和仪式》《女孩和女人们的生活》《洗礼》《尾声：摄影师》八篇个彼此互相关联的短篇小说构成，记录了安大略省的一个小镇女孩黛尔的成长历程。《女孩和女人们的生活》再次为门罗赢得了巨大的声誉，获得了加拿大首届书商协会大奖，门罗在创作的道路上越走越远，不断向前。

此时，门罗与丈夫吉姆的感情裂缝却越来越大。隐藏在两人之间的家庭背景和个性的差异成为激化夫妻矛盾的导火线，其实问题由来已久，不过是随着时间的推移日益加剧。1963 年，吉姆辞职以后，他们一家人搬到了维多利亚市，开设了一家"门罗书店"，在创业初期，他们夫妻二人齐心协力，度过了一段艰难的创业时光。但是随着书店步入正轨，家庭经济状况的好转，两人之间的矛盾也日益暴露出来。特别是 1966 年，在小女儿萨拉出生的那一年，吉姆不顾门罗的反对，毅然买下了一座有五个卧室的大房子。吉姆把大房子看成自己辛苦工作的奖励，但是这却无形之中大大加重了门罗的负担。因为每天要花费更多的时间用来打扫卫生、做家务，门罗的写作时间和休息时间更少了，累得甚至都无暇顾及书店的生意，再加上最小的女儿萨拉还小，一切都苦不堪言。但是吉姆并没有体会到门罗的难处，在经过了几年反复的分分合合之后，门罗离开了维多利亚市，一个人踏上了返回家乡安大略的旅程，从一个"家庭主妇"作家走上了职业作家的创作之路。

三、走向世界文坛

一个人重返故乡安大略的门罗首先要解决的是她的生存和经济独立问题。

好在她的第二本书拿到了出版商的版税。1972 年底到 1973 年初，门罗再次向加拿大艺术委员会递交了写作项目基金的申请，这次申请最后也以失败而告终。不过让人欣慰的是，她获得了另外一笔委员会的高级艺术补贴，这为她之后的经济独立打下了基础。几经周折之后，她接受了母校西安大略大学发出的驻校作家的邀请。

1974 年，门罗的第三部短篇小说集《我一直想要告诉你的事》正式出版，它的出版进一步提高了门罗的知名度。从这一时期开始，加拿大文坛有了"三个玛格丽特"的戏言：玛格丽特·劳伦斯、玛格丽特·阿特伍德和艾丽丝·门罗。在女性主义的浪潮中，加拿大最为杰出的三位当代女性作家从此形成了稳固的"三驾马车"，其中最为特殊的就是并不叫"玛格丽特"的门罗。

1976 年，门罗与职业文学代理人巴伯开始合作，并由此开始了以后终生合作的关系。巴伯很快帮助门罗打开了《纽约客》的大门，她的一篇小说《庄严的鞭打》1977 年 3 月正式在《纽约客》上发表。能在《纽约客》上发表作品是门罗的夙愿。巴伯的成功充分证明了他作为一个职业文学代理人的能力，他的加入帮助门罗解决了很多作品的出版问题，使门罗的职业作家之路有了专业和制度的保驾护航。

门罗的个人感情也逐步安定了下来，1976 年，她与她的学长弗雷姆林走到了一起。两个人大部分时间都住在弗雷姆林的家乡克林顿县。

1978 年，门罗的短篇小说集《你以为你是谁？》出版，此后门罗进入了创作的喷薄期，陆续出版了小说集《爱的进程》《我年轻时的朋友》《公开的秘密》《好女人的爱情》，并且其作品一部比一部成功，这四部小说集的出版标志着门罗的职业作家生涯走向了成熟期。此后门罗的创作热情更加高涨，几乎每隔三四年，就会有一部新的作品问世。门罗在评论界更是广受好评，被认为是"当代世界最重要的短篇小说家"。她曾在 1968 年、1978 年、1986 年三次获得加拿大总督文学奖；1998 年、2004 年两次获得加拿大吉勒文学奖；1991 年、2002 年、2005 年三次获得欧·亨利短篇小说奖；1995 年获得了英国 W.H. 史密斯文学奖和莱南文学奖；1998 年获得了全美书评人协会奖；2006 年获得美国麦克杜威奖章、笔会 / 马拉穆德奖、首届玛丽安·恩格尔文学奖；2009 年获得了曼布克国际文学奖等多项知名文学奖项。她的作品更是经常见诸《纽约客》《大西洋月刊》《巴黎评论》等世界知名刊物，她的许多作品还被改编成了电影、电视剧和广播剧等。

短篇小说集《岩石堡风景》出版后的几年，门罗被越来越多的健康问题困扰。2009 年，门罗被检查出了癌症。不少人担忧《岩石堡风景》将会是门罗的最后一部作品。但门罗在病痛的折磨下依然没有放弃写作，2009 年 8 月，门罗出人意料地再次推出了新作——《太多幸福》。2012 年 11 月，门罗再次出版了她的短篇小说集《美好生活》，这已经是她创作的第 14 部短篇小说集。2013 年 6 月，凭借这部小说集，门罗第二次赢得了崔林文学奖的大奖。

2013 年对门罗来说是特别的一年，这一年，她的第二任丈夫弗雷姆林去世了，门罗深受打击，宣布《美好生活》是她最后一部作品。2013 年 10 月，门罗获得了诺贝尔文学奖，成为诺贝尔文学奖史上第一位加拿大籍作家，瑞典文学院给她的颁奖词是"当代短篇小说大师"。门罗六十多年的文学创作生涯基本见证了加拿大文学从默默无闻到被世界文坛熟悉、接受与认可的全过程。

第二节　艾丽丝·门罗作品创作主题

艾丽丝·门罗的小说多以加拿大的小镇日常生活为背景，刻画了人物爱情、婚姻、生活的方方面面。在六十多年的创作生涯中，门罗共创作了 14 部短篇小说集（不包括自选集《传家之物》），近 200 个短篇故事，在这些小说中，门罗着重对女性成长、女性创伤、逃离、疾病与死亡等方面的主题进行了创作。

一、女性成长主题书写

在门罗的作品中，关于女性的主题占了很大比重。她笔下的女性人物形形色色，涵盖了不同的年龄段，尽管她们每个人的生活和故事都不相同，但是在男权社会的背景下，她们始终处于边缘地位，不同的选择和人生际遇促成了她们不同的人生。在动态化的过程中，女性也在经历着不断的觉醒和自我追寻的成长。

（一）成长主题与成长小说

成长主题和成长小说是密不可分的关系。简单来说，以成长为主题的小说就是成长小说。关于成长小说，巴赫金在《小说理论》中是这样论述的：

首先必须严格地区分出人的成长这个重要的因素。大部分小说（以及小说的各种变体）只掌握定型的主人公形象。主人公是一个固定不变的点，小说中的任何运动都是围绕这个点进行的。主人公的恒定性和内部的静止性，是小说运动的前提。对典型的小说情节所做的分析表明，情节要求定型不变的主人公，要求主人公的静态统一。这种完备定型的主人公的命运和生活运动，恰好构成了情节的内涵；而人物性格本身，它的变化和成长，不会成为情节。占统治地位的小说类型，就是如此。（而成长小说中）主人公的形象，不是静态的统一体，而是动态的统一体。主人公本身的性格，在这一小说的公式中成了变数。主人公本身的变化具有了情节意义；与此相关，小说的情节也从根本上得到了再认识、再构建。时间进入人的内部，进入人物形象本身，极大地改变了人物命运及生活中的一切因素所具有的意义。这一小说类型从最普遍含义上说，可称为人的成长小说。①

从巴赫金的论述里我们可以知道，成长小说不是一种固定的模式，而是具备"动态的人物形象"这一核心要素。

"成长主题"中的"成长"，从根本上说，是人的自我意识的突破，是主体价值的自我发现。"成长"的核心意思是说，"成长"不仅仅意味着性格的塑造和思想的成熟，还蕴含着自我追寻、主体建构、身份认同、价值表达等内容，这些内容是我们在谈论成长主题时不能忽视的问题。

另外值得注意的是成长小说的划定不能仅仅从年龄方面来考虑，一个人的成长还意味着生理与心理机制上的成熟。但是对于成长主题来说，"成长"远远比生理与心理机制上的成熟还要复杂，"成长"主题探讨的是沉重而古老的话题，成长的历程中涉及对自然、社会、人生以及自我的思考和探索，成长是人生路上的重要阶段、是充满变数和转折的关键时期。

门罗的女性成长主题小说记录了女性成长过程中的困惑与迷惘，通过她们不断地成长与成熟，开始产生对女性身份认同、自我价值追求等方面的构建。门罗正是通过特定环境和背景下女性行动以及心理的展现，去挖掘女性与历史、女性与社会、女性与整个人类之间的关系，从而实现思想探索和主题的深化。

---

① 芮渝萍，范谊. 成长的风景：当代美国成长小说研究 [M]. 北京：商务印书馆，2012：225.

（二）不同年龄段女性成长主题的构建

门罗并不喜欢被贴上女性主义的标签，但女性又确实作为门罗作品中的绝对主角而存在，从女性的童年时期、青年时期、中年时期到老年时期，门罗对不同时期的女性都有自己独特的视角和书写方式，通过对这些不同年龄段女性面对生活、面对困境历程中成长痕迹的书写，从而使读者对生活产生更深刻的思考。

1. 小女孩的成长

门罗通过对女性童年时期的书写，以叙述者或旁观者的身份走进小女孩的生活和内心世界，对她们在成长过程中不可避免要面对的光明和黑暗进行书写。儿童天生具有好奇心和敏锐的观察力，小女孩在成长过程中，需要通过不断感知外界的信息来构建自己的世界观。可能最初她们的认知还不成熟，带有强烈的主观主义色彩，但是，随着年龄的增长，她们开始将触角慢慢伸向外面的世界，通过对身边亲近之人的观察，通过对友情、死亡等的感知与思考，来完成她们人生历程中的不断成长以及对成长本身的思索。

（1）对友情的渴望与矛盾。小说《有蝴蝶的那一天》描述了小女孩海伦与同学迈拉之间的友谊，通过对人物性格特点、心理活动等多方面的刻画，揭示了小女孩在成长过程中对友谊的渴望以及因受到周围人物、环境的影响所产生的矛盾心理。

在文章的开头部分，通过小女孩海伦第一人称视角的描述，我们看到了一个胆小而自卑的小女孩迈拉的形象。迈拉来班上已经两三年，但"我"一直对她没什么印象。直到有一天迈拉的弟弟吉米上了一年级，因为经常尿裤子过来找迈拉，"我"才开始注意迈拉。接下来作者看似漫不经心地讲到了迈拉和弟弟吉米在学校的境遇：

> 所以迈拉和吉米，每次课间休息都站在两边之间的后走廊上。也许秋天里，他们看人打篮球，看追追闹闹的游戏，看跳绳，看用叶子盖房子；冬天里，看人堆雪堡。也许他们什么都没在看。不管什么时候看见他们，他们都是微微低着头，瘦小的身体有些驼背，非常的安静。他们都有一张椭圆的、光滑的长脸，忧郁、慎重，都长着黑色的、油腻的、闪闪发亮的头发。小男孩的头发一长，就在家里剪了。迈拉的头发则编成粗粗的麻花辫，盘在头顶上，远远看起来仿佛裹了一条穆斯林头巾，对她来说略微嫌大了似的。他们黑色的眼睛上，眼皮似乎从来没有全抬起来过。他们都长了一张困乏的脸，但还远甚于

此。他们看起来像中世纪画里的孩子，像木头雕像的小人儿，崇拜的，或是祈求神灵的模样。光滑的面孔有老人的神态，驯服，神秘，难以言说。[①]

从这段描述中，我们能够看到迈拉姐弟家境的贫穷，以及因贫穷而产生的怯懦和自卑，他们姐弟两个被孤立于人群之外。

而主人公"我"（海伦）居住在距离镇子约半英里的农场里，由于是母亲托人付了很多学费才进入这所学校读书，"我"也是唯一中午带盒饭的和春天还穿橡胶鞋的人。这样的身份使"我"觉得有种说不清的危险。在这里，能够看出敏感的小女孩海伦意识到了自己与周围同学的不同，也存在着深深的自卑心理。这样的心理认知为海伦想要和迈拉建立友谊提供了契机。

对于存在于我们内心深处的无意识的或者不愿意承认的部分，著名心理学家荣格用阴影来表示。阴影部分属于我们个体的一部分，是从个体中分裂出来的我们潜意识中的一部分。这部分内容一般是难以启齿的或者无法表述的，让我们感觉压抑、难堪的内容，这种我们意识中没有认识到的或者处于意识中被我们所压制的内容，比如某段不幸的经历或者让自己感觉难堪、屈辱的记忆，往往会在其他人的身上产生投射作用。例如在上文中，正是与迈拉姐弟的情况对比，以及他们两个人的胆小和自卑，映射出了深藏于"我"内心深处的自卑感。同时，相对于迈拉姐弟家境的贫寒与在学校孤零零的处境，"我"又产生了很大的优越感。因此，在与迈拉接近的过程中，"我"一直处于非常矛盾的心理状态之中。

孩童善良的天性以及"我"和迈拉姐弟身上的共同之处吸引着"我"，使"我"产生了想去接近迈拉的想法。于是"我"叫住了迈拉，还把蝴蝶胸花偷偷放在了爆米花中送给了迈拉。但在接近迈拉的同时"我"又开始担心和迈拉的接近会使"我"成为脱离大众的那个"特殊人"。

迈拉因为生病而住院了，在老师达林小姐的号召下，大家打算一起去看迈拉并给她举办一个生日会。

大家的到来让迈拉有点意外和无所适从。她被同学们的礼物和热情吓到了，因为在她的心里她一直觉得自己是一个默默无闻的存在，从来没有像这样成为大家关注的中心。当同学们探视完打算离开的时候，迈拉突然叫住了"我"并递给我一个盒子："东西太多了，你拿点。""我"被迈拉的这句话深深打动，

---

① 艾丽丝·门罗.快乐影子之舞 [M].张小意，译.南京：译林出版社，2013：132.

因为之前"我"就注意到了那个盒子，迈拉一定是有所察觉，于是提出把礼物转送给"我"。至此，文章的成长主题被引出和强化，从主人公最开始对迈拉充满矛盾心理的接近到若即若离的态度，直到最后被迈拉的行为深深打动，产生了强烈的羞愧感和内疚感。文章的最后，主人公在医院的蜂鸣声中内心也获得了开悟和成长，她终于明白了真正的友谊应该是发自内心的，而不是充满伪善和计较的。至此，主人公的心灵经过了历练和洗涤，终于实现了成长的蜕变和友谊的升华。

（2）对性别差别的认识、反抗与认同。小说《男孩和女孩》以一个 11 岁女孩为叙述者，讲述了女孩在成长的过程中，逐渐认识到男女之间巨大的差别，对自己的女性身份从反抗到认同的心理过程。

"我"生活在安大略的一个农户家庭。这是一个由祖母、父亲、母亲、"我"和弟弟组成的大家庭。在女孩的眼里父亲和母亲有着截然不同的生活方式，父亲经营着一个狐狸养殖场，每天在养殖场忙活。他的主要工作是将狐狸杀掉，剥了皮之后卖给皮毛交易公司，有的时候需要杀死马匹来喂养狐狸。母亲虽然受过高等教育，但是在结婚以后不得已放弃了自己的职业，成了典型的家庭主妇，整日忙于家务。作为小女孩的"我"从父亲母亲的身上敏感捕捉到了男女之间巨大的差异。文中对父亲的正面描写并不多：

> 爸爸刚从屠杀房里回来，还戴着他那块血迹斑斑的、硬邦邦的围裙，手里拎了一桶剁开的肉。[1]

不多的语言描绘出了父亲所从事的工作的残忍和血腥。但是，在身为小女孩的"我"看来，父亲的形象充满了男性的阳刚和坚韧气息，代表着力量和权威。

在小女孩的眼里，母亲是一位不怎么顾及自己外在形象的家庭主妇：

> 她粗笨的腿光溜溜的，从来没有被太阳晒黑过，围裙还挂在身上，大概是因为洗晚饭的碟子，肚子那儿湿淋淋的。她用一块手帕扎住的头发掉出来好几缕。早上她总是这样扎头发，说她没时间好好梳头，于是整天其实都这样扎着。[2]

从外表来看，母亲是典型的农妇，足不出户，操持整个家的内务。她对外

---

① 艾丽丝·门罗.快乐影子之舞 [M].张小意，译.南京：译林出版社，2013：152.
② 艾丽丝·门罗.快乐影子之舞 [M].张小意，译.南京：译林出版社，2013：153.

面的世界没有任何期待，漠不关心。母亲的生活里永远有干不完的家务，特别枯燥乏味。

在父亲和母亲之间，小女孩更愿意帮父亲在养殖场干活，她不喜欢和母亲待在家里做枯燥乏味的家务，而是向往外面的世界，喜欢冒险和刺激。母亲讨厌父亲在家里给狐狸剥皮，讨厌狐狸的味道，而女孩却觉得"这味道很有趣，很放松，就好像橘子和松针的味道"①。在这段时期，小女孩并没有认识到自己和弟弟之间的性别差别，她认为自己和弟弟之间的区别只是在力量方面有所差别。在她的世界里一切都是无忧无虑的，她身上女孩子的性格特征并不明显，反而是男孩子的性格特征占了主要方面：她喜欢冒险和刺激，不喜欢像母亲似的整天忙于家务，被局限于家庭生活中而对外面的世界一无所知。她喜欢和父亲一起待在狐狸养殖场，因为她觉得在狐狸养殖场父亲拥有绝对的权威，是狐狸养殖场真正的主人。父亲对狐狸养殖场的狐狸、马匹等都具有生杀予夺的大权，是勇敢和强者的象征。小女孩喜欢帮助父亲干活，因为她感觉能帮助父亲干活是很自豪的一件事情，尤其高兴的是能得到父亲的肯定。她渴望有一天能够成长为强者，成为父亲真正的接班人，甚至在夜深人静的时候虚构出许多故事，把自己想象成故事中勇敢的、救人于危难的英雄：

我在爆炸的楼房里救人（真正的战争离我们的朱比利如此遥远，这个现实着实让我沮丧）。我射杀了两只狂暴的狼，在它们试图威胁校园的时候（老师们恐慌地躲在我的背后）。我神采奕奕地骑着一匹好马，走在朱比利的大街上，那些小镇居民对我的感激之情，大概是因为我还没想出来的英雄事迹（小镇上，没有人骑马的，除了橘子节游行的时候，金比利骑过马）。②

随着"我"和弟弟年龄的增长，两个人之间的差别逐渐显露出来。"我"听到了父母之间的谈话，母亲认为弟弟才是父亲真正的帮手和接班人，这使"我"的心里非常难过。"我"把母亲当作自己的"敌人"，她总是试图把"我"从外面的自由世界拉回到厨房这个被禁锢、压抑的空间中来。奶奶也加入母亲的阵营，不断加强对"我"的教育——"女孩子不要这样甩门""女孩子坐下来的时候，双膝要并拢"。传统以一种无形的力量改变着女性们的生活，而她们又变成了传统的同谋，试图继续控制女儿们的生活。波伏瓦认为母亲和女儿的

---

① 艾丽丝·门罗.快乐影子之舞[M].张小意，译.南京：译林出版社，2013：148.

② 艾丽丝·门罗.快乐影子之舞[M].张小意，译.南京：译林出版社，2013：149-150.

关系十分复杂，"当一个女孩被托付给女人时，女人会以狂妄与怨恨相交织的热情，努力把她改变成一个像她们一样的女人。甚至一个真诚地为孩子谋幸福的宽容的女人，一般也会想，把她变成一个'真正的女人'是更为谨慎的，因为这样社会更容易接受她"。①

"我"依旧不听话地进行抗议。但在不知不觉间，在一声声关于"女孩子"的教导中，"我"渐渐失去了自我——"我"开始关注房间的布置了，用花边旧窗帘铺在床上，用印花棉布铺梳妆台。临睡前，"我"不再唱《男孩丹尼》了，"我"的故事内容也发生了变化。在故事中，"我"不再是救人于危难之中的英雄形象，而是变成了一个被救者，救"我"的人也许是某个男生，也许是坎贝尔老师，总之是个男性。而"我"也开始注重自己的头发有多长、穿了什么样的衣服等一些细节性的问题。存在于周围环境的性别差异被反复强调，加速了"我"对自己性别认同的过程，"我"渐渐认识到自己女性的身份。

母马弗洛拉事件是小说的高潮，也是女孩转变的重要转折点。那个春天，父亲要猎杀家里的两匹马作为喂养狐狸的饲料。"我"和弟弟偷偷去看了猎杀第一匹马的现场。场面血腥而暴力，使"我"感到恐惧和惊悚。当父亲想杀掉"我"最喜欢的那匹母马弗洛拉的时候，"我"对弗洛拉产生了强烈的同情。"我"打开门，放走了弗洛拉：

> 眼睁睁看着她跑，嘶叫，后腿支着身体站起来，腾跃，狂野得像一匹西部电影里的骏马，一匹未被驯服的农场马，而她只是一匹老去的拉车马，一匹栗红色的老母马而已。②

老母马弗洛拉唤起了女孩内心深处的善良和同情，所以她放走了弗洛拉。这是女孩第一次违背了父亲的意愿与权威。早在父亲屠杀第一匹马的时候，在旁边观看的女孩就对父亲的形象和他的工作产生了新的认知，那种血腥的场景使她感到羞愧。这代表着作为女性的"我"的意识开始觉醒，对代表男性权威的父亲的血腥和暴力，不再一味陷在以前的崇拜和信任里，开始产生了抵触和反感的心理。所以，在父亲决定屠杀第二匹马弗洛拉的时候，"我"向父亲的权威发起了公然挑战，提前放走了弗洛拉。这代表着"我"与父亲所代表的男性社会的彻底决裂。她意识到了自己与弟弟是完全不同的，无论是在父亲眼里

---

① 西蒙娜·德·波伏瓦. 第二性 Ⅱ [M]. 郑克鲁，译. 上海：上海译文出版社，2011：24.
② 艾丽丝·门罗. 快乐影子之舞 [M]. 张小意，译. 南京：译林出版社，2013：161.

还是在周围人的认知里，"我"逐渐认同了社会所赋予自己的女性身份的角色。

在故事的结尾处，当弟弟告诉父亲是"我"把弗洛拉放走了的时候，父亲并没有特别生气，只是轻描淡写地说："没关系""她只是个女孩子"。而此时的"我"并没有争辩，即使心里也没有反对。小女孩彻底完成了对自我的身份认同，为女性意识的继续成长奠定了基础。

2. 少女的成长

（1）身份转变的迷惘。以成长为主题的小说，往往都是围绕着人物的自我觉醒来展开叙事的，而这种觉醒也常常以顿悟的形式出现。在其成长过程中，某个特殊的时刻（尤其是生活中突然降临的不幸）往往会成为他们意识发生猛烈变化的转折点，使他们迅速地成为一个社会化的个体。

小说《红裙子，1946 年》中的主人公是一位刚刚告别童年，步入中学的少女。这个年龄段的少女正处于由童年向青春期身份转变的过渡时期，这一时期她们的心理极为敏感，对自己在身份过渡过程中产生的各种变化，产生了焦虑和不安的迷惘。她所面临的挑战是两方面的，一方面是适应自我身份从儿童到少女的转变；另一方面是努力融入中学的社会关系当中。在文中，主人公经历了一个从忐忑、失落到圣诞舞会后顿悟的成长过程。在这部作品中，门罗向我们展示了主人公从儿童步入少女的过程中产生的心理危机问题。内心的脆弱和敏感让她对学校生活中的一切都抱有一种胆怯、逃避的心理，更害怕别人会发现自己的笨拙和害羞，因为强烈的不适应而产生了厌恶，并将这种情感变化归咎于母亲的红裙子、母亲的衣着姿态以及母亲脱离时代的讲话，让她因此又对母亲产生了叛逆的情绪。

文章的开头部分，讲述整个 11 月母亲都在为"我"做红色天鹅裙子。"我"回忆起小时候母亲让"我"穿上苏格兰花呢披肩时的情景。进入青春叛逆期的"我"，开始有了自己的审美，"我"不愿意再去穿母亲给"我"做的红裙子，而是想要在比尔商店买的衣服。并且刚刚进入中学的"我"对新的生活不太适应，"我"认为在舞会上穿上那么幼稚的红裙子将使自己难堪，无法吸引男孩子的注意力。

在文章中，作者通过主人公描述学校生活的内心独白，表现出刚刚进入中学的"我"对新生活的无所适从：

在学校，我一分钟也没有舒畅过。我不了解朗妮的想法，每到考试前，她就手脚冰冷，心跳加速，但我所有时间几乎都在绝望。当我在课堂上提问，不管是什么样的小问题，我的声音不是短促尖厉，就是嘶哑颤抖。我被迫走到黑板前的时候，坚定不移地相信裙子上有血迹，即使在一个月时间内都不可能真有血迹。一用黑板圆规，我的手就出汗打滑。玩排球的时候，我没法打球；要到别人面前做个什么动作时，我的本能就是不去。我讨厌商务课，因为必须要用一根笔直的笔在纸上画线，画成账簿，老师从我的背后看见的都是脆弱的线条东摇西摆地挤在了一起。我讨厌科学课，我们一个个坐在长凳上，坐在刺眼的灯光下，身后是堆放了陌生的、易碎的仪器的桌子，这课是校长教，他声音冷淡，带着自我欣赏的腔调——他每天早上都要朗诵经文，将羞辱强加于人是他天赋异禀。我讨厌英语课，因为男生都在教室后面赌博，而那位矮矮胖胖、轻声细语的年轻女老师，在前头微闭双眼朗读华兹华斯的诗歌。她威胁他们，恳求他们，脸都红了，声音简直和我的差不多。他们语带讽刺地道歉，只要她再开始朗读，就摆出痴迷的姿态，一脸狂喜，闭上眼睛，用力拍打自己的胸口。有时候她的眼泪都掉下来了，也无济于事，她只能狂奔到走廊上去。随后，男生们便发出"哞哞"的叫嚣声，女生们发出渴望的笑声。当然，我也笑了，这些声音会继续折磨她。这种时候的教室总是充满了肆无忌惮的狂欢气氛，让软弱、猜疑的人，比如我，陷入恐慌情绪中。①

"我"将无法融入中学生活的缘由归咎于"红裙子"，甚至为了不穿红裙去参加舞会努力使自己受伤、生病。

但是对于舞会，"我"出现了十分矛盾的心理，一方面，"我"对即将到来的舞会充满了渴望和期待：

舞会那天，我用铁发卷做头发。我以前从来没有这么做过头发，因为我的头发是自然弯曲的，不过，今天我需要一切可能的女性化仪式来保护自己。②

同时，"我"又感到深深的自卑，觉得自己与朗妮相比，就像一个怪物。"我"在矛盾心理下，到底还是参加了舞会。但在舞会上被学校的风云人物梅森·威廉姆斯邀请跳舞又被抛弃的遭遇，让"我"又重新陷入了深深的自卑中。

为化解没有人邀请跳舞的尴尬，"我"偷偷躲到了卫生间，在卫生间"我"正好遇见了玛丽·福琼。玛丽·福琼是高年级的一名女生，在学校也属于风云人物。玛丽·福琼主动与"我"交谈，我们谈到了舞会上的乐队和舞蹈。我

---

① 艾丽丝·门罗.快乐影子之舞[M].张小意，译.南京：译林出版社，2013：193-194.
② 艾丽丝·门罗.快乐影子之舞[M].张小意，译.南京：译林出版社，2013：195.

们一起抽烟，谈论老师和学校的一些其他的事情，还有对这次舞会的看法，并且相约离开舞会一起去外面吃油炸圈饼、喝咖啡。和玛丽·福琼的一番交谈使"我"豁然开朗，原来她这样的风云人物也有充满挫败感的时候，但重要的是她没有被挫败感打败，而是尊重自己，有自己的计划。"我"不再担心舞会上没有人来邀请自己，"我"打算偷溜出去和玛丽·福琼一起去喝热巧克力。然而，当"我"回到舞会的时候，出乎意料的是一个男孩子突然出现并邀请"我"一起跳舞。"我"没有去赴玛丽·福琼的约，和男孩子跳完了舞，男孩子护送"我"回家。一切都来得那么突然，"我"又从玛丽·福琼的世界被拽回了现实。这一切对主人公来说既不可思议又那么自然。主人公领悟到生活并没有自己所认为的那么糟糕，所有的紧张和不安不过是自己强加给自己的罢了，她并没有失去全世界，她依旧有着她的可爱之处。特别是结尾处，当主人公回到家时，看到等待自己的母亲，主人公突然明白了母亲对自己的爱，她也是希望自己快乐的。在这里，主人公的成长是顿悟式的，门罗通过大量的心理描写和旁白，真实、细致地刻画了处于青春期的少女内心的波动和变化，再现了少女从最开始的紧张和无所适从到最后释然，并最终获得顿悟，完成自我成长的心路历程。

（2）爱情的感悟。在女性成长主题作品的书写中，门罗善于通过对人物情感的细致刻画和描述来表达发人深省的成长主题。小说《荨麻》中并没有曲折的故事情节，主要通过描写感情上遭受创伤的"我"，在朋友家偶遇儿时玩伴而引发的思考。作者主要通过对人物心路历程进行细致刻画和描述，在特定的场景下引发主人公的感悟，以及对爱情的领悟，从而实现人生道路上的成长。

文章的开头描写重归单身的"我"，在女友家度周末的时候，巧遇青梅竹马的儿时玩伴迈克，从他正往面包上抹番茄酱的背影"我"认出了他，毕竟天底下没几个人喜欢番茄酱三明治。

与迈克的相遇，使"我"回想起了和他共度的那一段快乐的童年时光：

女孩和男孩一样分成两伙，因为数量没有男孩多，因而不能只为一个士兵供应弹药和做护士。而且会有联盟，和真正的战斗是一样的。每个女孩都有自己的一堆泥球，专门为某些士兵服务，当一个士兵受伤倒下，他就会喊一个女孩的名字，好让她把自己拖走，尽快处理伤口。我给迈克供应弹药，他也会在受伤时喊我的名字。声音此起彼伏——"你死了"的喊声不绝于耳，是胜利的呐喊或愤怒的叫声（愤怒是因为有些人本该"死"掉了，却总是企图悄悄爬回去继续作战），还有一条狗在叫，不是"游侠"，那狗不知怎么也加入了混战——太嘈杂了，你必须始终警觉地倾听叫你名字的男孩的声音。每当有叫声传来，就会有一股热切的惊惧，如一股电流传遍全身，一种奉献的美妙感觉（至少对我来说是这样的，我和其他女孩不同，我只为一个战士服务）。①

儿时的"我"对迈克有一种小女生羞涩的喜欢。最终青梅竹马的两个儿时玩伴各奔东西，彼此失去了音讯。因此，再次相遇时，主人公渴望接近迈克。她装作不小心碰到迈克，并觉得不知道是出于礼貌还是根本没有在意，迈克没有躲闪。"我"不能确定迈克对"我"的感情，因此，在深夜躺在迈克睡过的床上，"我"开始各种胡思乱想起来，同时又觉得那的确是很不应该的事。一方面主人公渴望将自己的情感吐露给迈克，另一方面又被传统观念束缚。这样复杂的矛盾心理使主人公的情感处于一种摇摆的状态。

临近结尾处的那场暴雨使主人公的感情得到了成长和升华，迈克告诉"我"他生命中的大恸：他因疏忽大意，在倒车时竟然轧死了自己的小儿子。听到这儿，"我"终于明白，迈克和他的妻子，会因为共同经历这份大恸而永远相依，这"冰凉、空虚、紧锁的中心"，再没有别人能够了解和承担。迈克告诉"我"这件事情，是把我当成可以信任的朋友，和儿时最亲密的伙伴，仅此而已，由此"我"联想到了刺痛人的植物荨麻，回忆已成为过去，如果放不下，只会令自己受伤。最后，"我"终于明白，"放手才是真爱"的道理：

爱不是有用的物件，但它在彼此心中都有一个位置：它像地下的一泓清泉，用责任封盖，永远清澈，永不枯竭 。②

3.婚姻生活中女性的成长

在小说《逃离》中，门罗通过女主人公卡拉对婚姻生活的逃离，表现出了女性在婚姻生活中的醒悟和成长。

文中写到了两次逃离，第一次是卡拉遇到了让自己倾心的克拉克，为了能够和克拉克在一起，她放弃了优渥的生活，从自己的父母家出走，背井离乡跟着克拉克四处流浪。她对父母程式般的生活方式感到厌烦，她觉得克拉克让她的生活变得焕然一新。在那个出走的清晨，卡拉匆匆给母亲留下了简短的字

① 艾丽丝·门罗.恨，友谊，追求，爱情，婚姻[M].马永波，杨于军，译.南京：译林出版社，2013：165.

② 艾丽丝·门罗.恨，友谊，追求，爱情，婚姻[M].马永波，杨于军，译.南京：译林出版社，2013：120.

条，正式与陈旧的过去告别，带着对新生活的美好期待兴奋地和克拉克踏上了征程。然而卡拉不过是从父母的家庭走进了婚姻的围城，在最初的浪漫过去之后，生活的残酷很快使她从天真的美梦中醒来。

婚后，卡拉和克拉克经营了一家马场，受到气候的影响，马场的生意惨淡，他们在生活上过得非常拮据。并且，克拉克的专制和暴虐脾气很快暴露了出来。他经常与人发生争吵，对自己的火暴脾气并不以为意，认为那是男子汉的表现。在婚姻内，克拉克也特别专制而且大男子主义，他很少与卡拉进行感情上的交流，经常对妻子乱发脾气和进行言语伤害。为了重新引起克拉克的注意，卡拉编造了贾米森先生猥亵自己的谎言。没想到，贾米森去世了，报纸上登的讣告中提到作为诗人，5 年前他曾经得到一笔丰厚的奖金。得知消息的克拉克为了讹诈贾米森太太西尔维亚一笔钱，不顾西尔维亚刚刚死去丈夫，更不顾妻子卡拉的尊严，逼迫妻子讲述被贾米森先生猥亵的种种细节。

长期处于克拉克以男权主义为中心的生活中，卡拉的命运就像自己生活中出现的小母羊弗洛拉一样，没有一点地位，处于边缘化的位置。在婚姻中得不到爱和尊重，深受煎熬和压抑的卡拉痛苦不堪。

到目前为止西尔维亚还没有机会好好地看她的脸，只见她的眼睛里满含着泪水，那张脸上污迹斑斑——显得脏兮兮的——看来她很痛苦，连脸都有点儿肿了。

她对西尔维亚的谛视丝毫没有躲闪。她抿紧双唇，闭住眼睛，前后晃动着身子，似乎是在无声地呜咽，接着，让人吃惊的是，她竟放声大哭起来了。她一会儿号哭，一会儿饮泣，大口大口地吸气，眼泪鼻涕都一起出来了，她开始慌慌张张地四下里寻找可以用来擦拭的东西，西尔维亚赶紧递给她大把大把的餐巾纸。①

在西尔维亚的鼓励和帮助下，卡拉决定逃离婚姻的牢笼去寻找自我。但是在逃离的途中卡拉还是无法彻底丢下克拉克，并且独自一个人面对未知的未来使她的内心充满了担心和害怕：

在她正在逃离他的时候——也就是此刻——克拉克仍然在她的生活里占据着那么一个位置。可是等逃离告一段落，她自顾自往前走自己的路时，她又用什么来取代他的位置呢？又能有什么别的东西——别的人——能成为如此清晰

---

① 艾丽丝·门罗.逃离[M].李文俊，译.北京：北京十月文艺出版社，2016：21.

而鲜明的一个挑战呢？①

　　卡拉无法完全割舍对克拉克的情感，在她的内心，对克拉克的依赖这么多年已经成为一种习惯，无论是情感上还是物质上。所以在逃离的途中，卡拉无法做到内心的安定和对未来的规划。未来充满未知和变数的生活使卡拉内心恐惧而又纠结，她无法摆脱过去对自己的羁绊，也无法彻底脱离克拉克去过自己的生活，在矛盾和对未来的恐惧中，她还是给克拉克打了电话让他接她回去——也正式宣告了这次逃离的失败。

　　虽然卡拉的这次出逃最后以失败收场，她渴望自由、渴望走出丈夫克拉克男权主义统治的愿望无奈屈从于现实，但是这次出逃还是让她获得了真正的成长，让她感悟到婚姻生活中的隐痛和外面世界的自由。即便结束逃离回去之后，她和克拉克的日子也再也回不到以前：

　　她像是肺里什么地方扎进去了一根致命的针，浅一些呼吸时可以不感到疼。可是每当她需要深深吸进去一口气时，她便能觉出那根针依然存在。②

　　卡拉的逃离并没有奔向新生活，而是又回归到了旧日的生活，但是还是有些东西不一样了。回到克拉克身边的卡拉真正获得了成长，能够勇于正视自己的内心，与平庸的生活握手言和。正如门罗在这本书的扉页上所写下的："逃离，或许是旧的结束，或许是新的开始。"真正的生活是无法逃离的，没有准备的逃离也获得不了真正的自由。女性内心的成熟是直面生活，不退缩，不逃避，面对日常生活的琐碎和平庸，能够真正活出自我。

（三）女性的觉醒与自我追寻

1.女性的觉醒

　　小说《苔藓》中，女主人公斯泰拉与丈夫大卫结婚多年，但是他们已经分居八年之久。在婚姻之中，大卫一直像个长不大的孩子，他喜新厌旧，不断寻找新的感情。在大卫离开之后，孩子们长大也都离开了斯泰拉身边，拥有了各自的生活，但斯泰拉并没有自哀自怨，独自一人的她，依然把日子过得忙碌而充实。她制作果酱、酿果酒、种植盆栽，还打算把屋子修葺一下，粉刷一下房子。日子被她安排得满满当当，她兴趣广泛，还加入了当地的历史学会和戏剧阅读小组等团体，除此之外，她还给当地的一家报纸投稿，有时间还撰写回忆

---

① 艾丽丝·门罗.逃离[M].李文俊，译.北京：北京十月文艺出版社，2016：36.
② 艾丽丝·门罗.逃离[M].李文俊，译.北京：北京十月文艺出版社，2016：47.

录。独居多年的斯泰拉将自己的生活过得多姿多彩、有声有色。

大卫每年会回来一次看望住在疗养院的岳父。当他带着他的情人凯瑟琳出现时，斯泰拉平静地接待了两个人，三个人之间相处得像多年的亲人。其实多年的婚姻生活，已经使斯泰拉逐渐觉醒。对于大卫这样不断寻求刺激的人，做他的爱人很累，只有做他的姐姐，才能原谅他的种种恶行，去宽恕和包容他。对于丈夫的背叛和不可理喻的感情，斯泰拉没有怨天尤人，让自己身陷于困境之中，而是及时觉醒做出了自己无声的反抗。她用事实来对抗男权社会的秩序和法则，走出了男权社会制约下女性依附于男性的困境，用积极、乐观的态度独自一个人把生活过得更好。

2. 女性的自我追求

门罗笔下的小镇女性虽然大多生活在男权主义的专制统治之下，她们的生活处处受到限制，经历着感情中的悲欢离合，但是她们并没有彻底失去自我，没有向残酷的现实和艰苦的生活低头，而是不断探索、不断追求，即便在凄苦的生活中，也保持乐观的心态，勇敢地活下去。女性的自我追求主要体现在以下两个方面。

（1）事业上的追求。在男权主义社会环境的制约下，女性受到了种种限制，特别是对于职业女性来说，在事业的追求上更是受到种种的阻碍和破坏。他们认为女人应该依附于男人而存在，工作对女人来说是可有可无的事情，家庭才是女人最终的归宿和主要活动场所。

在小说《办公室》中，女主人公是一名家庭主妇，但是她不愿意整日埋身于永远干不完的家务活中碌碌无为，她想有一间自己的办公室进行创作，实现事业上的追求。为了说服丈夫，主人公作了一通长篇大论式的解释：

对于一个男人来说，房子用来工作挺合适。他把工作带回家，为此还特意清出一块地方给他工作。为了尽可能地配合他的需要，房子的布局要重新安排。谁都能看出来他的工作存在。没人指望他接电话，也不会指望他能找到找不到的东西，或者孩子哭了他能起来看看，更不会盼着他去喂猫。他完全可以关上房门。我说，想想吧，要是一个妈妈关上了房门，而所有的孩子都知道她就在门后头。为什么孩子们都会觉得这样对待他们太粗暴？一个女人，坐在那里，看着空气，看着一片乡村的田野，但她的丈夫并不在这片田野中，她的孩子也不在，人们就会觉得这是违反人类天性的。所以，房子对女人的意义和男人不一样。她不是走进屋子，使用屋子，然后又走出屋子的那个人。她自己就是这房子本身，绝无分离的可能性。①

在征得丈夫的同意后，女主人公顺利在城里租到了一间办公室。她从内心深处喜欢办公室，喜欢作家这份工作。房东马利先生对一个女人不待在家里，而是出来租一间办公室感到不可理解，对主人公女作家的身份更是充满了歧视和误解。他表现出了过度的关心和热心。面对马利先生的频频打扰，女主人公不堪其扰，但是女主人公并没有放弃自己对事业的追求：

我还没有找到其他的办公室。我想哪天我要去试着找找，不过还没来得及。②

（2）乐观地面对生活。在门罗女性成长主题的小说中，包含着大量的悲剧性的元素，女性的成长往往伴随生活中的剧痛。在面对生活中无法言说的痛苦和命运无情的捉弄时，她们往往都会直面生活的重击，用自己的方式去消解那份痛苦，乐观地面对生活，勇敢活下去。

小说《亮丽家园》中的富勒顿太太，虽然年事已高，独自一人生活，但是她不轻易去抱怨生活，也不随便接受别人的施舍，而是自食其力，以卖鸡蛋为生。她的第一任丈夫去世后，比她小好多岁的第二任丈夫抛弃了她，但是她并没有怨恨第二任丈夫，而是守在老房子里面等他回来。她不愿意自己让人看起来像一个生活在悲苦中的老太太，每次出门都要梳妆打扮。她热爱自然，和家畜家禽友好相处，是一位乐观、坚强的老太太。

小说《怪胎》中的紫罗兰，境遇十分悲惨，她的父亲无法承担起一个家庭的责任，她的未婚夫无情地抛弃了她。面对生活的重重打击，紫罗兰没有被打倒，她很快从悲痛中重新振作了起来。紫罗兰本来有着大好的前程，但为了家人，她选择回到家乡，回归家庭，一心一意照顾自己的家人。她为自己的父母养老送终，又把两个妹妹嫁了出去，可她自己始终是孑然一身。在妹妹去世后，紫罗兰又开始照顾妹妹的孩子，她的一生几乎都奉献给了自己的家人。面对生活不断的打击，紫罗兰没有消沉，她搬到了镇上，找到了一份不错的工作，有了一套属于自己的舒适的公寓。紫罗兰的一生是传奇的一生，她在男权社会中拼命杀出了自己的一条血路，在尽心尽力照顾家人的同时不断拼搏，终于在城市里站稳了脚跟，实现了自己的人生价值。

---

① 艾丽丝·门罗.快乐影子之舞[M].张小意，译.南京：译林出版社，2013：80-81.

② 艾丽丝·门罗.快乐影子之舞[M].张小意，译.南京：译林出版社，2013：95.

二、疾病与死亡主题书写

门罗的作品除了以女性成长为主题外，疾病与死亡也是其作品中比较多涉猎的。门罗对疾病和死亡敏锐的感知和独特书写，使人们通过对作品的解读，领悟到生命的意义和价值。

（一）疾病主题的书写

1.被精神疾病折磨的群体书写

在门罗的笔下，被精神疾病折磨的群体不仅有疯女人的形象，也有疯男人的形象。对这些边缘化、异化人群的描写，揭露了这一特殊人群的现实处境，深刻反映了人对生存的渴求以及社会人情的冷暖。

小说《公开的秘密》中的希迪卡普先生，他原本有一个幸福的家庭，有着体面的工作。希迪卡普和他的妻子的感情也很和谐，夫妻二人经常一起去图书馆借书，他们的花园被打理得非常漂亮。但是一次意外的手术使他永远失去了声音，变成了一个哑巴，工作也没有了，不久之后妻子也突然去世，在命运接二连三的打击下，希迪卡普的精神崩溃了，成了一个令人厌恶的老流浪汉。希迪卡普精神失常以后脾气变得十分暴躁，还经常做出怪异的行为，开始还对他的遭遇比较同情的人也慢慢对其敬而远之。当他在没有任何证据的情况下被认为是一桩少女失踪案的凶手时，他作出了激烈的反抗：

她说这一次他看上去相当疯狂。不只是竭力想表达自己无法说出的意思，不只是对捉弄他的孩子的发狂，不是这样。他的头前后摆动，他的脸显得很肿，像一张号啕大哭的婴儿的脸。

他的头前后摇摆，上下摆动，再前后摇摆。

…………

"啊，啊啊"是他的全部回答。他双手抱头，把帽子敲了下来。接着，他向后退得更远，开始在院子里的水泵和晾衣绳之间绕来绕去，同时继续发出这些噪声——啊，啊啊——永远也发不出完整的词。①

尽管希迪卡普说不出话，精神存在严重问题，但是他依然竭尽全力想告诉人们有关失踪少女希瑟的相关线索。尽管他已经疯了，但他也明确感知到了生

---

① 艾丽丝·门罗.公开的秘密[M].邢楠，陈笑黎，等译.南京：译林出版社，2013：152-153.

命所受到的威胁，以疯狂的行为去顽强表达着生存的意志和努力。希迪卡普的行为在可悲中又透着可怜，与周围人的冷漠形成了强烈对比。

小说《弗莱兹路》中的玛德琳，虽然作者对她的过去没有详细交代，但是玛德琳的哥哥那则小广告明显带有欺骗的成分，对玛德琳的精神疾病只字未提：

> 某女，一子，欲觅安静乡村家庭，帮助持家。喜欢田园生活。若适合也可结婚。[①]

并且在玛德琳从班尼叔叔家出走以后，她的哥哥表现得漠不关心。从这些都能看出玛德琳的家人完全把她当成包袱想赶快把她甩出去，对她是死是活根本完全不在意。结合玛德琳未婚先孕、精神失常的境遇，可以推测出玛德琳有着十分悲惨的过去。但是玛德琳又从一个受害人变成了一个加害人，在嫁给善良的班尼叔叔以后，她不但不知道感恩，还经常虐待、辱骂自己的丈夫，打骂自己年幼的女儿。这种层层相扣的伤害关系更加揭示出了人情的冷漠。

精神失常者属于弱势群体，但往往人们不能给予他们充分的尊重，把他们当作异类来看待。希迪卡普和玛德琳的遭遇像一面镜子，反映出了人们的冷漠和社会的人情冷暖。

2. 被身体疾病折磨的群体书写

对被身体疾病折磨的群体的书写是门罗小说中的一个重要的叙事符码，也成为其文学作品特点的重要构成元素。

小说《好女人的爱情》中的奎因夫人因为饱受病痛的折磨，对周围的人都充满敌意，对一切美好的东西更是心存厌恶。她对自己的丈夫的爱早已消失殆尽，对自己的孩子们也漠不关心，充满冷淡和厌恶。对照顾自己的女护工伊内德更是百般挑剔，明嘲暗讽。在奎因夫人房里，就连伊内德也受到了她可怕气息的影响，会做些令人厌恶的梦。

更具有反讽意味的是门罗用动物肉体的强健来反衬人之肉体的萎靡，并在其中隐藏了更为深入的人性之思：

> 房子和河岸当中的小片草地上，养着一些母牛。它们在夜间放牧，她能听到它们咀嚼、冲撞的声音。她想象着它们庞大、温和的形体行走在猴面花和菊

---

① 艾丽丝·门罗.女孩和女人们的生活[M].马永波，杨于军，译.南京：译林出版社，2013：15.

苣之间。在开花的草地上，她想，这些母牛，它们日子过得不赖。

当然了，这种日子的结局是屠宰场。结局倒是灾难。①

健康的母牛散发出代表生命力的健康气息，让人联想到的也是美好的景物。病人的身体散发出来的却是死亡的气息，糜烂而没有生机。在疾病面前，人变得连动物都不如。但是人和动物最终的命运都是一样的，"屠宰场"不仅仅是动物的宿命，同样也是人类的宿命。疾病首先拖垮人的肉体，进而吞噬人的灵魂，精神的残缺又将人性最阴暗的一面暴露了出来。所以真正使病人饱受折磨的并不是肉体上的病痛，而是精神上的恐慌和无力感。

（二）死亡主题的书写

死亡是一切生命的必然归宿。在文学作品中，生与死是亘古不变的主题。在审美和理性语境中死亡的意义在于："死亡促使人沉思，为他的一切思考提供了一个原生点，这就有了哲学。死亡促使人超越生命的边界，臻求趋向无限的精神价值，这就有了伦理学。当人揭开了死亡的奥秘，洞烛了它的幽微，人类波澜壮阔的历史和理想便平添了一种崇高的美，这也就有了死亡的审美意义。"②

在门罗的作品中，死亡也是一个绕不开的话题。门罗通过对死亡的书写，直指隐藏在死亡背后的真实人性。

小说《活体的继承者》主要以主人公黛尔的儿童视角描述了克雷格叔叔的死亡和葬礼。当"我"从母亲口中得知克雷格叔叔死于心脏病这一消息的时候，"我"正在享受喜爱吃的早餐，身为儿童的我并不能理解死亡的真正意义：

现实的网令我迷惑。他死了。听起来好像是他自愿做的、自己选择的一件事。仿佛他说："现在我要死了。"仿佛情况还不是这么不可挽回的。但是我知道这是不可更改的了。

"在蓝河的橙色厅，他当时在打纸牌。"

纸牌桌，明亮的橙色厅。（虽然我知道应该是橙色党员厅，它的名字和颜色无关，就像蓝河并不意味着河水是蓝的一样。）克雷格叔叔在发牌，他垂着沉重眼睑的认真的样子。他穿着背面是锦缎的马甲，钢笔和铅笔夹在口袋里。

---

① 艾丽丝·门罗. 女孩和女人们的生活 [M]. 马永波，杨于军，译. 南京：译林出版社，2013：50.

② 汝信，曾繁仁. 中国美学年鉴 2006-2007[M]. 郑州：河南人民出版社，2010：289.

可是现在呢？

"他心脏病发作。"

心脏病突发。听起来像是爆炸，像放烟花，光柱朝四面八方迸射，射出一颗小光球——克雷格叔叔的心脏，或者他的灵魂——射进高空，翻滚着消失。他有没有跳起来，伸展着胳膊，呻吟？要多久，他才能闭上眼睛，知道发生了什么？[1]

"我"把克雷格叔叔心脏病突发而死想象成烟花、光柱，身为儿童的"我"对死亡还没有正确的认知和深刻的体会。母亲以成人的角度向"我"解释死亡的含义：

那么，首先，人是什么？大部分是水，只是一般的水。人身上没有什么特别的。碳，最简单的元素。他们是怎么说的？值九十八美分？就是这样。不过它的构成方式很奇特。构成的方式，心脏和肺，还有肝、胰腺、胃、大脑。所有这些东西，它们叫什么？元素的化合！把它们化合在一起——化合物的化合——你就得到了人！我们把它叫作克雷格叔叔，或者你父亲或者我。可就是这些化合物，这些构成成分，暂时以一种奇异的方式运作。然后，某个零件磨损了，坏掉了。克雷格叔叔的情况是心脏出了毛病。所以我们说他死了，人死了，但这只是我们看待事物的方式，是人类的方式。如果不是站在人类的角度，如果我们考虑的是自然界，自然的一切都生生不息，一部分坏死——不是死，而是改变，我想说的是改变，变成别的，所有组成人的元素改变，再次回归自然，在鸟类、动物和花草身上一再重现——克雷格叔叔不一定是克雷格叔叔！他可能是一种花！[2]

对于母亲对死亡所做的长篇大论的解释，黛尔还是不能理解。从克雷格的尸体、葬礼沉重的氛围中，黛尔感受到了死亡可怕、沉默、无动于衷的力量，她感受到这种力量可以瞬间迸发出火焰，烧掉整间屋子，烧掉所有的现实，把人留在黑暗里。在这篇文章中，通过叙述者儿童的视野观察不同人物对死亡的恐惧、漠然等态度，反映了人们对无法掌控的生命所产生的无助和焦虑。

小说《沉寂》中，女主人公朱丽叶的丈夫埃里克在海难中不幸遇难，遗体

---

[1] 艾丽丝·门罗.女孩和女人们的生活 [M].马永波，杨于军，译.南京：译林出版社，2013：54.

[2] 艾丽丝·门罗.女孩和女人们的生活 [M].马永波，杨于军，译.南京：译林出版社，2013：55-56.

三天才被找到，经过商量，教会为埃里克在海滩上举办了火化仪式。朱丽叶无法把火化仪式中正在焚化的面目全非的遗体和埃里克联系起来：

朱丽叶留了下来，大睁着眼睛，半蹲着摇晃着身子，脸庞与热气贴得很近。她有点心不在焉。她在想，把雪莱的心脏从火焰中夺出的到底是哪一个——是特里劳尼吗？那颗心脏，有着长期历史意义的心脏。都已经那时候了，离现今也不算太遥远吧，一个肉体的器官居然会这样受到珍视，被看成是勇气与爱情所在的地方。那无非是肉，正在燃烧的一团肉，与埃里克没有什么相干。[1]

朱丽叶不是不明白埃里克已经死了，只是在潜意识里，那个人一直都还存在：

那场暴风雨、遗体的发现、海滩上举行的火葬——那都像是一场她不得不瞻仰、不得不赞同的仪式，其实那跟埃里克和她，仍然都没有任何关系。[2]

当朱丽叶和女儿佩内洛普的生活一步步走上了正轨，在鲸鱼湾的日子画上了一个句号。在二月里的一个暴雨天后，朱丽叶终于接受了埃里克确实死了这一事实：

她终于明白，埃里克确实是死了。

仿佛整个这段时间里，当她在温哥华的这些日子里，他一直都在某处等候，等着看她是否愿意恢复跟他一块儿过的那种生活。仿佛那一直都是一个可以自由选择的项目似的。她来到此处后，仍然生活在埃里克震动的余波之中，并未完全明白埃里克已经不在了。他任何的一切都已经不存在了。而在一天天过去的再平凡不过的世界里，对他的记忆已经在一点点消退了。[3]

对于亲人来说，死亡并不是所谓的一场仪式，而是随着时间的流逝，逝者在生活中的印记随着记忆慢慢淡去。生者才能真正走出死亡的阴影，放下过去，开始真正的生活。

在小说《游离基》中，妮塔的丈夫里奇意外死在五金店的门口，在刚开始谈到丈夫里奇死亡的时候，妮塔甚至用了一种戏谑的语气：

他已经81岁了，除了右耳有点背以外，健康情况还是不错的。一个星期

---

① 艾丽丝·门罗.逃离[M].李文俊，译.北京：北京十月文艺出版社，2016：149.
② 艾丽丝·门罗.逃离[M].李文俊，译.北京：北京十月文艺出版社，2016：153.
③ 艾丽丝·门罗.逃离[M].李文俊，译.北京：北京十月文艺出版社，2016：153-154.

前，医生刚刚给他检查过身体。妮塔会知道，最近这次体检，这张干净的健康证明出现在无数的猝死事件中，现在，她就遇到一个。她说，她本以为这样的突然造访是可以避免的。①

罹患癌症又突遭丈夫意外去世的妮塔，刻意和大家保持了距离。处理完丈夫的遗物，在空荡荡的房子里，她回忆起往日与丈夫共处的美好时光。她逐一收拾丈夫曾经待过的地方，她还无法接受丈夫里奇已经死去的事实：

每天早上，每当她坐在自己的位置上，发现里奇没有在他的位置上时，总会仔细地想这是为什么。他不在小洗手间里，他刮胡子的东西还在那儿，还有他的处方药，治疗各种各样的小毛病，没有治大病的，这些药他都不肯扔掉。他也不在卧室里，她是刚刚打扫完卧室出来的。也没有在大洗手间，他去大洗手间唯一的可能就是泡澡。近一年来，厨房已经多半变成他的地盘了，但他也没在。当然了，他也没有在油漆剥落了一半的天台上，开玩笑地从窗户缝往里面偷看——以前他这样时，她总是装出要跳脱衣舞的样子。②

她想象自己过得很匆忙来回应旁人的安慰与询问。突然有一天，一个陌生人闯了进来，闲谈中妮塔得知他杀死了自己的父母与智障的姐姐，妮塔感觉到这个极端的谋杀犯对自己生命的威胁，她编造了一个下毒杀情敌的故事，引发谋杀犯的"共情"心理，谋杀犯最后开车逃走了。历经险境，与死亡如此靠近以后，妮塔意识到，是贝特救了她一命。她也真正意识到里奇已经死了，已经从她的生活中彻底消失了：

里奇。里奇。现在，她才明白了思念他的真正滋味。仿佛空气离开了天空。③

死亡如同一场追寻生命意义的禅修，让人们顿悟原来生活中忽视的温情。人生际遇百转千回，当初充满爱恨纠葛的情敌某一天也可能会成为拯救你生命的某种诱因。站在离死亡最近的地方，才能领略到生活所呈现出来的新面貌。

在小说《好女人的爱情》中，门罗对魏伦斯先生溺水死亡的场景进行了详细描绘：

水里有个黑乎乎、毛茸茸的东西，像什么大动物的尾巴，从车顶上的小窗

---

① 艾丽丝·门罗.幸福过了头[M].张小意，译.南京：译林出版社，2013：138.

② 艾丽丝·门罗.幸福过了头[M].张小意，译.南京：译林出版社，2013：141.

③ 艾丽丝·门罗.幸福过了头[M].张小意，译.南京：译林出版社，2013：159.

伸出，晃来荡去。很快他们就看出，这是一条胳膊，套在一件厚厚的毛皮料子做的深色上衣的衣袖里。看来车里有一具男人的尸体——只能是魏伦斯先生了——它姿态很不自然。水流的力量——池塘尽管只是水车用的贮水池，但这个季节的水流还是很强劲的——想必不知怎的把他从座位上抬起，推向窗外，一侧肩膀浮在车顶下方，胳膊伸出窗口。他的头部想必沉向下方，挤在驾驶座一侧的车门和车窗边。一只前轮陷进河底深一点，这意味着车想必是头朝下侧栽进河里。车窗想必开着，头从里面挤出来，身体才变成这个姿势。不过他们想不到这些。他们认识魏伦斯先生，拼凑得出他脸的模样——一张大大的方脸，经常夸张地皱眉头，不过从不是真生气。头发稀疏卷曲，斜梳过额头，头顶部位是红棕色的。眉毛颜色比头发深，又浓又粗，趴在眼睛上，活像两条毛毛虫。就像很多大人的脸一样，这样一张脸对他们来说已经够古怪了，它淹在水里的样子不见得再可怕多少。不过他们只看得到那条胳膊和那只苍白的手。等他们习惯水中的视线，便看出那手非常白。它歪歪扭扭、优柔寡断地漂在那儿，好像一片羽毛，却又像块面团一样敦实。一旦你习惯了它，便会觉得它挺寻常的。指甲像些洁净的小脸，灵巧地发出日常的问候，泰然自若。[1]

发现魏伦斯先生尸体的三个男孩，没有表现出特别的恐惧和害怕，也许他们只是把这当成他们远足之旅的一个小插曲罢了。三个男孩回家以后一致选择了沉默。接下来通过对三个男孩家庭背景的描述，我们发现了问题所在，三个家庭各自有各自的问题，普遍的问题是家庭成员之间关系的疏离和冷漠。这同时也正是小镇的缩影。再联系魏伦斯先生的死亡，反映出家庭成员之间的疏离，人与人之间的冷漠关系已经成为社会的常态。

在门罗的笔下，死亡具有多重意蕴。叙事者的立场不同，在作品中呈现的意义也不相同。

三、地域主题书写

加拿大文学的地域书写由来已久，在加拿大文学的发展过程中地域主题一直是文学界和评论界关注的焦点之一。门罗的作品具有典型的地域特点。她在加拿大小镇生活的经历，为她的作品创作提供了深厚的素材来源。加拿大虽然国土辽阔，经济也比较发达，但就其文学发展历史来看，时间比较短暂，在世

---

[1]　艾丽丝·门罗.好女人的爱情[M].殷杲，译.南京：译林出版社，2013：6-7.

界文学中并没有一席之地。同样作为英语语言文学，加拿大的文学受英美文学的影响比较大，相比英美文学历史上的鸿篇巨制和文学巨匠，加拿大文学的发展并没有特别清晰的概念和传承。加拿大作家清楚认识到了这一点，所以，他们感觉自己始终处于边缘化的地区，有一种典型的边缘化的殖民心理。

（一）小镇环境

关于小镇的环境，门罗在她的作品集《女孩和女人们的生活》中进行了详细的勾勒和描绘。小说中的诸伯利镇正是门罗的故乡威汉姆镇的真实映射。门罗在很多作品中都以自己所在的家乡小镇为蓝本，描绘了小镇上的生活和形形色色的人们。

诸伯利镇位于安大略省的瓦瓦那什郡，一条叫瓦瓦那什河的河水从主人公戴尔家的门前流过：

我们在瓦瓦那什河边待了很多天，帮班尼叔叔捕鱼。我们还帮他抓青蛙。我们悄悄爬着接近它们，在泥泞的河岸，在柳树下，在充满圆锥花序植物和剑状叶草的沼泽洞穴，我们光着的腿上留下了不易察觉的划伤。老青蛙经验老到，总能避开我们，不过我们也不想要它们；我们喜欢那些小个儿的幼年的绿色青蛙，我们要找鲜嫩可口的，小小的黏黏的青蛙；我们用手轻轻把它们捏碎，扔进蜂蜜桶里，盖上盖子。它们会待在里面，直到班尼叔叔准备好把它们叉在钓鱼钩上。①

通过作者对瓦瓦那什河的描写，我们能够感受到小镇自然优美的生态风光。人类与大自然和谐相处，从大自然中得到美好的馈赠。儿童在大自然中尽情嬉闹，无忧无虑地成长。

随着主人公时空视野的变化，作者勾勒出了小镇一年四季中不同的美景，夏季：

我们走下路堤，沿河岸而行。干燥的留茬地，开裂的河床，白色的土路，到处都同样炎热，瓦瓦那什河成了清凉的水槽。细柳树的阴影，像筛子一样过滤着阳光。沿岸的泥干了，但还没有干成泥土；就像蛋糕上的糖霜，恰到好处地形成一层硬壳，但下面还是潮湿清凉，走在上面感觉不错。我脱下鞋子，光着脚走……牛群来过河里，在泥浆上留下了蹄印，也留下一堆堆牛粪，圆圆的，干燥后像人造品，像手工的陶土盖子。河两边都有荷叶舒展，偶尔会有黄

① 艾丽丝·门罗.女孩和女人们的生活[M].马永波，杨于军，译.南京：译林出版社，2013：1.

色的荷花，颜色很淡，很安静，让人很想去摘。①

到了冬季，则又是完全不同的另外一番风景：

主街的雪堤太高了，以至在邮电局前面的街道和人行道之间，削出了一道拱门。有人拍照发表在诸伯利《先驱导报》上，这样人们就可以剪下来寄给住在英国、澳大利亚或多伦多等气候没有那么分明的地方的亲戚和朋友。邮电局的红砖钟楼矗立在雪地上，两个妇女站在拱门下，表明这是真的。两个女人都在邮电局工作，穿着没系扣子的外套。②

小镇的地理位置偏僻，在主人公黛尔的眼里小镇风光是这样的：

在四号高速公路上，从三英里外的高处就能望见诸伯利。中间是河滩，每年春天都有洪水泛滥，瓦瓦那什河隐藏的河湾，河上的桥漆成银色，悬在黄昏里，像一个笼子。四号高速公路也是诸伯利的主街。我们可以看见邮电局和市政厅的塔楼彼此相对，市政厅异国情调的塔里藏着有传奇色彩的钟（战争开始和结束，有地震或大洪水时都会鸣响），邮电局的钟楼四四方方的，事实上很是实用。城市几乎等距离分布在主街两边。我们回来的时候，街灯勾勒出它的轮廓，差不多像一只蝙蝠，一只翅膀微微翘起，翅膀尖上支撑着没点灯的朦胧的水塔。③

在这部作品集中，门罗描绘出了一幅完整的小镇图像，四季景色各不相同。同时，小镇地理位置上的独特之处，也使小镇具有边缘化的地域特征。

（二）宗教冲突

地域环境反映着一定的地域文化，门罗在小说《信仰之年》中，详细描述了主人公黛尔以及小镇的主要宗教环境。

小镇上有着四种不同的宗教类型，最大、最繁华的是联合教堂，黛尔家就是信仰这一教堂所属的宗教的：

它纳入了所有以前的卫理会派教徒、公理会教徒和一大堆长老会成员（包括父亲的家族）。城里还有四个教堂，都很小。天主教堂是白色的木制建筑，

---

① 艾丽丝·门罗. 女孩和女人们的生活 [M]. 马永波，杨于军，译. 南京：译林出版社，2013：51.

② 艾丽丝·门罗. 女孩和女人们的生活 [M]. 马永波，杨于军，译. 南京：译林出版社，2013：167.

③ 艾丽丝·门罗. 女孩和女人们的生活 [M]. 马永波，杨于军，译. 南京：译林出版社，2013：82.

简单的十字架，立在城北部一座小山上，为天主教徒举行特殊的仪式。在学校，天主教徒是一个虽然很小但并不怯弱的部落，大多是爱尔兰人……就像学校里的爱尔兰人，教堂建筑也显得与此不符，空荡，简单，直接，无法让人联想到骄奢淫逸和流言蜚语。①

其次，是浸礼会教徒。浸礼会比较偏激，但是带些喜剧味道，浸礼会要求教徒生活俭朴，不可以去舞会或去看电影，女士不准涂口红，朗诵赞美诗的声音也很大。教徒的心态都很乐观，"他们的宗教比任何其他教派都更通俗开心"。他们的教堂离黛尔家后来在河水街租的房子不远，"很端庄，但也很时髦很可怕，是用灰色水泥砖建造的，碎石砌的玻璃窗。"②

还有长老会，由那些剩下来拒绝加入联合教堂的人组成，大多是老人。他们反对星期天练习曲棍球，并且唱圣歌。

最后一类是圣公会。圣公会比较神秘，没有人了解它，也没有人怎么谈论它，在诸伯利，它没有威信或资金支持，但是圣公会是小镇上唯一有钟的教堂。

诸伯利小镇的宗教氛围与加拿大这个国家整体的宗教历史与环境都是非常相似的，或者说，前者正是后者在文学中的反映与投射。

（三）小镇人的边缘化心理

诺斯罗普·弗莱认为在加拿大文学中存在着明显的边缘化心理："一处处人数不多又彼此分散的居民群体，四周为自然的及心理的障碍所围困，又与美国的和英国的文化这两大源头隔绝；这样的社会按其独特的人伦规范安排全体成员的生活，并对维系自己群体的法律及秩序非常尊重，可是又面对着一个庞大冷漠、咄咄逼人的可畏的自然环境。这样的社会必然会产生一种我们暂且称为'屯田戍边'的心态。"③弗莱认为在加拿大文学中这种戍边的边缘化心理普遍存在，反映在文化领域就是对外面的世界怀有潜意识的抵御和防备形态，这种戍边的边缘化心理在门罗的文学作品中也有所反映。

---

① 艾丽丝·门罗.女孩和女人们的生活 [M].马永波，杨于军，译.南京：译林出版社，2013：110.

② 艾丽丝·门罗.女孩和女人们的生活 [M].马永波，杨于军，译.南京：译林出版社，2013：111.

③ 张文曦.文学传统与文化心态——兼论诺斯罗普·弗莱的加拿大文学观 [J].求索，2011，（10）：216-218.

　　在小说《弗莱兹路》中，见到善良的班尼叔叔在玛德琳离开后，借了一部车，想去找回被玛德琳一起带走的戴安。但是来到城市的时候，面对川流不息的车辆和人群班尼却迷路了：

　　我想我完全迷路了，这不是第一个人告诉的路。所以应该再问一个人。我停下来，问一个遛狗的女士，但是她说从来没听说过里德雷街。她说她在多伦多住了 22 年了，从没听说过。她叫过来一个骑自行车的男孩，他倒是听说过这条街，他说在城的另一边，而我正走的方向是朝城外去的。但是我想环城走也行比穿过市中心更容易，尽管距离长些。所以我就继续向前，感觉是在绕着圈开，我想我得赶快，天黑前我得弄清楚这是什么地方，因为我一点儿也不喜欢摸黑开车。①

　　生活节奏和小镇完全不同的城市让班尼彻底失去了方向感，在经过一番努力尝试以后依然失败了，班尼不得不垂头丧气地又返回到了小镇。

　　班尼的遭遇，深刻反映了小镇生活与城市的巨大差异，对于习惯了小镇生活的班尼来说，在小镇简单的人际关系、天然的自然环境中永远不用担心迷路，一个人更不会平白无故消失不见。但是，城市对于班尼来说，是完全陌生的存在。他完全不知道该走向哪里，去哪里找到他要找的人。这种小镇人在融入城市过程中所产生的恐惧和缺乏安全的心理，正是边缘化成边文化心理的重要体现。

---

① 艾丽丝·门罗.女孩和女人们的生活 [M].马永波，杨于军，译.南京：译林出版社，2013：30.

第二章

艾丽丝·门罗作品的叙事视角

视角是小说叙述的重要技巧，是传递主题意义的重要工具。小说的叙事视角指的是叙述者从何种角度、用什么方式来讲述故事，一般表现为叙述者与文本中人物的关系。对一篇小说而言，如何讲故事远比讲什么故事重要，一个相同的故事采用不同的叙述视角往往会产生截然不同的效果。因此，在小说叙事艺术中，叙事视角的选择具有举足轻重的作用。艾丽丝·门罗的作品多采用女性叙事视角，通过多种模式使作品内容更加丰满，展示了多种多样的艺术魅力，形成了独特的叙事艺术。

第一节 内聚焦叙事、外聚焦叙事和零聚焦叙事

法国叙事学代表人物热奈特认为，视角的本质是对信息的限制。[1]热奈特用"聚焦"来分析叙述视角的方法被广为应用，他将叙述视角分为内聚焦叙事、外聚焦叙事和零聚焦叙事三种模式。

一、内聚焦叙事

在内聚焦叙事模式中，叙述者就好像是寄居于某个人物之中，借着他的意识与感官在视、听、感、想所知道的和人物一样多。叙述者可以就是某个人物本身，而这个人物在小说里可以是主角，如日记、书信体小说，也可以是一般的见证人；他也可以并不直接在作品里露面，但始终黏附于某个人物的内心深处，成为其灵魂的窥探者。[2]也就是说，在内聚焦叙事模式下，叙述者等同于人物，叙事主要是以人物的内心世界和心理活动来开展的，随着人物意识活动的开始而开始，随着人物意识活动的结束而结束。

门罗的早期作品中，使用内聚焦叙事模式的情况比较多，一般以女性为人物视角，采用第一人称内聚焦叙事模式来展现女性内心的情感变化与追求真实自我的心路历程。在这种模式下，叙述者多通过回忆的方式参与故事，读者透过叙述者的视角感知人物的内心世界和心理活动，对其他人物进行聚焦，营造

---

① 热拉尔·热奈特.叙事话语 新叙事话语 [M].王文融，译.北京：中国社会科学出版社，1990：126.

② 徐岱.小说叙事学 [M].北京：商务印书馆，2010：222.

出跌宕起伏、真实可感的叙事氛围，从而增加叙事的生动性和感染力。门罗的叙述者们通常听起来与她十分相像，这就给读者形成了一种观念，即她描述的内容真实可信。①

（一）《沃克兄弟的放牛娃》中的内聚焦叙事

《快乐影子之舞》是门罗的第一部短篇小说集，这部小说集的开篇之作《沃克兄弟的放牛娃》就采用了内聚焦叙事模式。故事以小女孩"我"的视角展开叙述，讲述了"我"的家庭状况、不和谐的父母关系以及无法融入的小镇生活。父亲原来是一个护理养殖场的农场主，破产后成了沃克兄弟公司的一名推销员。母亲整日忙于家务，总爱沉迷于过去的生活，是个虚荣心很强的女人。"我"的家从城市搬到了休伦湖畔的一个小镇——图柏镇。第一人称内聚焦视角下描绘的小镇场景，带给读者身临其境的感受：

这儿是图柏镇，是休伦湖畔的一个老镇。枫树阴遮住了一部分街道。树根挤裂了人行道，把路面高高地抬起来，裂纹像鳄鱼，在光秃秃的空地上爬伸开来。穿衬衫、穿汗衫的男人，戴围裙的女人，都坐在门外。我们不认识他们，但只要有人点头打招呼，似乎要说："今天晚上真暖和"，我爸爸就也点点头，说句类似的话。孩子们还是在玩。我也不认识他们，因为妈妈把我和弟弟都关在自家的院子里。②

晚饭后，父亲喜欢带着"我"出去散步，一起穿过街道，漫步湖边。父亲会给"我"讲北美五大湖的历史。门罗利用内聚焦叙事把对父亲真实的感情从字里行间表现了出来：

我们拥有的，只是如此微小的时间份额，这个事实让我惊骇，但爸爸对此却很平静。有时候我觉得，世界存在了多久，爸爸就在我家里生活了多久……这个世纪刚开始的时候，他也没在世界上……我不喜欢想这些。我希望湖永远都是这样的湖，永远有浮标标记的安全游泳区，还有防浪堤和图柏镇的灯火。③

门罗运用内聚焦叙事时，十分注重细节描写和人物心理细微变化的刻画。在父亲本·乔丹带着"我"和弟弟出门推销货物的一个闷热的下午，门罗通过

① 周怡.从艾丽丝·门罗看加拿大文学——罗伯特·撒克教授访谈录[J].英语研究,2015(1):1-8.

② 艾丽丝·门罗.快乐影子之舞[M].张小意,译.南京:译林出版社.2013:3.

③ 艾丽丝·门罗.快乐影子之舞[M].张小意,译.南京:译林出版社,2013:5.

小女孩的视野，详细描绘了沿途萧条的景色，形成一幅真实而丰富的画面：

地上空荡荡的，平坦坦的，烧焦了。农户家后头的树林一片阴冷，乌黑的松树树阴如同没有人下水的池塘。我们在一条漫长的小径上颠簸不已，终于到了路的尽头。没有什么地方能比这里更不好客，更荒凉了。高大的农舍连油漆都没有漆，门前的杂草丛生，也不曾修剪过。绿色的百叶窗拉了下来。一推开楼梯上的门，发现它通往的方向，除了空气什么也没有。①

作为懵懂的小女孩。"我"的视野是有限的，对许多观察到的事情不能作出准确的判断和理解，同时孩子的洞察力和观察力又是惊人的。父亲带着"我"和弟弟一路推销，遭到了别人的排斥和恶意对待。直到来到诺拉家，"我"敏感地捕捉到了许多不同寻常的细节。诺拉从刚发现我们时候的疏离：

我们的车停下来时，她目光严峻地看了我们一会儿，弯腰又捡了两条浴巾，塞在她胳膊下的篮子里，才朝我们走过来。她用一种平淡的声音问："你们迷路了？"既谈不上欢迎，也算不上不友好。②

到认出"爸爸"之后的拘谨、慌乱与掩不住的惊喜：

女人把她面前的浴巾全捡起来，紧紧地抱在怀里，用浴巾抵住她的胃，好像胃疼似的："我怎么也没想到是你。你还告诉我你是沃克兄弟公司的推销员。"③

"我"洞察到"爸爸"与诺拉之间不同寻常的关系。他们熟稔地进行交谈，谈论着他们过去认识的许多人和事。"爸爸"像完全变了一个人似的，愉快而放肆。"爸爸"喝了母亲所说的"爸爸从来不喝"的威士忌，甚至之前途中发生的有人往窗户外倒夜壶的事，"爸爸"特意嘱托"别告诉你妈妈"，却能对诺拉轻松地像笑话一般讲出。

诺拉与"我"的母亲是完全不同的女性类型，她真实热情而又简单快乐。她热情地邀请"我"跳舞：

她把留声机盖子放了下来，出其不意地抱住了我的腰，抬起我的胳膊，开始推着我往后走。"就这样，好，他们都是这么跳舞的。跟着我走。……

绕着油毡，一圈又一圈，我一腔的自豪，专心致志。诺拉一直在笑，轻快

---

① 艾丽丝·门罗.快乐影子之舞[M].张小意，译.南京：译林出版社，2013：10.
② 艾丽丝·门罗.快乐影子之舞[M].张小意，译.南京：译林出版社，2013：13.
③ 艾丽丝·门罗.快乐影子之舞[M].张小意，译.南京：译林出版社，2013：14.

地转动，她奇异的兴奋把我包围了。她散发出威士忌的味道、古龙水的香气，还有汗水的气味。她胳膊下面，衣服已经湿了，微小的汗珠沿着她的上嘴唇往下淌，悬挂在贴近她嘴角的、柔软的黑色汗毛梢上。①

当诺拉提出跳舞和留下来吃晚饭的请求被"爸爸"拒绝后，其故作轻松的话语，以及"我"无意中发现的诺拉的一个细节动作：她在父亲车子的挡泥板灰尘上留下一个难以觉察的记号，使诺拉的隐忍与不舍、深情而复杂的情感得到进一步凸显。

返回家的途中，"我"敏感地捕捉到了"爸爸"的心不在焉，意识到了生活的无奈和悲剧性：

我感觉到爸爸的生命从车里飞了回去。这是下午的最后时分，天色渐渐变暗，变得陌生，仿佛一幅被施了魔法的风景画，当你望着它，它看起来熟悉，平凡，而又亲切，但一转身，就变成了一种你永远也无法理解的东西，有着各种各样的天气，以及根本无法想象的距离。②

在《沃克兄弟的放牛娃》这篇小说中，门罗对诺拉与"爸爸"的情感没有直接着墨描写。而是借助孩童的视角，以内聚焦模式完成了对小说情节方面的构建，从诺拉与"爸爸"的熟稔、瞎眼老太太对"爸爸"的了解……这些草蛇灰线中，读者能够推断出诺拉与"爸爸"曾经是一对恋人。又从"我"看到的诺拉家墙上挂着的图片：

这里有一台留声机，一架脚踏风琴，墙上挂了一幅马利亚的图片。耶稣的妈妈，我只知道这些。画像的背景是明亮的蓝色和粉红色，锥形的光环围在她脑袋四周。我知道只有罗马天主教徒的家里才有这种画像，那么，诺拉肯定就是教徒了。③

"我"接着想到，"奶奶"和蒂娜姑姑形容天主教徒为"踩铲子用错脚的异教徒"。由此，读者能够联想到诺拉和"爸爸"这对恋人最终没有走到一起的原因应该是宗教信仰的不同。作者通过孩童内聚焦视角的描述，带有一定的主观性和局限性，因此，又留给了读者自由联想的叙事空白，能够使读者投身其中，进一步感受剧中人物的喜怒哀乐。

---

① 艾丽丝·门罗.快乐影子之舞[M].张小意，译.南京：译林出版社，2013：20.
② 艾丽丝·门罗.快乐影子之舞[M].张小意，译.南京：译林出版社，2013：22.
③ 艾丽丝·门罗.快乐影子之舞[M].张小意，译.南京：译林出版社，2013：18.

（二）《红裙子，1946 年》中的内聚焦叙事

在《快乐影子之舞》短篇小说集的另一篇小说《红裙子，1946 年》中，门罗同样采用了第一人称内聚焦叙事模式，红裙子的多重意象含蕴，主人公的叛逆与顺服、反抗觉醒与归顺现实的内心挣扎与变化，都在作者娓娓道来的语气中得以体现。充分展现了女性想要拥有自己的独立人格，却又难以突破传统观念和现实的藩篱的两难境界。

故事的主人公"我"是一个女中学生，在为即将到来的圣诞舞会做准备。故事以"妈妈在给我做裙子"引出开篇，对周围的人和事进行了客观的描述和评价。通过"我"的内心独白，表现了"我"对中学生活的无所适从和无法融入的边缘感，为"我"对舞会既期待又紧张的矛盾心理以及在舞会中的微妙心理变化做了铺垫。读者作为倾听者，通过"我"内心独白的叙事声音，更能深入人物的内心，体会"我"在学校"一分钟也没有舒畅过"的感受以及对舞会的逃避心理，无形中拉近了"我"与读者的距离。

"我"在刚开始参加舞会时候的紧张和不安：

外圈的人经过身边，我甚至不敢看他们，生怕看见没有礼貌的催促。音乐停了，我待在原地不动。①

"我"被学校的杰出人物梅森·威廉姆斯邀请进舞池而又被丢下的失落，没有人邀请跳舞的尴尬和天马行空般的臆想。"我"对自己的处境感到难堪，于是躲到了洗手间。在洗手间，"我"意外邂逅了学校的另一个风云人物玛丽·福琼。通过与玛丽·福琼的一番谈话，我顿悟到，没有人邀请"我"跳舞并不是什么大不了的事情。

我发现，我不再那么害怕了。现在，我决心再也不管舞会，不等任何人来挑选我，我有自己的计划。我再也不需要微笑，不需要为了好运气打手势。已经没关系了。我要去喝热巧克力，和我的朋友。②

男孩雷蒙德·波廷的出现，又把"我"从玛丽和热巧克力的世界拽回了现实，"我"不再紧张，与男孩子跳舞，被送回家，告别吻……"我"又回到了普通人的世界，意识到生活并不坏。

全文描写了"我"在舞会上的心路历程：从在舞会上被等待男性舞伴挑选

① 艾丽丝·门罗.快乐影子之舞[M].张小意，译.南京：译林出版社，2013：197.
② 艾丽丝·门罗.快乐影子之舞[M].张小意，译.南京：译林出版社，2013：203.

时的焦灼，到躲到洗手间逃避，再到与玛丽·福琼交谈后的淡定，最后又被拉入舞会的无奈。通过参加中学圣诞舞会这一生活素材，采用第一人称的内聚焦视角，对细节的观察，运用内心独白的高超手法，深入人物的内心世界，带领读者感受了人物情感跌宕起伏的变化。

（三）《女孩和女人们的生活》中的内聚焦叙事

《女孩和女人们的生活》是由一组相互关联而又可以独立成篇的八个故事组成的小说集，带有强烈的自传色彩。在这部小说集中，门罗同样在主要情节的构建方面采用第一人称内聚焦叙事，描写主人公黛尔从幼稚的小女孩到成熟女性的成长历程，着重刻画了主人公的成长经历和心路历程。

在《弗莱兹路》里，幼年的黛尔是一个天真烂漫、充满幻想、懵懂青涩的小女孩。她对周围的事物和形形色色的人物都充满了好奇，通过观察，慢慢形成了她的认知世界。

在《活体的继承者》中，聚焦者为童年的黛尔，受限于儿童的主观性，"我"并不能理解死亡的真正意义：

心脏病突发。听起来像是爆炸，像放烟花，光柱朝四面八方迸射，射出一颗小光球——克雷格叔叔的心脏，或者他的灵魂——射进高空，翻滚着消失。他有没有跳起来，伸展着胳膊，呻吟？要多久，他才能闭上眼睛，知道发生了什么？[1]

作为孩童的"我"对死亡没有丝毫的畏惧。围绕"我"的内心感受和疑惑展开表述，带有很强的主观性。在内聚焦叙事视角下，通过"我"的眼光观察，可以更自然地感受人物复杂的内心活动。在成长中，"我"慢慢有了自己的想法和认识：认识到了两位姑妈在对人客气的背后的险恶用心；明白了玛丽·艾格尼丝性格孤僻的原因，对她曾经的遭遇表示深切的同情；当两位姑妈渐渐老去的时候：

她们的房子变成了一个封闭的小国度，有自己华丽的风俗和优雅古怪又复杂的语言，外界的真实消息并没有被严格禁止，但是越来越难以传送进来。[2]

---

[1] 艾丽丝·门罗.女孩和女人们的生活[M].马永波，杨于军，译.南京：译林出版社，2013：54.

[2] 艾丽丝·门罗.女孩和女人们的生活[M].马永波，杨于军，译.南京：译林出版社，2013：69.

通过第一人称内聚焦的叙事方式，作者在无形之中拉近了读者和人物之间的距离，使读者直接走进人物的内心，感受人物的喜怒哀乐和真实想法，与人物开展情感上的交流，这样有利于读者产生代入感，随着故事情节的发展而波动，带给读者真实的体验感。

在《伊达公主》中，内聚焦叙事的运用，使读者代入主人公黛尔所处的情境之中，感受人物当时的想法和真实心路历程。文中写到主人公黛尔对母亲复杂的感情，当母亲推销她的百科全书，给地方报纸写信……种种行为让黛尔感到羞耻和痛苦。但是随着年龄的增长，黛尔开始理解母亲，甚至慢慢发现自己在某些方面深受母亲的影响。第一人称内聚焦叙事的运用，使读者能够走进主人公的内心，体会主人公内心的真实情感，引起读者的情感共鸣。

二、外聚焦叙事

外聚焦叙事指的是叙述者不参与到故事的发展之中，以旁观者或局外人的角度进行叙述。在这种模式中，叙述者所了解的信息比较少，甚至要远远少于故事中的人物所知道的，叙述者只是对人物的行为和动作进行镜头般的记录，不进入人物的主观世界，无法了解人物的内心活动和思想情感。由于严格控制叙述者的主观介入，叙事主体的主体性被最大限度地限制，因此需要接受主体发挥主观能动性去填补文本的"空白"，整个文本呈现出一种冷漠的客观化叙事特征。

（一）《死亡时刻》中的外聚焦叙事

《死亡时刻》是门罗的小说集《快乐影子之舞》里的一篇小说。这篇小说是根据威汉姆当地的一则真实事件改编而成，门罗用外聚焦叙事模式讲述了这一家庭悲剧。在故事的开篇，门罗先写到了悲剧发生后母亲的哀伤：

后来，那位母亲，利昂娜·帕里躺在沙发上，身上裹着一床被子。女人们一直在往火里添柴，尽管厨房里已经非常热，没有人开灯。利昂娜喝了一些茶，不肯吃东西。她要说话，声音断断续续的，她还要坚持说，但也没有过度兴奋。她说，我几乎都没有出门，我出门也就二十分钟。①

接下来，通过作者外聚焦视角的描写，我们能够了解到利昂娜一家的基本情况。利昂娜有四个孩子，有一副美丽歌喉的大女儿帕特里夏、乔治、艾琳和

---

① 艾丽丝·门罗.快乐影子之舞[M].张小意，译.南京：译林出版社，2013：117.

最小的孩子本尼。帕特里夏想要把地板擦干净，她需要用到滚烫的沸水，从而引发了悲剧的发生：

他们看见利昂娜、麦吉太太，还有其他邻居。她们一起撕掉本尼的衣服，他的皮肤似乎也随之被剥了下来。本尼发出的声音不像是哭，倒更像是车轮压住狗的后腿，狗发出来的声音。不过，本尼的声音更难听，更响。①

三个孩子在悲剧发生后表现不同：乔治和艾琳充满了恐惧和担心，而帕特里夏则冷静得有些吓人。总之，生活还要继续，利昂娜同意让帕特里夏继续去参加演艺团的演出。十一月的第一周，帕特里夏的情绪在磨剪刀人到来的时候开始大爆发，她如同精神失常般失去理智，而利昂娜，依旧不受邻居们的待见。无论曾经发生过什么，生活都不会停下它向前的脚步。

在小说的结尾处，作者用外聚焦叙事模式将视线拉远，突出了故事发生的空间背景：

就是这座房子。其他的木头房子从来没有刷过油漆。陡峭的屋顶到处是水片，走廊狭长而歪斜，烧柴的浓烟从烟囱里钻出来，孩子们模糊的脸压在玻璃窗上。屋子的后面是一片细长的土地。有的地方犁过了，有的地长出了杂草，全是石块。房子的前头是院子，是无人种植的花园。灰色的公路从小镇延伸出去。下雪了，雪缓缓地落下来，静静地落在公路上、屋子上、松树上。开始时是大片大片的雪花，然后，雪花越来越小，越来越小，落在坚硬的犁沟里，落在地面的石头上，不再融化。②

（二）《好女人的爱情》中的外聚焦叙事

《好女人的爱情》是门罗小说集《好女人的爱情》中的一个故事。在文章的第一部分"板儿角"中，门罗就运用了外聚焦叙事模式。

故事的开篇首先讲到了小镇瓦利的博物馆，里面有一件藏品——验光师魏伦斯先生的器材箱，接着描述了器材箱里的检眼镜和视网膜镜。接着，作者话锋一转，开始进入小说第一部分"板儿角"的描写：

这地方叫作板儿角。以前有过一个磨坊，形成了某种小村落。不过，上世纪末，它们悉数消失，再没成过气候。很多人认为这个地名是为了纪念第一次

---

① 艾丽丝·门罗.快乐影子之舞[M].张小意，译.南京：译林出版社，2013：122.
② 艾丽丝·门罗.快乐影子之舞[M].张小意，译.南京：译林出版社，2013：127-128.

世界大战时的著名海战，其实早在开战之前很多年，这儿就只剩废墟一片了。①

接下来讲述 1951 年春天，三个男孩——西斯、巴德和吉米在小河的淤泥里发现了验光师魏伦斯的尸体和他的车子。门罗对案发现场进行了细致的刻画，三个男孩的表现也出人意料。

"哎哟哟！"男孩们惊叹，带着渐渐的兴奋，以及不断加深的敬畏甚至感激之情。"哎哟哟。"②

三个男孩既没有报警，也没有选择向大人们求助。只是在回家路上，他们不像往常那样瞎闹，忽然变成大人似的，心里沉甸甸地压着一个问题：去哪儿？做什么？他们隐隐觉得自己在某个时候会忍不住尖叫，冲到镇上到处嚷嚷这个消息，把所有人都镇住，让他们目瞪口呆。他们最终没有这样做，到了一个路口时便各自回家。这是典型的外聚焦叙事视角，三个男孩在看到案发现场的时候为什么没有张扬？作为故事的叙述者作者，没有描写，没有解释，如同一个局外人，只叙述人物和事件的表面，不深入人物内心。

接着，叙述者的视线转移到三个男孩的家庭描写。西斯从不在家透露任何事，他是家里的独子，其父母的年龄比同龄男孩的父母都要大。西斯的爸爸常年抽烟喝酒，心情不好时会拿西斯出气：

要是心情不好，就会死瞪着西斯——也就是说，用一种虚张声势、死命威胁人的眼神——警告他小心点。

"你小子是个精明鬼，是吗？哼，奉劝你最好给我小心点。"

这种时候，要是西斯回瞪他，或者不回瞪他，或者掉下或搁下铲子时发出丁点声响——或者哪怕他小心翼翼，不掉下任何东西，也不发出任何声音——他爸爸都会龇着牙，像狗一样嚎叫起来。这模样挺可笑的——也确实可笑，不过他可是当真的。③

西斯为了照顾家庭而锻炼出一身娴熟的厨艺。他的妈妈好像永远病恹恹的：

"晓得我们吃过后，我马上打算干啥吗？"她说，"我要拿个热水瓶，回到床上。或许这样就会养好精神，又能做点事了。"④

---

① 艾丽丝·门罗.好女人的爱情 [M].殷杲，译.南京：译林出版社，2013：4.
② 艾丽丝·门罗.好女人的爱情 [M].殷杲，译.南京：译林出版社，2013：7.
③ 艾丽丝·门罗.好女人的爱情 [M].殷杲，译.南京：译林出版社，2013：15.
④ 艾丽丝·门罗.好女人的爱情 [M].殷杲，译.南京：译林出版社，2013：15-16.

男孩巴德家里有两个姐姐，还有一个弟弟，巴德经常和姐姐、弟弟吵作一团：

这会儿，公认长得较好的那个姐姐正站在厨房镜子前，摘头发上的别针。她脑袋上盖满闪闪发亮的头发卷儿，好像一只一只蜗牛。另一个姐姐根据妈妈的命令，在捣土豆泥。他五岁的弟弟一本正经坐在餐桌边，把餐刀餐叉上下乱敲，嚷嚷着："服务员，服务员呢？"①

另一个男孩吉米和爸爸妈妈、两个妹妹、大姨玛丽、叔叔弗雷德一起住在外婆家里。生活虽然穷困潦倒，但平和安静。

这家人对各种重负照单全收，就像接受坏天气那样心平气和。事实上，他们没人认为吉米爸爸的病状，或者玛丽姨妈的视力是什么负担或问题，弗雷德的羞涩也一样。缺陷、逆境，他们全都视若无睹，好像它们与别的事情没啥区别。②

三个男孩对发现魏伦斯死亡的事情全都缄口不提。在吃过午饭之后，三个男孩又聚到了一起，他们来到了魏伦斯先生的家门口，偷偷观察着魏伦斯先生的家里有什么变化，不巧，却被魏伦斯夫人发现了：

"拿着，"她说，"把这些带回家给你们的妈妈。看到连翘花总能让人开心，它们是春天的第一批花儿呀。"她把花枝分给他们。"就像高卢全境一样，"她说，"高卢全境总要给分成三份。你们要是上拉丁语课，准知道这个。"③

三个男孩正巧碰到了魏伦斯夫人，热情好客的魏伦斯夫人还让孩子们把剪下来的连翘花带回去给他们的母亲。但是三个男孩并没有告诉魏伦斯夫人遇到魏伦斯先生尸体的消息，三个人继续在城里漫无目的地流浪。直到其中一个男孩——巴德的妈妈从巴德口中知道了这件事情，报警后警方才正式开始调查。

在"板儿角"这部分的叙述中，作者通过外聚焦叙事主要聚焦于三个男孩身上，首先叙述他们发现魏伦斯尸体的经过以及面对凶杀案的出人意料的镇定。接着，通过对他们在小镇中一边游荡一边斗嘴的描述，小镇的整体面貌和人情冷暖等一些信息不断传达出来。特别是后面部分对三个男孩子家庭的分别叙述，深层次反映了小镇生活中真实与热情背后掩藏的虚假与冷漠，也从侧面

---

① 艾丽丝·门罗.好女人的爱情[M].殷杲，译.南京：译林出版社，2013：16.

② 艾丽丝·门罗.好女人的爱情[M].殷杲，译.南京：译林出版社，2013：18-19.

③ 艾丽丝·门罗.好女人的爱情[M].殷杲，译.南京：译林出版社，2013：21-22.

揭示了三个男孩没有立刻报警的原因。在这里，作者并没有明确说出三个男孩没有报警的理由，只是通过外聚焦叙事的客观描述，提供给读者足够的想象空间，从而进一步推理出事件发生的原因和走向。

（三）《播弄》中的外聚焦叙事

《播弄》是门罗的短篇小说集《逃离》里的一篇故事，在这篇文章中，门罗运用了多种叙事模式，外聚焦叙事模式也多次出现。有一年的夏天，若冰因为去看戏而把手包丢了，在寻找手包的时候，邂逅了一个陌生的男子丹尼洛和他的狗，两人相约第二年在相同的时间和地点再次相会。

"咱们再往前走上一段吧。"他说，于是他们沿着月台走到灯光照不见的地方。

"钱的事何必着急呢。数目那么小而且还可能寄不到，因为我很快就要出门了。邮件有时候走得很慢的。"

……

"你仍然得穿同样的衣服。穿你的绿裙子。你的头发也仍然得是这个样子。"

她笑了。"这样你才能认出是我。"[①]

这段丹尼洛和若冰之间的对话采用的就是典型的外聚焦叙事模式。这种外聚焦叙事模式下的描写方式，给了人物充分展现的舞台，叙述者不进行人物心理的描写，年轻男女之间的浪漫和纯情也跃然纸上。

若冰回到家里后，和姐姐乔安妮之间的对话同样是在外聚焦叙事模式下展开的。

"很抱歉，我错过了一班火车，"若冰说，"我吃过晚饭了。我吃的是斯特柔伽诺夫。"

"我都闻到它的气味了。"

"我还喝了一杯红酒。"

"这我也闻出来了。"

"我想我要立刻上床了。"

"我想你最好这样。"

两姐妹之间的对话简洁爽快，连一句多余的寒暄或关心都没有。通过外聚

---

① 艾丽丝·门罗.逃离[M].李文俊，译.北京：北京十月文艺出版社，2016：262.

焦叙事描写，虽然叙述者没有多余的描写和提示，但读者依然能够感受到两姐妹之间微妙的关系。

总之，在外聚焦叙事模式中，叙述者完全置身于故事之外，读者跟随被聚焦的对象感受人物在命运舞台上的展示，而叙述者并不介入戏中，形成一种独特的美学效果，留给读者更多的想象空间。"外聚焦模式如果还能被纳入小说的艺术苑地，当然也存在着某种非原在性。但相比较而言，采用这种模式结构的作品，较其他叙述模式具有更大的客观性。如果说无聚焦的全知全能模式是处于小说与神话寓言故事的边沿，那么它是立在小说与生活原始记录的一个临界点上。"①

三、零聚焦叙事

零聚焦叙事即通常所说的全知全能的叙述视角。在这种叙事模式中，叙述者在作品中是全知的，以全能的方式进行叙述。徐岱认为："全聚焦叙事模式中的叙述者既然是一位上帝，它就不仅掌握着人物的全部情况，而且也洞悉故事的最终结局。"②门罗后期的作品多以年长女性为主人公，运用第三人称零聚焦叙述视角，站在局外人的视角上来描绘女性，剖析女性的心理，展现女性在身份困境中的挣扎状态。

（一）《苔藓》中的零聚焦叙事

《苔藓》是门罗短篇小说集《爱的进程》中的代表作。在这部作品中，门罗以零聚焦叙事模式展现了斯泰拉和大卫这对奇怪的夫妻之间的感情纠葛。在零聚焦叙述视角下，叙述者是全知全能的，视点可以穿越时空任意转移，从一个场景到另一个场景，从一个人物身上到另一个人物身上，并且叙述者可以深入到每个人物的内心，窥探他们心灵深处的所思所想。

故事的开头，叙述者站在上帝视角对斯泰拉的生活进行了描述。斯泰拉独自居住在休伦湖白垩岩上"爸爸"留下的老房子里：

这房子过去是，现在还是一幢高大的光秃秃的木屋，涂成灰色模仿附近的旧农庄，尽管或许没有后者结实。房子前方是陡峭的岩壁——同样不怎么结实，不过毕竟延续至今——以及一条通向下方沙滩的长长的台阶小径。屋后是

---

① 徐岱. 小说叙事学 [M]. 北京：商务印书馆，2010：239.

② 徐岱. 小说叙事学 [M]. 北京：商务印书馆，2010：214.

一个围着篱笆的小院子，还有一条短短的沙子小路和一片野黑莓灌木。斯泰拉在小院子里以相当的技术和手段种着蔬菜。①

斯泰拉每天重复着她种花、做果酱和制酒的生活，等待着丈夫一年一度的归来。斯泰拉的丈夫大卫像个永远长不大的孩子，他的感情世界混乱而迷茫，他带着情人凯瑟琳回来，心里却还在牵挂着另一个情人蒂娜。

小说又以全知全能的视角深入细致地描写了人物的内心世界。大卫通过混乱的男女关系来寻求安全感，斯泰拉作为大卫的妻子，他们相识于大学校园，因为合唱古典牧歌而结缘。斯泰拉圆融而柔顺，是一个十分合格的女主人。但是大卫并不满足于这样的幸福生活，他肆无忌惮地寻找外遇。斯泰拉的隐忍并没有换来丈夫的怜惜和对自己行为的反思，他认为妻子掌握了自己太多秘密，使自己的生活失去了轻松感：

> 他的所有普通和非凡的生活——甚至一些她不大可能知道的事——似乎都为她所掌控着。在一个知道这么多的女人身边，永远不可能有什么轻松，不可能有什么隐秘、舒展可言。她因为洞悉一切而洋洋自得。②

在与妻子分居后，大卫很快又找到了新的女朋友凯瑟琳。凯瑟琳与斯泰拉是完全不同的女性类型，大卫之所以被深深吸引，是因为凯瑟琳的"超凡脱俗"。大卫第一次见她，误以为将近四十的她只有三十多岁，再加上她的美貌、高挑和脆弱，让他感受到了强烈的女性气质。而她身上存留的"嬉皮士"特征，全凭本能做事、对外在世界近乎一无所知的个性化生活方式，也同样符合大卫对新鲜感的期待。然而这种新鲜感并没有持续多久，大卫就厌倦了。与凯瑟琳共处的日子越来越让他疲倦、乏味，他有一种无法遏制的、近乎强迫症一般的伤害她的冲动，甚至在她身上能够闻到"陈腐的气息"。在他看来，那是女人在知道自己即将被抛弃时，情不自禁散发出来的味道。大卫甚至毫不掩饰地向妻子斯泰拉炫耀自己的新恋情：

> 现在他说的是："有别人了。我还没告诉凯瑟琳。你觉得她察觉到没有？我感觉是的。我想她察觉了。"
>
> 他靠着厨房台子站着，看斯泰拉削苹果。他飞快地伸手到衣服内袋，趁斯泰拉没来得及扭过头去，把一张快照塞到她的眼前。

---

① 艾丽丝·门罗.爱的进程 [M].殷杲，译.南京：译林出版社，2013：39.
② 艾丽丝·门罗.爱的进程 [M].殷杲，译.南京：译林出版社，2013：67.

"我的新女友，"他说。①

大卫的新情人蒂娜是一个只有二十多岁的鸡尾酒女招待员。这个人物在文章中并没有直接出场，但是却以"不在场"的方式影响着大卫的情绪和心理。通过零聚焦视角下的描写能够看出，大卫在售酒商店电话亭给蒂娜打电话时候的情绪波动，由开始的满怀欣喜，到拨号时候的紧张和不确定感，再到蒂娜没有接电话时候产生的一系列神经质般的联想。

> 她一直就在背叛他。只要她能接电话（他几乎已经忘了接电话的应该是 M. 里德才对），他就可以冲她吼叫、斥骂，而要是他感觉足够卑微——他肯定会感到足够卑微的——还可以哀求她。这种机会让他求之不得。②

大卫根本不爱任何女人，他只是在男女关系中寻找一种安全感。像斯泰拉的父亲认为的：

> 甚至还有一丝狐疑——就像过去一样——操心大卫是否真能像样地处理这类事，以及为他确实有这能力而感到的宽慰。在岳父眼中，大卫始终是个正在学习如何成为男子汉的家伙，某个有可能永远也学不会，永远都无法达到那种坚定沉着、稳重含蓄境界的人。③

最了解大卫的还是斯泰拉，她早已认清了大卫的伪装，也知道他一直自我感觉良好地认为自己还在乎着他。斯泰拉听从内心的真切认知，迅速完成了自我身份的转换，没有大卫，她完全能很好地生活下去，无论是做果酱，还是参加各种团体，都能找到自己的存在感和归属感，她根本不在乎大卫妻子这一身份。

> 真怪，他们这样交谈的态度。他们过去常说些辛辣、伤人的话，说的时候偏要假装挺开心：心平气和，甚至故作亲切。如今，这种一度是伪装的语调渗进了他们所有尖锐的情感，被吸收了，深入心底，而那份辛辣虽然还在，却显得陈腐、平庸、流于形式了。④

最后，大卫在离开时还是偷偷把色情照片留给了斯泰拉，充分暴露了他的软弱和无能，由斯泰拉来承担一切。真如文章最后写到的：

> 这就是大卫干的好事。他把它留在这里，暴露在阳光下。

① 艾丽丝·门罗. 爱的进程 [M].殷杲，译.南京：译林出版社，2013：51.

② 艾丽丝·门罗. 爱的进程 [M].殷杲，译.南京：译林出版社，2013：60-61.

③ 艾丽丝·门罗. 爱的进程 [M].殷杲，译.南京：译林出版社，2013：64.

④ 艾丽丝·门罗. 爱的进程 [M].殷杲，译.南京：译林出版社，2013：67.

斯泰拉的话应验了。这一想法将不断地重现——在她努力延续的日日夜夜的流动中，它是一个停顿，是心跳漏掉的一拍，是一次短暂的，生硬的喘息。[①]

总之，在这篇文章中，门罗运用零聚焦叙述视角，通过对不同人物形象的聚焦，深入挖掘人物的内心世界，从人物的真实想法入手，使人物形象更加立体和多元。

（二）《阿尔巴尼亚圣女》中的零聚焦叙事

《阿尔巴尼亚圣女》是门罗短篇小说集《公开的秘密》中的一篇。在这篇小说中，门罗没有固定地采用某一种视角，而是采取零聚焦与第一人称相结合的形态，使事件的叙述呈现出多元化、流动性的特点。零聚焦叙述模式不仅能够聚焦不同的人物形象，而且能够没有限制地进入不同人物的内心，通过人物思想感情的描写，使不同的人物形象更加丰满。

故事从三个层面展开：洛塔尔游玩途中被陌生人劫持到了库拉部落的服务生活；夏洛特多年以后在维多利亚市向克莱尔讲述的故事；克莱尔对不幸福婚姻的逃离。文章在夏洛特讲述故事的过程中，穿插了"我"与夏洛特的交往经历以及"我"的婚外情经历。

在这篇作品中，门罗将现实生活情境与洛塔尔被劫持的事件相结合，分别表现出"我"和洛塔尔两位女性在身份追寻中的不同经历。洛塔尔被劫持到库拉部落之后，经历了一段特别难熬的凄惨时光，为避免沦为男人奴隶的命运，在牧师的指引下，洛塔尔决定成为圣女。

洛塔尔在发誓成为圣女后，摆脱了终日服侍男人的生活，独自前往圣女居住的放羊草场，从而开始了她与自然亲密相处的一段美好时光。她甚至不愿意在小屋里睡觉：

她把蕨草堆在那里，睡觉的时候在上面铺上一条毛毡毯……她从小溪里打水，在那里洗头巾，有时候也洗澡，更多是为了放松而不是清洁。[②]

部落的小女孩们有时会来取羊奶，在这个远离库拉和母亲的荒僻之处，女孩们变得狂放不羁。她们：

跳上蕨草堆，有时候还抢出一大捧蕨草编成个大球，互相扔来扔去直到摔

[①] 艾丽丝·门罗.爱的进程 [M].殷杲，译.南京：译林出版社，2013：68.

[②] 艾丽丝·门罗.公开的秘密 [M].邢楠，陈笑黎，等，译.译林出版社，2013：101.

烂，玩得不亦乐乎。①

在这个远离男性控制、简朴归真的地方，女孩们恢复了天真与活力。最终在牧师的帮助下，洛塔尔成功从部落逃脱。在逃离部落之际，洛塔尔也表现出对这片土地的无限眷恋：

就这样，她离开了那些羊，也离开了与她共度一夏的小屋、草地、野葡萄、花楸树、杜松和矮栎、早上刚捡的树枝和灶边的石头——她熟知每块石头的颜色和形状……她环顾四周，想看最后一眼。这其实没必要，因为她永远也忘不了。②

门罗运用第三人称零聚焦叙事方式，完整呈现了洛塔尔身份几度转换时的真实心理状态。

故事中的"我"与夏洛特（洛塔尔）在"我"的书店中相识，因为彼此的经历而惺惺相惜，成了忘年之交。小说同时以第一人称的视角，叙述了"我"的生活现状，"我"因为无法忍受生活的平淡而有了婚外情，于是，离开丈夫和原来的居所，来到了维多利亚小镇，逃避失败的婚姻和纠葛的婚外情。随着交往的深入，"我"对夏洛特夫妇的生活有了更进一步的了解。他们夫妻二人的生活真实而平淡，虽然难免争吵，但是大部分的时光是快乐的。夏洛特不仅仅是丈夫的妻子，还是他的朋友。夏洛特和她的牧师丈夫的日子虽然穷困潦倒，但是他们两个人互相理解、平等独立，生活充满着幸福和满足。从夏洛特夫妇的身上，"我"开始明白了婚姻生活中和谐关系的建立和相处之道，决定原谅自己的丈夫尼尔森并回归家庭。在小说的结尾处，回忆结束，作者又将叙述拉回了现实生活。"我"再次去医院的时候，却没有遇到夏洛特，她已经被她的丈夫接走了。虽然"我"的心里难免失落，但是，丈夫尼尔森在书店门口的出现又让"我"感到一丝安慰。在故事的结尾，表达出了爱情因相聚而在一起，因相守而使现实生活归于平淡：

我们变得疏远、亲近——疏远、亲近——周而复始。③

最后，尼尔森与"我"能否重修旧好，文章并没有给出答案，开放式的结尾留给了读者更多的想象空间。

---

① 艾丽丝·门罗.公开的秘密[M].邢楠，陈笑黎，等，译.南京：译林出版社，2013：102.
② 艾丽丝·门罗.公开的秘密[M].邢楠，陈笑黎，等，译.南京：译林出版社，2013：104.
③ 艾丽丝·门罗.公开的秘密[M].邢楠，陈笑黎，等，译.南京：译林出版社，2013：130.

（三）《逃离》中的零聚焦叙事

在短篇小说集《逃离》的开篇之作《逃离》中，门罗也多次用到了零聚焦叙事模式。在故事的开头，叙述者从全局来观察，以全知的叙述方式告诉了我们故事发生的概况：

在汽车还没有翻过小山——附近的人都把这稍稍隆起的土堆称为小山——的顶部时，卡拉就已经听到声音了。那是她呀，她想。是贾米森太太西尔维亚从希腊度假回来了。她站在马厩房门的后面——只是在更靠里一些的地方，这样就不至于一下子让人瞥见——朝贾米森太太驾车必经的那条路望过去，贾米森太太就住在这条路上她和克拉克的家再进去半英里路的地方。①

叙述者以全知的视角告诉了我们：卡拉并不确定的事情，是贾米森太太回来了。接着又深入人物卡拉的内心，表现出了卡拉不愿意见到贾米森太太的矛盾心理。

在卡拉逃离的过程中，大巴要经过一个小镇时，叙述者再次运用了零聚焦叙事的全知视角，对卡拉的内心进行了细致的观察和描述：

她现在逐渐看出，那个逐渐逼近的未来世界的奇特之处与可怕之处，就在于，她并不能融入其间。她只能在它周边走走，张嘴，说话，干这，干那，却不能真正进入里面。

……

在她正在逃离他的时候——也就是此刻——克拉克仍然在她的生活里占据着一个位置。可是等逃离一结束，她自顾自往前走自己的路时，她又用什么来取代他的位置呢？又能有什么别的东西——别的人——能成为如此清晰鲜明的一个挑战呢？②

叙述者通过对卡拉内心的观察和描述，凸显了卡拉渴望作出改变又被过去牵绊的挣扎心理。这种不坚定的信念为她逃离的失败埋下了伏笔，反映了一个平凡的小镇女子在面对不理想的婚姻生活时，想要逃离却又无法逃离的迷茫和无助。

在对小白羊弗洛拉丢失后突然在夜雾中出现的情境描写，作者也采用了零聚焦的全知叙述方式：

① 艾丽丝·门罗.逃离[M].李文俊，译.北京：北京十月文艺出版社，2016：3.
② 艾丽丝·门罗.逃离[M].李文俊，译.北京：北京十月文艺出版社，2016：34.

离屋子不远处是一大片浅洼地，每年的这段时间这里总会弥漫着一团夜雾。今天晚上那儿也有，入夜以来一直都是这样。不过此时却起了一个变化。雾更浓了，而且凝成了一个单独的形体，变得有尖角和闪闪发光。起先像一个活动的蒲公英状的球体，滚动着朝前，接着又演变成一个非人间般的动物，纯白色的，像只巨大的独角兽，就跟不要命似的，朝他们这边冲过来。[①]

这一段描述从全知的视角，对故事情节的发展进行了整体把控。故事中的人物克拉克和西尔维亚都不知道小白羊弗洛拉的出现。叙述者站在全知全能的视角，对丢失的弗洛拉的再次出现进行了描述，这是令克拉克和西尔维亚都感到十分意外和震惊的事情。叙述者从推动故事情节发展的角度出发，视角逐渐拉近，从模糊到清晰，毫无疑问地告诉我们出现的就是小白羊弗洛拉。至于小白羊弗洛拉为什么会突然出现？叙述者没有给出答案，给读者留下了进一步的想象空间。

门罗通过零聚焦叙事视角，捕捉女性人物的心理变化，表现出女性人物在身份转换的过程中自我意识的发展变化，也以多样化的观察角度审视女主人公的身份转变与身份建构，丰富了女性身份的认知角度。在全聚焦模式中，叙述者在作品中扮演着先知的形象，以全知全能的方式进行叙述，支配和调遣着所有人物的言谈举止、命运归宿。它的显著特点是叙述者比人物知道得更多，叙述者大于人物。[②]

第二节　叙事视角的变化

作者在一部叙事作品中，很少从头到尾只运用一种叙事视角或者说聚焦角度，不同叙事视角的运用能够充分体现作者的叙事艺术，使作品产生奇妙的、意想不到的效果。

一、选择性全知视角与人物有限视角的交替

北京大学教授申丹在热奈特叙事视角的基础上经过进一步研究，将叙事视

---

① 艾丽丝·门罗.逃离[M].李文俊，译.北京：北京十月文艺出版社，2016：339.

② 徐岱.小说叙事学[M].北京：商务印书馆，2010：81.

角分为外视角和内视角两大类。外视角对应零聚焦叙事和外聚焦叙事，内视角对应热奈特的内聚焦叙事。申丹将外视角叙事又细分为全知视角、选择性全知视角、戏剧式或摄像式视角、第一人称主人公叙述中的回顾性视角和第一人称叙述中的见证人旁观视角；内视角则分为固定人物有限视角、变化人物有限视角、多重人物有限视角和第一人称叙述中的体验性视角。

选择性全知视角比全知视角的范围要小，往往会选择故事中的一个人物作为感知者，仅描述这一人物的所见和所感。人物有限视角中叙述者所知道的和人物一样多，人物不知道的信息，叙述者也无权叙说，视点人物可以是一个人，也可以由多个人物轮流担当。

在门罗的多部作品中都有选择性全知视角与人物有限视角的交互出现，通过故事全知视角的叙述者和人物有限视角的主人公的观察，对故事主题意义的表达和审美效果的增强起到了很好的作用。在门罗的短篇小说集《恨，友谊，追求，爱情，婚姻》中的同名小说中就用到了这种叙事模式。

在这篇文章的开头，全知叙述者的视角首先聚焦到了小镇上的火车站：

很多年前，那时火车还停靠很多支线，一个额头突出、长满雀斑、一头红色鬈发的女人走进火车站，打听托运家具的事。①

接着，全知叙述者聚焦到了火车站办事员，通过火车站办事员的选择性全知视角来对托运工具的主人公乔安娜进行观察和描述：

她大声对他说着，仿佛他是聋子或者傻瓜似的。她发音的方式有点不对头。很重的口音。他觉得是荷兰口音——这里有荷兰移民——但是她没有荷兰女人高大健壮的体格、粉嫩的皮肤或者金黄色头发。或许她还不到四十岁，那又怎样？谁也不能美丽永驻。②

通过火车站办事员的描述和内心活动，充分展现了乔安娜普通、木讷的人物形象和缜密的心思。

随着故事情节的推进，场景切换到了镇上的"时髦女性"服装店，选择性全知视角聚焦到主人公乔安娜身上。在店里，乔安娜与店主有一段这样的对话：

---

① 艾丽丝·门罗.恨，友谊，追求，爱情，婚姻[M].马永波，杨于军，译.南京：译林出版社，2013：3.

② 艾丽丝·门罗.恨，友谊，追求，爱情，婚姻[M].马永波，杨于军，译.南京：译林出版社，2013：3-4.

"我不知道，"她说，"也许我是当地人的话就不会那样。我发现这里的人很排外。你不是本地人吧？"

乔安娜说："不是。"

"你没发现他们很排外吗？"

铁板一块。

"我的意思是说，外人很难进入他们的圈子。"

"我习惯独来独往了。"乔安娜说。[①]

在这段对话中，"铁板一块"明显采用了乔安娜的有限视角，揭示了乔安娜的内心想法和真实状态，凸显了乔安娜在这座小镇的孤苦无依。

接下来，跟随主人公乔安娜的视角，我们穿过了整个小镇。在看到小镇的日益衰落时，叙述者的视角又重新聚焦到乔安娜的身上：

很少有人会喜欢她，她早就意识到了这一点。当她说再见的时候，萨比莎肯定不会流眼泪——尽管自从萨比莎的妈妈去世，一直是乔安娜像妈妈一样照看她。她离开的时候，麦考利先生会伤心，因为她对他照顾得很周到，很难找到替代她的人，不过他所想的也就是这些而已。他和他的外孙女都是被宠坏的、以自我为中心的人。至于邻居，他们无疑会很高兴。[②]

通过乔安娜有限视角的描述，能够感知到主人公乔安娜对萨比莎和麦考利先生深深的失望，也间接反映出她渴望拥有一个充满爱与关心的家庭的内心真实想法。

在叙述的中间部分，插入了乔安娜离开时留下的信，在信中，乔安娜告知了她辞职和带走家具的事情。至此，叙述者的视角又转移到了麦考利先生身上：

炖牛肉的味道好极了，乔安娜的手艺一直不错，但是麦考利先生却吃不下去。他没有理会盖上锅盖的说明，炉子上留着开着盖的锅，甚至忘记了把炉火关掉，直到水烧干了，一股金属的糊味才让他惊醒。

---

① 艾丽丝·门罗.恨，友谊，追求，爱情，婚姻[M].马永波，杨于军，译.南京：译林出版社，2013：13-14.

② 艾丽丝·门罗.恨，友谊，追求，爱情，婚姻[M].马永波，杨于军，译.南京：译林出版社，2013：16.

这是背叛的味道。①

通过对麦考利先生行为和心理的描述，展现出他对乔安娜"偷窃"家具的行为非常恼怒。接下来，通过全知叙述者视角的描述，我们能够知道麦考利先生的女婿肯·波德鲁是个自私而又贪婪的人。

随着麦考利先生进入修鞋店，叙述者的聚焦又转换到了修鞋店掌柜的女儿——伊迪斯身上。通过讲述伊迪斯与萨比莎心血来潮的恶作剧，伪装成波德鲁给乔安娜写浓情蜜意的信，乔安娜离开的原因也最终被揭开。

门罗通过选择性全知视角来不断切换聚焦的人物，深入挖掘人物的性格特征和形象特点，使人物形象更加鲜明。对美好爱情充满憧憬和追求的勤劳朴实的女管家乔安娜、软弱无能而又自私的波德鲁、聪敏刻薄而充满嫉妒心的少女伊迪斯、没有心机的幼稚的萨比莎……一个个人物在读者的娓娓道来中跃然纸上。随着各个人物的出场，读者对故事情节的发展脉络也有了较为清晰的认识。作者不断制造悬念，又通过不断的铺设透露线索，引导读者参与其中，一起寻找答案。主人公乔安娜对爱情和未来生活怀揣憧憬。虽然她出身低微、相貌平庸，但是她对未来的生活充满期待并且勇敢地付诸行动。她并不清楚关于自己的爱情，不过是两个小女孩策划的一场闹剧而已。当她从伊迪斯冒充波德鲁写的信件中得知波德鲁对自己的感情后，她义无反顾地从麦考利先生家离开，先从火车站把家具寄了出去，又满怀憧憬地到时装店试穿了结婚时候穿的昂贵的裙子。当到达波德鲁家的时候才发现，迎接自己的是处于落魄又凄凉处境中的波德鲁。也许到这里一切都该真相大白了，乔安娜的爱情不过是一场白日梦，最终要醒来。但是作者对这个故事的结局安排出人意料，一场闹剧阴错阳差地成就了这一段玩笑式的婚姻，最终两个人有了自己的孩子，过上了安居乐业的生活。仔细想想，这一切仿佛又在意料之中，乔安娜对于感情的真挚付出使她最终获得了幸福，而对波德鲁经历重病中的凄苦境地而言，乔安娜的降临无异于是光明的到来，经历磨难的两个人最终修成正果，顺理成章。全知视角与人物有限视角交替运用的叙事方式让读者参与到故事之中，大大增强了作品的可读性。

此外，作者在文中运用的叙事视角是随着叙事空间的变换而不断变换的。

---

① 艾丽丝·门罗. 恨，友谊，追求，爱情，婚姻[M]. 马永波，杨于军，译. 南京：译林出版社，2013：19.

选择性全知视角是随着叙事空间的改变，从一个人物转移到另一个人物的有限视角。在视角的不断变换中，主人公乔安娜的人物形象逐渐变得丰满而具体。

门罗通过选择性全知视角与人物有限视角的转换，一方面对主要人物的内心世界进行了深入刻画，另一方面这两种叙事视角的选择性和有限性，使读者对故事情节的发展和其他人物的内心处于未知的状态，从而制造了紧张的气氛和富于悬念的曲折情节。从而引发读者的好奇与疑问，增强了小说的故事性和可读性。

二、双重叙事视角的冲突与融合

《脸》是门罗短篇小说集《幸福过了头》中的一篇，这篇小说是门罗为数不多的以男性为叙述主体的小说，讲述的是一个有先天缺陷的男孩的成长历程。主人公"我"因为生来具有的脸上的醒目胎记，受到了父亲的鄙视和社会的排挤。在母亲的呵护下，这个因容貌而自卑的男孩，最终冲破了自身胎记带来的重重枷锁，重建了与昔日玩伴南希的情感，最终成长为一名深受观众喜爱的播音员，找到了心灵的归宿。

在这篇小说中，门罗采用了第一人称的回顾性叙事手法，两种叙事视角交替发挥作用：一方面是作为叙述者的"我"对往事的追忆的眼光；另一方面是被追忆的"我"当时正在经历事件时的眼光。作者在"现在的我"（叙述自我）与"过去的我"（经验自我）之间开展交流与对话，采用"叙述自我"与"经验自我"双重叙事视角的叙述手法，利用两者之间的冲突与融合，使小说充满了叙事的张力。

在小说的前面部分，叙述自我一直在追忆往事，回忆胎记带来的不堪回首的往事。小说的开篇叙述了"我"的出生：

我不知道爸爸站在育婴室的窗户外面凝视我，是在见过我妈之后，还是之前。我倾向于之后。这样的话，当她听到门外有他的脚步声，脚步声穿过她的房间时，她听出来他脚下的怒火，但不知道是怎么回事儿。不管怎么样，反正她给他生的是儿子。大家都觉得所有男人都想要儿子。

我知道他说了什么。或者说，是她告诉我他说过的话。

"好大一块碎猪肝。"

　　然后是："你用不着想着把那东西带回家了。"①

　　父亲和母亲之间的婚姻看起来是不对等的：父亲上过大学，出身于世家，拥有相对优越的经济基础和社会地位；母亲来自平民家庭，没有上过大学，只是上了一所培训学校。而"我"的出现和存在加深了父母之间的矛盾和裂痕。但由于小镇上没有离婚的传统，他们只有在一起继续过着貌合神离的日子。

　　我似乎打算说的是，我猜想自己可能只是个借口，甚至有可能是天赐良机；我成了他们之间现成的争端，成了他们不可解决的问题，把他们扔回天然的分歧之中，实际上这样的状态下他们反倒舒服点。我在小镇生活的所有年头，都没见谁离过婚，所以也许是想当然地认为，还有别的夫妻在一幢房子里各过各的日子，还有别的男人女人已经接受了这样的现实：他们之间的差异从来没能弥补，有些话或行为从来没得到过原谅，障碍从来没能消失。②

　　"我"在成长的过程中因为脸上的胎记而备受伤害。"我"在大学毕业后，先是当了演员，后来因为声音的优势，在广播行业衰落后，又当起了播音员。

　　这些年，我并不孤独。除了我的听众以外，我还有朋友。也有女人。当然，有些女人就喜欢和她们以为需要她们支持的男人交往——她们急不可待地带你到处炫耀，作为她们自己慷慨付出的证明。我对这些女人保持警惕。

　　"我"退休后彻底退出了原来的生活，拒绝主持慈善拍卖会，也没有发表过怀旧演说。本来以为和台里接待员稳固的感情也无疾而终，对方突然通知说她正准备结婚并搬到爱尔兰生活。"我"又回到了老宅，打算在那里生活一段时间。在这里关于过去的回忆，特别是关于花园的回忆，一点一滴又浮上了心头：

　　以前，一个叫皮特的花匠照料我们的花园。我忘记他姓什么了。他跛了一条腿，脑袋永远歪向一边，不知道是因为事故，还是中风的缘故。他干活儿慢，但是心细，勤勤恳恳的。

　　……

　　不过，我们发现一瓶松节油，这下效果就好多了。猪鬃刷子可以用了，我们可以刷了。感谢妈妈，这时候我已经学会一些拼写了。南希也会，她刚上完

---

① 艾丽丝·门罗.幸福过了头 [M].张小意，译.南京：译林出版社，2013：163.

② 艾丽丝·门罗.幸福过了头 [M].张小意，译.南京：译林出版社，2013：166.

了二年级。①

在前面这一部分，叙述者一直以叙述自我的视角对童年的生活进行着直接叙述。随着回忆的加深，叙述者不知不觉走出叙述自我的叙述视角，转换为经验自我正在经历的事件的视角。

我写的是：纳粹有售。

"现在看吧。"我说。

她早就转身背对我了，这会儿正拿着刷子对着自己挥过来挥过去。

她回答说："我很忙。"

她回过头来面朝我，脸上涂满了红油漆。②

南希涂抹油漆的行为被"我"误解，两小无猜的快乐时光戛然而止。两位母亲也因此而争吵反目，南希和她母亲搬走了，"我"被送进了男生学校。此后，这件事再没有被人提起，也成为"我"心里深深埋藏的伤疤。

我渐渐地明白了这个事实，我再也没机会见到南希了。刚开始，我生她的气，并不在乎。后来，只要我一打听她去哪里了，妈妈就含糊其词，她再也不愿意回想那个痛苦的场面了，不管是我的痛苦，还是她的痛苦。可以肯定的是，就在那段时间，她开始认真地考虑送我去上学。我想，就是那年秋天，她送我去了莱克菲尔德学校。也许她觉得但凡我习惯了男生的学校，对女伴的记忆就会越来越淡，渐渐觉得不值得，甚至有些可笑。③

多年以后，当南希再次被母亲提起，并且解开了南希消失的真正原因：那个小女孩为了拥有和"我"一样的胎记，用刀片割伤了自己的半边脸。"我"从刚开始佯装的不为所动，到不再克制自己。后来，"我"被黄蜂蜇伤住进了医院，在梦境中，"我"与一位神秘的女子诵读诗歌。

"没有人为你长久悲伤，为你祈祷，想念你，你的位置空空如也……"

"我从来没听说过。"我回答说。

"真的？"

"真的。你赢了。"④

梦醒人散，"我"在整理旧书时意外发现了写有这段诗句的手抄纸：

---

① 艾丽丝·门罗.幸福过了头 [M].张小意，译.南京：译林出版社，2013：170.

② 艾丽丝·门罗.幸福过了头 [M].张小意，译.南京：译林出版社，2013：178.

③ 艾丽丝·门罗.幸福过了头 [M].张小意，译.南京：译林出版社，2013：182.

④ 艾丽丝·门罗.幸福过了头 [M].张小意，译.南京：译林出版社，2013：187.

没有悲伤可言，

时间治愈了一切之不可能；

没有失去，没有背叛，

就不能痊愈。

抚慰灵魂，

纵然坟墓隔开

爱人与挚爱，

还有他们分享的一切。

看那甜美的阳光，

阵雨已经止息。

花朵在炫耀自己的美丽，

多么美好的天气！

不要念念不忘

不管是爱，抑或责任；

久已忘怀的老朋友们

也许在某处等候，

生命和死亡

终于变成了同一个问题；

没有人为你长久悲伤，

为你祈祷，想念你，

你的位置空空如也，

你已不在。①

这首诗没有影响"我"的心情，最终使"我"决定不再卖掉老屋，而是选择住在那里。多年来的耿耿于怀最终释怀，"我"终于接受了不完美的自己和这段不完美的感情。

在小说的结尾处，叙述者想象着与南希的重逢与分离，发出了不同寻常的感慨：

你觉得这样能改变什么吗？

---

① 艾丽丝·门罗.幸福过了头[M].张小意，译.南京：译林出版社，2013：188-189.

答案是当然，暂时，然后永不会再改变。①

"我"在个体经历的重温与回溯中，对生命有了更深层次的体悟和思考。

文章在双重视角的转换中，在充满冲突与融合的回忆中，完成了对过去的完整回忆和追溯。从视角转换下的分离与聚合中，叙述者进行了反思，接纳了过去，从童年的惨淡回忆里，发现了可被信任的珍贵友情。最终转入现在的故事，产生了深深的哲学式的反思和顿悟。

三、感知性视角与认知性视角的转换

胡亚敏认为，视角主要由感知性视角和认知性视角两大部分构成。感知性视角指信息由人物或叙述者的眼、耳、鼻等感觉器官感知。这是最普通的视角形式。不过，这种感知性视角是有一定局限的，人物若待在屋子里，就只能看到屋内的东西，要看到街上的景色，须在临街的那面墙上开个窗。认知性视角指人物和叙述者的各种意识活动，包括推测、回忆以及对人或事的态度和看法，它属于知觉活动。②在门罗小说的叙事中，也存在着感知性视角转换和认知性视角转换，通过这种多方位的变换来推进故事情节发展和对人物内心世界的刻画。

（一）感知性视角转换

在小说《逃离》中，故事的开头就采用了全知叙事模式，通过感知性视角的转换，来展现主人公卡拉活动的环境。

接着，通过对邻居贾米森太太西尔维亚和卡拉的丈夫克拉克进行了人物及人物所处生活图景的描述。在带给作者身临其境感受的同时，也交代了卡拉逃离的背景及相关环境。

在叙述者叙事过程中，叙述者通过主人公卡拉的感知视角，向读者提供了可靠的观察者形象。

有位老太太在他站的队前面加塞——其实她是去取她忘了要买的一样什么东西，回来时站回到他前面而没有站到队尾去，他便嘀嘀咕咕抱怨起来了。那收银员对他说："她有肺气肿呢。"克拉克就接茬说："是吗，我还有痔疮呢。"后来经理也让他叫出来了，他硬要经理承认对自己不公平。还有，公路边上的

---

① 艾丽丝·门罗.幸福过了头 [M].张小意，译.南京：译林出版社，2013：190.

② 胡亚敏.叙事学 [M].武汉：华中师范大学出版社，2004：23.

一家咖啡店没给他广告上承诺的早餐折扣，因为时间已经过了十一点，克拉克便跟他们吵了起来，还把外带的一杯咖啡摔到地上——就差那么一点点，店里的人说，就会泼到推车里一个小娃娃身上了。他则说那孩子离自己足足有半英里远呢，而且他没拿住杯子是因为店员没给他杯套。店里说他自己没说要杯套。他说这种事本来就是不需要特地关照的。

"你脾气也太火暴了。"卡拉说。

"脾气不火暴还算得上是男子汉吗？"[1]

通过卡拉的视角转换丈夫克拉克强权而又暴躁易怒的形象清晰凸显出来，为卡拉的逃离埋下了伏笔，也引起了读者的强烈共鸣。

在故事发展中，西尔维亚对卡拉的感知视角发生了变化，卡拉的关系逐渐变得微妙。

可是今天，这个姑娘却与西尔维亚记忆中的卡拉完全不一样了，根本不是在她游历希腊时一直伴随着她的那个安详、聪慧的精灵，那个无忧无虑、慷慨大度的年轻人了。

……

没有回答。西尔维亚正对她的脸看过去，到目前为止西尔维亚还没有机会好好地看她的脸，只见她的眼睛里满含着泪水，那张脸上污迹斑斑——显得脏兮兮的——看来她很痛苦，连脸都有点儿肿了。[2]

通过西尔维亚感知视角的不断变换，突出了卡拉不同状态下的变化。她由一个快乐的精灵，变成了一个神经兮兮、绷紧了神经的女孩。这种空间视角上的转换和对比有利于卡拉人物形象的立体性的刻画，同时从侧面反映了卡拉现状的悲惨，说明了她最终选择逃离的原因，为下文故事情节的发展和推进埋下了伏笔。

（二）认知性视角转换

在《逃离》这篇短篇小说中，卡拉的认知性视角也在不断发生变化。从卡拉在西尔维亚的帮助下坐上大巴开始，她的外部动作和内心活动充分反映了她这次逃离的心理变化。

---

[1]　艾丽丝·门罗.逃离 [M].李文俊，译.北京：北京十月文艺出版社，2016：6.

[2]　艾丽丝·门罗.逃离 [M].李文俊，译.北京：北京十月文艺出版社，2016：20-21.

从"大巴驶离镇子之前卡拉都一直把头低低埋下"①，以及后面对卡拉可能出现的联想，能够感知卡拉对这次逃离的信念并不坚定，充满紧张和不安。后面车子驶入乡野，卡拉又变得放松起来，想到贾米森太太西尔维亚，她又找回了自信心。

车子一进入乡野，她便把头抬了起来，深深地吸气，朝田野那边望去，由于透过那层有色玻璃，田野都是紫分分的。贾米森太太的存在使她被笼罩在某种无比安全与心智健全的感觉之中，使得她的出逃似乎是所能想象出的再合理不过的做法，事实上，也是处在卡拉这种境况中的人唯一一种保持自己尊严的做法。卡拉已经感到自己又能拥有早已不习惯的自信心了，甚至还拥有一种成熟的幽默感呢，她那样将自己的生活隐秘透露给贾米森太太，其结果必然是博得同情，然而这又是具有反讽意味与真实的。②

大巴在经过一个小镇的时候，卡拉由加油站想到了她和克拉克创业初期的情景，内心又开始彷徨和挣扎。她最终放弃了逃离，给丈夫克拉克打电话，让他来接她回家。

通过对卡拉逃离途中的心理活动和外部动作的描写，读者能够感受卡拉的心理在不断发生变化，从犹豫、放松、彷徨挣扎到最后的妥协，女主人公卡拉充满矛盾的心理状态不断发生变化，她想努力逃离，却又无法舍弃对过去的眷恋，缺乏面对新生活的勇气和决心。

另一方面，贾米森太太西尔维亚代表的是成熟的具有独立人格的女性形象，通过她的认知视角来观察，卡拉的婚姻是不幸的。特别是在卡拉向她控诉婚姻生活中的不幸的时候，她心中的母性被激发，认为只有逃离后的自由能带给卡拉幸福，她必须拯救卡拉。所以她慷慨地给卡拉逃离的路费，并联系多伦多的朋友为卡拉提供落脚之处。在西尔维亚的认知视角里她是一个拯救者的角色，但是她并不清楚卡拉内心的挣扎和心理负担。

四、多重叙事视角的融合

在小说《恨，友谊，追求，爱情，婚姻》中，门罗通过内聚焦叙事、外聚焦叙事和零聚焦叙事三种聚焦方式的转换，以多重叙事视角的融合，展现了女

---

① 艾丽丝·门罗.逃离[M].李文俊，译.北京：北京十月文艺出版社，2016：31.
② 艾丽丝·门罗.逃离[M].李文俊，译.北京：北京十月文艺出版社，2016：31.

管家乔安娜被小女孩愚弄，以为找到了幸福，而携带家具投奔肯·波德鲁的故事。

在故事的开头，门罗首先采用了零聚焦的叙事手段，通过时空的转换，完成了火车站、"时髦女性"服装店和住所之间的来回变换，拓宽了叙述的时空距离和读者的阅读视角。同时，通过聚焦在不同人物身上的描写手法，刻画了人物的丰满形象，引起了读者的好奇和阅读兴趣。刚开始的聚焦是在主人公乔安娜身上，描写她去火车站托运家具，去服装店买衣服。接下来，叙述的聚焦点转移到了乔安娜当管家的家庭主人麦考利先生身上，描述了他得知乔安娜不辞而别，并且带走了家具去投奔他的女婿之后的愤怒。通过作者看似平淡无奇的叙述，乔安娜为爱不顾一切奔赴的形象与麦考利先生孤单落寞的形象呼之欲出。

门罗在叙述中，叙事聚焦的转换使得文本更加丰富。内聚焦叙事穿插于文章的叙述之中，在不同的人物身上起到了画龙点睛的作用。在服装店试衣服的时候，内聚焦视角下的乔安娜：

过了两三分钟才有人过来。也许他们那里有窥视孔可以观察她，认为她不是他们需要的那种顾客，希望她会离开。①

随你便吧，想瞄就瞄一眼吧，乔安娜想，反正就像母猪的耳朵穿不出花儿来，你马上就会看到的。②

通过对乔安娜的心理描写，我们能够窥见乔安娜的内心住着的还是小时候那个自卑的小女孩，她从心底觉得自己的容貌和身材都有欠缺，形成了她自卑的性格。

此外，随着叙事的深入，门罗穿插进了伊迪斯等儿童叙述内聚焦，当伊迪斯得知乔安娜因为自己冒充波德鲁写信的恶作剧而私奔的行为后，内心充满了恐惧：

但是当她想到乔安娜要到西部去，她感到一阵寒战从她的过去传来，一种

---

① 艾丽丝·门罗.恨，友谊，追求，爱情，婚姻[M].马永波，杨于军，译.南京：译林出版社，2013：8.

② 艾丽丝·门罗.恨，友谊，追求，爱情，婚姻[M].马永波，杨于军，译.南京：译林出版社，2013：10.

被侵袭的警觉。她试图用一个盖子把它砰地压住，但是它还是冒出来。①

除了展现人物心理活动的内聚焦视角和全知全能的零聚焦视角的转换融合，门罗还在文本中穿插外聚焦带有距离而又留有余地的窥探式手法。在文章的结尾处，叙述者视角又转换到了旁观者的角度，用看似平淡的语气和带有距离感的叙述手法，带来文章的高潮时刻，揭晓最终的答案：

大约在乔安娜离开两年后，麦考利先生去世了。他的葬礼是英国圣公教会举行的最后一个葬礼。很多人到场。萨比莎——和她妈妈的表姐，那个多伦多的女人一起来的——现在她沉默寡言、漂亮、出人意料的苗条。她戴着精致的黑色帽子，从不主动和人讲话，甚至好像都不记得他们了。

报纸上的讣告说，麦考利先生的后人有外孙女萨比莎·波德鲁、女婿肯·波德鲁、波德鲁先生的现任妻子乔安娜，以及他们刚出生不久的儿子奥莫尔，居住在英属哥伦比亚的萨蒙阿姆。②

在宛如一笔带过的叙述中，叙述者传达出了大量信息：源于两个小女孩的恶作剧却意外修成正果，乔安娜最终和波德鲁结婚了，并且有了一个儿子——奥莫尔。

在《恨，友谊，追求，爱情，婚姻》这部作品中，门罗将多种叙事视角有机地融合起来，通过时间和空间的不断转换，制造了一种特殊的叙事效果，在作者静水流深的宛若旁观者的叙述里，主人公乔安娜完成了个人成长历程，也完成了一次与命运博弈的人生"游戏"。

---

① 艾丽丝·门罗.恨，友谊，追求，爱情，婚姻[M].马永波，杨于军，译.南京：译林出版社，2013：27.

② 艾丽丝·门罗.恨，友谊，追求，爱情，婚姻[M].马永波，杨于军，译.南京：译林出版社，2013：53.

第三章

艾丽丝·门罗作品的叙事声音

第一节　女性叙事声音

一、女性叙事声音阐释

美国学者苏珊·兰瑟在《走向女性主义的叙事学》一书中首次提出了女性叙事学的概念。随后，兰瑟在《虚构的权威——女性作家与叙事声音》一文中从女性主义叙事学的角度出发，借鉴热奈特等人的经典叙事学理论，分析了不同女性小说作品中不同类型的叙事声音及特征，深入阐述了女性的生存状态、女性文学创作的处境、女性叙事方式以及女性叙事声音在文学史上的重要意义，并且以作者、叙述人、故事讲述人和故事主人公在文本中的位置及关系为依据，将女性叙事声音细分为作者型声音、个人型声音和集体型声音三类。

将苏珊·兰瑟的女性叙事声音分类与经典叙事学的声音种类加以对比就会发现：作者型声音实际上就是第三人称全知叙事；个人型声音就是主人公叙事；集体型声音既可以是第三人称全知，又可以是主人公叙事。从表面上来看，苏珊·兰瑟只是换了一种说法，其实她结合叙述者与讲述内容的关系对叙事方式进行了重新界定和划分，这种分类方法有助于我们将叙事声音的形式和意识形态结合起来进行进一步考察。

二、门罗作品女性叙事声音类型分析

门罗的作品体现了对女性和女性问题的高度关注。她的大多数作品都是以女性为主人公，书写她们的人生历程和情感经历。这些女性跨越了各个年龄段，有懵懂无知的女童，有天真烂漫的少女，有婚姻生活中的妇女，也有年老无依的妇人。通过对不同年龄段的女性形象的刻画，描述她们在生活中遇到的问题以及由此引发的对现实生活的思考。为深化不同作品的主题思想，门罗在作品的叙述中选取了不同女性的声音来进行艺术效果的渲染和表达。在门罗的小说中，这些女性的叙事声音有时候并不是单一存在的，而是一起参与到小说的叙述中，从而营造出了更为真实的艺术效果。

（一）作者型声音

作者型声音指的是一种既是"故事外的"，又是"异故事的"叙事。通常在叙述学中，"故事外的"指的是叙述人对别人故事的讲述，而"异故事的"指的是不遵循故事本身的线索或者进程的讲述。女性主义批评在遵循其原意的基础上对叙事学概念进行借用，但不是为了进行形式分析或者技术解读，而是把它的叙事效果和女性作者的地位、权威相联系。这种类型的叙述者是文本世界的上帝，不仅知晓虚构文本中的一切，洞察所有人心，而且对事件人物做出敏锐深刻的评价，甚至能跳出虚构世界，指涉文本自身。因此，作者型声音最能塑造叙述者的权威。正如苏珊·兰瑟所说：

我用作者型声音这个术语来表示一种"异故事的"、集体的并具有潜在自我指称意义的叙事状态；我所谓的作者型声音模式同时也是"故事外的"和集体的。我们把它的叙述对象类比想象为读者大众。我选用"作者型"这个词并非用来意指叙述者和作者之间某种实在的对应，而是意图表明，这样的叙事声音产生或再生了作者权威的结构或功能性场景。换言之，文本对（隐含）作者和集体的、异故事的主述者之间没有做记号区分的地方，读者即被引入，把叙述者等同于作者，把受述者等同于读者自己或读者的历史对应者。这种画等号的常规做法使得作者声音在各叙事形式中占有优先的地位。①

1.《孩子们留下》中的作者型声音

在门罗的小说《孩子们留下》中，故事以全知视角模式展开叙述。从叙事声音的角度来分析，以主人公鲍玲的视角进行的叙事声音都属于作者型声音。女主人公鲍玲和她的丈夫布莱恩、两个孩子以及布莱恩的父母一起生活。在这个大家庭中，鲍玲每天需要料理家务、照顾孩子，在一堆琐碎的家务中忙得不可开交。鲍玲每天的工作几乎都是重复的，早上，当丈夫布莱恩还在熟睡的时候，她就要早早爬起来开始一天的忙碌。小点儿的宝宝玛拉刚刚十六个月大，大点儿的孩子卡特琳将近五岁。鲍玲先要把早上醒来哭闹的玛拉哄好，给她换好尿布，喂她吃好东西，再把她放进婴儿车里，然后再快速地收拾好自己，正式开始一天的忙碌。日子日复一日，家务活儿好像每天都干不完，日子永远都看不到希望。

---

① 苏珊·兰瑟.虚构的权威：女性作家与叙事声音[M].黄必康，译.北京：北京大学出版社，2002：18.

鲍玲参加了业余剧组的戏剧表演，这让她得以暂时逃离现实中的柴米油盐。戏剧节目《欧律狄刻》改编自俄耳甫斯的神话，这似乎隐喻了深陷于贤妻良母角色中的鲍玲对超越生死的爱情的追求，铺陈了她抛夫弃子的决绝。鲍玲和戏剧的导演杰弗里因为相同的爱好而互生好感。她有点儿心猿意马地背着台词：

"'你真可怕，你知道。你像天使们一样可怕。你以为所有人都朝前走，像你一样勇敢阳光——哦，请别看我，亲爱的。不要看我——或许我不是你希望的样子，可我就在这里呀，我是温暖的，我是善良的，我爱你。我会给你所有我能给的快乐。不要看我。不要看。让我活下去吧。'"①

鲍玲在杰弗里面前的活泼开朗与她在家中的失声形成了鲜明的对比：她很少参与家庭中的谈话，原因是她每次想融入大家的聊天时，面对的不是丈夫的随意打断，就是公公针锋相对的嘲讽，慢慢地，鲍玲在家中的话越来越少。在和丈夫布莱恩谈到杰弗里时，鲍玲的言语间明显有掩不住的欢喜和偏袒：

他才十九岁，那么害羞，杰弗里只好一直盯着他。他告诉他不要演得像在跟自己的祖母做爱。他不得不教他每一步怎么做。把你的胳膊在她身上抱得久一点，拍拍她这里。我真不知道这样有什么用——我只好相信杰弗里，相信他自有主张。②

最终，鲍玲还是逃走了，她对她的丈夫布莱恩撒了谎。此后，鲍玲再也无法回到她过去的生活。

她做的，将是她听说过或读到过的那种事。是安娜·卡列尼娜做过的，也是包法利夫人想做的。布莱恩学校里的一个老师和校秘书也做过。他同她跑掉啦。那就是它的叫法。同某人跑掉。同某人开溜。③

在文章的结尾处，门罗突然将第三人称的叙述方式转换为第二人称的叙述方式，详细描写了主角在多年以后想起孩子们时内心的感受。

这是一种锐痛。它会变成慢性病。慢性意味着它将挥之不去，不过不一定会频频发作。也意味着你不会因它而死。你没法摆脱它，但也不至于送命。你

---

① 艾丽丝·门罗.好女人的爱情 [M].殷杲，译.南京：译林出版社，2013：198.
② 艾丽丝·门罗.好女人的爱情 [M].殷杲，译.南京：译林出版社，2013：209.
③ 艾丽丝·门罗.好女人的爱情 [M].殷杲，译.南京：译林出版社，2013：220.

不会每分钟都感觉到它，但不可能一连好多天都免遭它打搅。你会学会一些伎俩去掩盖或驱逐这种痛，避免彻底毁掉你当初不惜承受它来换取的东西。[①]

这种转换使得读者由原来的受述者变为与叙述者直接进行交流，由叙述者一方突然转变为叙述者的对立方。作者型声音的加入使叙述者将想要表达的情感意蕴对象扩展到每一位读者，而不仅仅局限于原来的文本世界。这种情感上的共鸣丰富了读者的阅读体验，增强了叙述者对文本的权威性。

2.《富得流油》中的作者型声音

在《富得流油》这篇小说中，叙述也是以全知视角的第三人称方式展开的。小说讲述的是一个和父亲继母生活在一起的名叫卡琳的女孩子的故事，每年暑假，卡琳都会乘坐飞机到多伦多北部的一个山谷小镇看望母亲罗斯玛丽。德里克是母亲罗斯玛丽的情人，罗斯玛丽因为帮德里克编辑书稿而结缘，但两人之间的关系始终暧昧不清。

罗斯玛丽心如止水道："我们不见面了。我们散伙咯。"

"真的？"卡琳问，"你的意思是，你们分手了？"

"要是像我们这种人还有分手这一说的话。"罗斯玛丽回答。[②]

德里克周旋于妻子安和罗斯玛丽之间，三个人之间的关系混乱而迷惘。罗斯玛丽因为负责编辑德里克的书，和他走到了一起，而罗斯玛丽租住的房子又是德里克的妻子安的，罗斯玛丽和女儿卡琳后来又都与安成了好朋友。在这种错综复杂的情感关系中，卡琳莫名其妙地对德里克产生了说不清的好感。卡琳央求德里克带她一起到野外去探险，在野外探险时两个人因为遭遇暴风雨而被困在了树丛中，卡琳没有感到害怕，反而因为能和德里克两个人一起独处而开心兴奋。

确实，有这么一些人，你会万分渴望讨得他们欢心。德里克就是其中之一。要是你没能取悦这种人，他们就会在脑海中给你归个类，永远蔑视你。对于闪电的恐惧，看到熊粪时的害怕，或者将那堆废墟视为城堡的愿望——甚至在分辨云母、黄铁矿、石英、银和长石的不同特性上的无能——这些中的任何一条都足以让德里克对她失望。正如他以不同的方式对罗斯玛丽和安表示了失望一样。在这里，与卡琳待在一起的时候，他做回了比较严肃的自

---

① 艾丽丝·门罗.好女人的爱情 [M].殷杲，译.南京：译林出版社，2013：225-226.
② 艾丽丝·门罗.好女人的爱情 [M].殷杲，译.南京：译林出版社，2013：233.

己，对每样东西都致以严肃的关注。因为他是和她待在一起，而不是和她俩中的任何一个。①

上面的这段叙述以第二人称"你"引入作者型声音，此处作者型声音的引入强调了德里克对卡琳的重要性，写出了她害怕因为自己的某些表现引起德里克的失望。她希望自己在德里克的心目中拥有不同于罗斯玛丽和安的，独一无二的地位。她甚至敏感地捕捉到德里克和她在一起时不同于以往的任何时候——显得严肃而专注，这也让卡琳感觉到自己在德里克心中与罗斯玛丽和安是不一样的。通过作者型声音的叙述，突显出叙述的权威性和优越感。

文章结尾处，卡琳穿上安的婚纱，结果引起一场大火，把自己烧伤住进了医院，这件事反而促成了安和德里克的旅行。在卡琳的理解中这是"二度蜜月"，而在罗斯玛丽的眼中，这仅仅是"他们是出发去看看接下来想住在哪里"。他们的婚姻是否得以挽救却不得而知。

3.《幸福过了头》中的作者型声音

在《幸福过了头》这篇小说中，门罗通过作者型叙事声音，构建起一种无声的权威，无形之中增加了作品的可信性，使作品更加真实，叙述也更为客观。在叙事过程中，叙述者仿佛隐身于故事之外，静观故事的发展，并不参与进来。读者在阅读的过程中能够感受到叙述者的存在，但是叙述者放弃了在故事中的话语权和参与行为，只在无形之中影响故事的结构和故事情节的发展。

在《幸福过了头》这篇小说中，叙述者不是文中的任何一个角色，故事情节随着叙事视角的不断变化而推进。文章的前面部分是以索菲娅的视角展开的：

那时候，也正是她应该日以继夜工作的时候，她要准备提交勃丁奖的文章。"我不光忘记了我的函数，还忘记了我的椭圆积分，我的刚体。"她对她的朋友，数学家米塔-列夫勒开玩笑说。

…………

是勃丁奖毁了他们。索菲娅这么想。开始是勃丁奖转移了她的注意力，枝形吊灯和香槟酒让她眼花缭乱。令人头晕目眩的赞美和祝贺，无穷无尽的赞叹和吻手，但仍然是不方便，永远改变不了的现实。他们永远不会给她提供和她

---

① 艾丽丝·门罗.好女人的爱情[M].殷杲，译.南京：译林出版社，2013：253.

的天分匹配的工作机会，能在一个省立女子中学谋一份教职，就已经足够幸运了，这就是现实。当她正沐浴在温暖之中时，马克西姆悄悄地走了。真实理由，一个字也没提，当然了，只说他要写文章，他需要博利厄的平和与宁静。①

写到这里，作者从索菲娅的视角转移出来，笔锋一转，又把叙述者视角定位到了马克西姆身上：

他觉得自己被忽视了。一个并不习惯被忽视的男人，他可能成年之后从来没有参加过沙龙，没有参加过招待酒会，这就是原因。在巴黎不是这个原因。并不是因为在索尼娅的盛名下，他变成了一个看不见的人，虽然他常常确实是这样的处境。一个有坚实财富的男人，享有四通八达的名声，和身材相得益彰的智力，再加上机智诙谐的明快，敏捷的男性魅力。同时，她还全然是一个新贵，一个让人愉快的怪人，一个同时拥有数学天才和女性羞怯的女人，相当地迷人。另外，在她一头波浪之下，还有一颗不俗的心灵。②

文中索菲娅第一次走进魏尔斯特拉斯教授家里时，是以教授的两个妹妹克拉拉和伊莉斯为叙述者的：

带她进门的仆人还没学会甄别客人，因为这屋子里的人过的是深居简出的生活，还因为来的学生通常都衣衫褴褛，举止粗野，所以大部分体面人家的规则在这屋子里都不适用。纵然如此，女仆在把这个大半张脸被黑色帽子挡住，畏畏缩缩的像个害羞的乞丐的小个子女人让进来之前，话音里还是有些许迟疑。姐妹两人不知道她的年龄，不过让她进书房之后，她们猜测她应该是哪个学生的妈妈，是来请求减免学费或者讨价还价的。③

文中叙述视角的不断变化，赋予了叙事声音如上帝一般全知全能的权威。同时，由于叙述者在故事中的缺席，使得它无法干涉小说情节的发展，因而放弃了它对小说行为的干涉。除此以外，作者通过对故事人物和情节的客观叙述，不加评价，放弃了对故事发展的话语干涉。

4.《游离基》中的作者型声音

《游离基》收录于门罗的短篇小说集《幸福过了头》中，故事围绕一个丧偶的癌症患者妮塔展开。多年前，妮塔插足里奇和贝特的婚姻，最终导致贝特

---

① 艾丽丝·门罗.幸福过了头[M].张小意，译.南京：译林出版社，2013：290-291.

② 艾丽丝·门罗.幸福过了头[M].张小意，译.南京：译林出版社，2013：291.

③ 艾丽丝·门罗.幸福过了头[M].张小意，译.南京：译林出版社，2013：311.

离婚而去。里奇意外离世后，妮塔在丧夫之痛和罹患癌症的双重打击下对生活日渐绝望。一日，一名举止怪异的男子闯入妮塔家中要饭吃，并强迫妮塔听他讲述自己因对父母的偏心不满，杀害全家的经过。妮塔怕自己也被灭口，编造了一个故事，谎称自己曾经为了挽救婚姻，设计毒死了丈夫的情妇。秘密的交换，换来了妮塔的安全。男子抢走车钥匙匆忙逃走，路上出车祸死亡，而死里逃生的妮塔又重新找回了生活的意义。

在这篇小说的开头，选择性全知的叙述者首先从妮塔的视角展开叙述。通过对妮塔在丈夫去世之后的境况和心理活动的描写，读者随着叙述者的叙述进入故事之中，感受妮塔的情绪变化。直到有一天清晨，一个年轻男人闯进了妮塔的家里。这时叙述者采用作者型声音的叙述，故事情节的推进以妮塔和年轻男子之间的对话为主，不对人物的内心活动进行描写，只是对双方的对话进行客观的陈述，不带有主观的感情色彩，成功地引起读者的好奇心和阅读兴趣。随后，一直处于客观立场的作者型声音暂时将视角拉近，让读者得以窥探妮塔脑海中的真实想法：

因为她吓坏了，确定的是，这一会儿，她得了癌症这个事实，已经帮不上她的忙了。一点用也没有。她活不过一年的现实，并不能抵消她可能马上死掉的事实。[1]

叙述者对妮塔脑海中真实想法的叙述像镜头一样一闪而过，读者得以了解到妮塔对生活并不像她自己一直认为的那样了无生趣。旋即，叙述者又恢复了客观的保持距离的叙述方式。作者通过妮塔的经历想要表达：死亡是无法预知的，正如妮塔的丈夫里奇的离世；但是死亡真正来临的时候，你才会发现自己还有许多事情要做。所以不管死亡离我们近在咫尺还是遥远，都应该珍惜当下，过好生命中的每一天。在文章的最后，妮塔从悲伤之中勇敢地走了出来，精神世界经过了一次洗涤和净化，对生活有了新的认识。

（二）个人型声音

个人型声音指的是叙述者讲述自己故事的叙述形式。这里的个人型声音并不等同于"同故事的"和第一人称的叙述，而是热奈特所谓的"自身故事的"叙述，即讲故事的"我"是以往的自我，也是故事的主人公。意识流和内心独白不属于个人型声音，因为内心独白虽然也是在讲述自己，但它是无意识的，

---

[1]　艾丽丝·门罗.幸福过了头[M].张小意,译.南京:译林出版社,2013:153.

也就是说这个声音没有叙述的自觉性，不能建构具体的叙述情境。个人型声音在叙事权威性方面远不及作者型声音。个人型叙事声音讲述的是"我"自己的故事，与讲述别人故事的作者型声音相比，显得更为真实可信。但"真实可信"这种权威与作者型叙事声音的权威是两种不同性质的权威：个人型叙述的权威体现为可信度，可以申明个人解释经历的权利及其有效性，却不像作者型叙事声音那样能够超越具体的人物而具有优越地位。简单地说，作者型叙述权威在于叙述者的支配性拥有说话的权利，以及所说出的话是有力的；个人型声音的权威表现在讲述的故事是亲历的、可信的。

门罗的许多小说是结合自己的真实故事改编而成的，这种取材于个人生活经历的文章多以第一人称来叙述，采用的多是个人型声音。通过个人型声音的叙述，门罗可以挖掘更深层次的女性意识，构建女性世界的声音权威，为读者呈现出更为真实的女性世界。

1.《乌德勒支的宁静》中的个人型声音

《乌德勒支的宁静》收录于门罗的短篇小说集《快乐影子之舞》中。文章讲述了海伦和麦迪是一对姐妹，她们有一个让她们尴尬的母亲，因为她有精神病和帕金森，她的神智时常恍惚，但是又病态地渴求着爱，不过姐妹俩看多了母亲的表演，早已冷漠。后来，海伦从家里逃走了，她没有像姐姐麦迪一样大学毕业后回来，海伦在外面结婚，有了家庭，再也没有回家。反倒是过去时髦的姐姐独自一人留下来照顾生病的母亲。等海伦再次回来时母亲已经去世，姨妈的哭诉印证了海伦的猜想，母亲的去世不单是一场意外。麦迪是矛盾的，她不愿把母亲接回家，即使母亲反复强调她在这里活不下去，但当母亲真正死后，她又无法从中走出去，过属于自己的生活。不知道是她已经习惯了和母亲相依为命的生活还是她太久没有感受到爱了，所以她也忘记了如何去追寻自己的幸福。

在这篇小说里，门罗以第一人称女性叙述者海伦的视角讲述对母亲的感情疏离以及对她死亡的漠然：

现在，我听着他们谈她，如此温和，如此隆重，我明白她成了小镇的共有财产，成了大家都知道的奇人怪事。这是她的成就，因为我们一再试图把她困在家里，不管残酷的还是狡猾的手段我们都用过。我们让她远离可悲的声名狼藉，并不是为了她的缘故，而是为了我们。我们看着她的眼部肌肉瘫痪发作时眼珠翻白；听到她恐怖的声音，还有她让人尴尬的发音。她和别人说话，要我们帮她翻译，这一切都让我们忍受毫无必要的羞辱感。她的病那么古怪，以至于我们如同陪同一场极度庸俗的杂耍表演，几乎想要大声地道歉。我们的骄傲日渐被磨灭，我们一起画讽刺漫画以发泄狂暴的情绪，哦，不是，不是讽刺漫画，讽刺漫画不是这样的，那只是拙劣的仿制品。我们早该把她送给小镇，小镇对她会好一点。①

通过个人型叙事声音，作者对海伦的内心世界进行了详细描写，使读者进一步明白了海伦的心理变化和心路历程，了解了她在叛逆期的骄傲和倔强，以及面对生病母亲时的爱恨交织的情感。

2.《蒙大拿的迈尔斯城》中的个人型声音

门罗的短篇小说《蒙大拿的迈尔斯城》讲述的是叙述者"我"一家人外出旅行时，小女儿在游泳池中险些溺水身亡，这一事件唤起了"我"对往昔的痛苦回忆。

在这篇小说中，门罗采用了个人型声音的叙述模式，采用并行交错的形式讲述了两个不同的故事。幼年时，"我"经历了小伙伴斯蒂夫·高雷的溺亡事件，参与了他的葬礼，这件事在"我"的心里留下了阴影。

葬礼在我家举行。斯蒂夫爸爸家没地方容纳那么多人。我记得房间里挤挤挨挨的，不过不记得看到躺在棺材里的斯蒂夫，或者牧师，或者花圈。我记得举着一朵花，一朵白水仙，想必出自什么人在室内催熟的盆栽，因为这会儿树林里连翘、延龄草或金盏花都还没开呢。我和一群孩子站成一排，人手一朵水仙。我们唱儿童赞美诗，有人在我们的钢琴上弹伴奏："等主回来，快要回来，要收聚他珍宝。"我穿着白色编织长袜，被它们弄得很痒，膝盖和脚踝处都皱巴巴的。袜子粘在我腿上的感觉，与我记忆里的另一种感觉混在一起。说来有点复杂。它与我爸妈有关。它涉及大人们，但主要是我爸妈。我爸爸，也就是扛着斯蒂夫的尸体从河边走回来的人，以及我妈妈，她想必是操办这场葬礼的主力。爸爸穿着他的深蓝色西装，妈妈穿棕色天鹅绒裙子，戴奶油色缎领。他俩肩并肩站着，嘴巴随赞美诗开合，我站在儿童队列里，远远看着他们。我感到一阵强烈的、令人作呕的厌恶之情。儿童有时会对大人产生一种突然的厌恶。瞧那大个头，那粗胖体型，那种得意忘形的力量。那呼吸，那粗皮糙肉，那些毛发，那可怕的分泌物。不过我的感觉更糟。而且随之而来的愤怒

① 艾丽丝·门罗.快乐影子之舞 [M].张小意，译.南京：译林出版社，2013：248.

之情也谈不上尖锐，与自尊毫无关系。与我终于可以弯腰捡起一块石头砸向斯蒂夫·高雷的时候不同，这种感觉无法释怀。它难以理解，也没法说清，尽管过了一阵，它淡化为一种沉重，又减弱为仅剩的一点余味，一种偶尔泛起的味道——一种微弱的、熟悉的疑虑。①

多年后，"我"已经结婚并有了两个女儿，在一次全家自驾探亲旅途中，通过对发生的一系列事情的思考，"我"对父母与子女之间的关系有了新的认识。首先，在旅途中静下心来的"我"发现，自己并不是一个称职的母亲，很难在工作、家庭与孩子之间取得平衡。在旅行途中经过迈尔斯城的时候，小女儿梅格因为意外，差点掉进游泳池溺水身亡。在危险的时刻，"我"和丈夫一起救起了女儿。通过这件事情，"我"想起了二十年前发生在家乡的斯蒂夫·高雷的溺水事件以及他的葬礼，"我"第一次理解了身为父母的责任和父母对子女的感情。生活中的有些磨难往往是出人意料的，就像当年的溺水事件，失去孩子的父母往往是最难从悲痛中走出来的。旅途继续，"我"也渐渐地理解了自己的父母，与他们达成了和解：

我们就这么开了下去，后座上的两个人信任着我们，因为别无选择，而我们自己呢，相信着这一点：我们那些事，孩子们一开始必定会注意到、会谴责的那些事，到头来总归会得到原谅的。我们所有那些冒失、武断、草率和冷漠——我们所有那些无法避免，或是纯属人为的错误。②

《蒙大拿的迈尔斯城》中，门罗通过作家个人声音的叙述模式讲述了隐匿在小说情节背后的故事。小说中故事的主人公也是故事的讲述者，第一人称"我"的个人型叙事声音无形中拉近了读者和故事之间的距离。读者随着故事情节的展开逐步代入其中，随着主人公一起经历生活中的种种危难和别离。个人型叙事声音的女性特点使叙述更加细腻、眼光更加敏锐、视角更加独特。同时，故事中个人型叙事声音相比作者型叙述声音视角上存在一定的局限性，作为故事中主人公的"我"的叙事声音只是对个人的经历及心路历程等具有有效性，代表的只是叙述者个人所拥有的知识和判断，并不具有超越自己范围的认知和视角。因此，在这种个人型的女性叙述声音下，权威受到影响，被认为是直觉的产物，具有很强的主观色彩。

① 艾丽丝·门罗.爱的进程[M].殷杲，译.南京：译林出版社，2013：109.
② 艾丽丝·门罗.爱的进程[M].殷杲，译.南京：译林出版社，2013：132.

3.《伊达公主》中的个人型声音

《伊达公主》是以门罗母亲为原型进行的创作。门罗在接受《巴黎评论》访谈中曾经提道："我上了楼进了办公室，开始写《伊达公主》，那是关于我母亲的。关于我母亲的素材是我一生中的重要素材，而且对我来说，它们一直是信手拈来的，我只要放松下来，那些素材就会浮上来。"

《伊达公主》中，通过主人公黛尔的第一人称叙事，描述了"我"母亲的形象。母亲在诸伯利算得上是一个知识分子，她与诸伯利的其他女人相比显得格格不入。她上街销售百科全书，对象甚至延至农民，为此遭到了埃尔斯佩思姑妈和格雷斯姑妈的嘲笑，母亲的古怪荒诞和尴尬行为也给黛尔带来了压力。母亲常常搞聚会，结识有学识的朋友；她还参加读书小组，给报社写信。尽管女儿黛尔并不喜欢和认同母亲的这些行为，但实际在黛尔的成长过程中却深受母亲的影响，她在某些方面与母亲其实很相似。

在这篇文章中，门罗将视角聚焦于少女时期的黛尔身上，读者随着黛尔的视角展开观察和思考，描述了黛尔母亲的一系列行为与小镇上的人和事格格不入，因而带来姑妈和他人的嘲笑以及"我"想要保护母亲的想法：

我感到母亲的古怪荒诞和尴尬行为给我造成的压力——姑妈们一次只是表现出一点点——落在我怯懦的肩上。我不想评判她，来获得他人的恩惠，像被抛弃的孤儿，穿着皱巴巴的衣服。同时我还要保护她。她永远不会明白她多么需要保护，免受两位老妇人略带困惑的幽默和难对付的礼节的伤害。她们穿着深色棉布裙子，有新鲜的浆洗烫熨好的白色细麻布领子，戴着陶瓷花胸针。她们的房子有报时钟，每过一刻钟准时响起；还有要浇水的蕨类植物，非洲紫罗兰，钩编的长而窄的桌布，有花边的窗帘，以及笼罩在一切之上的过于清洁的蜡和柠檬的香味。①

通过黛尔的视角，读者看到了黛尔母亲的怪异行为，同时也理解了黛尔对母亲感情上的憎恨：她四处去兜售百科全书，参加读书会，举办聚会，到处演讲，还以"伊达公主"的笔名在报纸上发表有关妇女权益和教育的文章等。但随着年龄的增长，黛尔慢慢理解了母亲，意识到母亲无形之中带给自己的影响，自己身上其实很多地方都有着母亲的影子，不应该为了表面上所谓的尊严

---

① 艾丽丝·门罗.女孩和女人们的生活[M].马永波，杨于军，译.南京：译林出版社，2013：77.

而去疏远母亲：

> 我其实和母亲很相似，但总是隐藏起这一点，因为我知道这样会有怎样的危险。①

通过作者带有自省的个人型声音的叙述，读者可以领悟到故事中蕴含的隐形表达：母亲对于青春期的少女而言，是带有矛盾性的微妙存在。在寻找自我的成长过程中，一方面，她们希望能够逃离母亲身边，远离母亲给自己带来的影响。但是在逃离的过程中，她们又往往发现母亲对自己的影响无处不在、无处可逃。

门罗通过个人型声音的运用，增加了文本的权威性，吸引读者随着叙述者的视角一起沉浸于故事之中。主人公的个人型声音盖过其他声音，以女性的视角描述故事的情节和经过，读者随着女性声音的开展，进入虚构的故事世界。通过女性的视角和经历来一起参与故事的发展，引发情感上的共情，增强了读者的阅读体验和故事的真实感。文本中的冲突主要展现青春期母女之间的矛盾，个人型声音的叙述，拓展了阅读的深度和广度，将读者充分代入故事之中，体会母女之间的矛盾和感情变化。

（三）集体型声音

集体型叙事声音并不是那种用"我们"为叙事人的叙事声音。在许多以"我们"作为故事讲述人的叙事中，这个集体第一人称的声音几乎都是作者型声音。并且，以往的叙事学理论也没有集体型声音这个概念，在已经成为经典的男性所写的叙事作品中也没有集体型声音这种叙事模式。集体型声音是女性叙事文本中的特有现象，或者说，是女性主义叙述学在女性叙事文本中发现了这一特别现象。苏珊·兰瑟说："所谓集体型声音，我指这样一系列行为，它们或者表达了一种群体的共同声音，或者表达了各种声音的集合。由于主导文化极少采用集体叙述声音，而且叙述声音的区分根本上有赖于主导文化的一些基本特征，因此集体型叙述声音及其各种可能的形式至今尚无一套专门的叙事学术语。"②

---

① 艾丽丝·门罗.女孩和女人们的生活[M].马永波，杨于军，译.南京：译林出版社，2013：95.

② 苏珊·兰瑟.虚构的权威：女性作家与叙事声音[M].黄必康，译.北京：北京大学出版社，2002：22.

1.作品集《女孩和女人们的生活》中的集体型声音

在门罗的短篇小说作品集《女孩和女人们的生活》中，共包含《弗莱兹路》《活体的继承者》《伊达公主》《信仰之年》《变迁和仪式》《女孩和女人们的生活》《洗礼》《尾声：摄影师》八篇故事。小说以主人公黛尔为主，以第一人称"我"的角度叙述了黛尔的成长故事。从首篇《弗莱兹路》中的小女孩发展到《尾声：摄影师》中那位即将离开小镇去上大学的年轻姑娘，揭示了一个青春期女孩所面对的复杂社会选择以及成长道路上的自我选择与抗争精神。此外，门罗将许多女孩和女人的经历、喜怒哀乐巧妙穿插在其中，揭示了女孩和女人们在男权社会下的现实处境和抗争。例如文中黛尔的母亲属于具有一定文化背景的知识女性，她与弗莱兹路的一切显得那么格格不入。黛尔母亲的生活与诸伯利镇的其他女人不同，尽管她进入文化圈子的梦想没有实现，但还是以自己的行为影响着女儿和邻居。她即便是不被理解，依然不肯放弃知识分子的身份。她上街销售百科全书，为结识有学识的朋友常常举办各种聚会，还参加读书小组，给报社写信等等。她不认为女性要依赖男性而生存，对于居住的弗莱兹路的一切，母亲都充满了抵触和厌恶，她甚至强调他们不是住在弗莱兹路，而是住在弗莱兹路的尽头。母亲的行为一度使黛尔感到尴尬和反感，但是在成长过程中黛尔深受母亲的影响：黛尔从小过人的记忆力和文字阅读能力离不开母亲的教导，她的恋爱观和人生观潜移默化中也受到了母亲的影响，坚决不做男性的附庸品，拥有自己独立的人格和思考能力。此外，文中还刻画了一大批形形色色的其他女性形象，比如黛尔的两个姑姑，她们被传统观念所束缚，认为女性是依附男性而存在的，女人的生活就应该以相夫教子和洗衣做饭等家务活为主，她们与黛尔的母亲处处针锋相对，十分看不惯她的各种行为。她们言辞犀利，有时候又插科打诨，虽然她们没有受过很好的教育，但非常满足于自己的生活现状。又比如黛尔的老师范里斯小姐，她大龄未婚，经常受到人们的嘲笑和冷眼，但是范里斯小姐却并不在意，她把自己全部的精力都投入到对歌剧艺术的追求之中。她尽心尽力引导学生进入歌剧艺术的世界，赢得了学生的尊重和喜爱。虽然最后范里斯小姐溺水身亡，但她对音乐艺术的执着追求和热爱深深地影响了学生。

通过黛尔、黛尔母亲、范里斯小姐等多个女性的叙述，反映出女性群体的集体心声，这是典型的集体型叙事声音。她们的叙述反映了处于边缘群体的女性寻求自我解放的历程，揭示了男权社会下女性遭受的压制，许多约定俗成的传统处处阻碍着女性的自由与成长。通过不同女性声音的叙述，反映出这些女性在寻求自我身份认同中的曲折历程，通过她们的曲折情感经历表达她们的心声。她们或者以单独发言的形式展示着各自的遭遇及被压制的社会境地，比如黛尔母亲在舅舅比尔面前的卑微、弗恩在被抛弃后还要面对邻居们的冷嘲热讽等，揭露了男权社会对女性身份的剥夺和欺压。她们有时候又以"我们"的形式出现，共同讲述所遭受的不公平和束缚：

女孩和女人们的生活开始改变了。是的。我们需要自己努力实现这种改变。①

2. 作品集《逃离》中的集体型声音

门罗的短篇小说集《逃离》收录了《逃离》《机缘》《匆匆》《沉寂》《激情》《侵犯》《播弄》《法力》八篇短篇小说。小说的主人公横跨多个年龄段，拥有各自不同的背景和生活经历，有已婚的妇女、年轻的姑娘、单身的大学教师、小镇护士等。相同的是这些女性无一例外都尝试着某种形式的逃离，逃离婚姻、逃离家庭、逃离自我的窘境，她们希望在逃离中找到生命的救赎与出口，结果却总是事与愿违，不得不一次次向现实妥协，回归原来的生活。

在《逃离》这部小说集中，门罗同样选取了不同女性生活中独具特色的方面展开论述，通过对不同女性形象的刻画、不同的女性声音来反映女性群体的境地以及她们的集体型声音。在这部小说集中，作者想要表达的是一种女性意识，表达她们想要"逃离"的集体型声音。有的是逃离家庭和婚姻的束缚，有的是逃离自我，通过逃离这种行为来促进她们对女性身份的求索和不断成长，告别过去，迎接新的开始。例如自我意识开始觉醒，离家出走，从丈夫身边逃离，最后无奈回归的卡拉；逃离枯燥的学术生活，选择偶遇男子又一次次想要逃离他身边的朱丽叶；逃离未婚夫，选择和未婚夫的哥哥一起出逃，最后以悲剧收场而远走他乡的格雷斯；不断在生活中寻找对自我身份的认同和真相的劳莲；被命运无情捉弄，人生无处可逃，若干年后发现真相的若冰……通过对不同女性人生经历和生活场景的描述，为读者呈现出她们的喜怒哀乐和悲欢离合。这些女性身上具有她们各自独特的特点，也具有女性柔弱的共性特点。她

---

① 艾丽丝·门罗. 女孩和女人们的生活 [M]. 马永波，杨于军，译. 南京：译林出版社，2013：202.

们的人生境遇各不相同，有的遭遇令人唏嘘，有的面对困难依然激扬上进⋯⋯相同的是她们都不满于自己的生活境况，想要逃离现实的生活，虽然最终经过努力后的逃离大多以失败告终，不得不回到生活的原点，但逃离无形之中对她们的思想造成冲击，即便没有成功，但是促进了她们的成长和对人生的进一步思考。门罗通过女性集体型声音，表达了对女性的悲悯与关怀，渴望逃离生活中的束缚是女性群体的主体诉求。

第二节　不可靠叙述

不可靠叙述概念是美国著名文学批评家韦恩·布斯在他的著作《小说修辞学》中首先提出来的。它的定义为：当叙述者所说所作与作家的观念（也就是隐含的作家的旨意）一致的时候，我称他为可靠的叙述者，如果不一致，则称之为不可靠的叙述者。[①]判断不可靠叙述的关键在于小说整体的修辞结构设计是否拉开了隐含读者与叙述者之间的距离，是否通过特定叙事信息引导读者把握、挖掘叙述者言语中的不实与不信之处，以更好传达小说的修辞信息，使读者充分领会作者通过塑造特定不可靠叙述者所希望达到的主题效果。不可靠叙述的运用具有一定的技巧，小说家能够运用不可靠叙述所传达出来的信息，最终达到和可靠叙事者一样妥实、可靠的效果。

对不可靠叙述的界定至今没有统一的标准，但是不可靠叙述在叙述分析中的深刻内涵和重要作用，却是不容置疑的。门罗小说叙事艺术中不乏不可靠叙述的采用。

一、《脸》中的不可靠叙述

短篇小说《脸》具有典型的门罗叙事特点，门罗在这篇小说开头就采用了不可靠叙述手法：

我对这种说法深信不疑。爸爸看着我、凝视我、注意到我，也只有过这么一次。在此之后，他就接受了现实。[②]

---

① 韦恩·布斯.小说修辞学 [M].付礼军，译，南宁：广西人民出版社，1987：167.
② 艾丽丝·门罗.幸福过了头 [M].张小意，译.南京：译林出版社，2013：163.

很显然，这里的叙述者作为新生儿不可能记得自己出生时的场景。叙述者对这一场景的描述充满了主观色彩，通过自我想象和转述的形式来对实时场景进行了重现。这种场景虽然是来自母亲叙述的再叙述，不是"我"亲眼所见，但因为父亲在"我"成长过程中的缺席以及鄙视的态度，所以"我对这种说法深信不疑"。在文章中，诸如此类的"我似乎打算说的是""我想""我觉得应该是""我猜"等带有强烈主观色彩的特殊不可靠描述经常出现。

我似乎打算说的是，我猜想自己可能只是个借口，甚至有可能是天赐良机；我成了他们之间现成的争端，成了他们不可解决的问题，把他们扔回天然的分歧之中，实际上这样的状态下他们反倒舒服点。①

写到这里，我已经把我眼中的父亲塑造成了一个畜生，而我妈妈则是拯救者和保护人，对此，我深信不疑。②

此类不可靠叙述丰富了文本的艺术表达和读者的阅读体验，产生了百转千回的奇妙艺术效果。

在小说接下来关于花园的描写中，"我"好像在刻意回避什么，叙述从刚开始就顾左右而言他，先是提到了"一个叫皮特的花匠"，再到弗朗兹和吉妮夫妇，再到贝尔夫妇，最后落到了"一个叫沙仑·萨特尔的女人"身上。在叙述过程中，更是用到了"我忘记他姓什么了""这我也不确定""有没有人相信她的话，我不知道"等语焉不详的不确定叙述，主人公在此反复强调对于幼年记忆的不清楚，好像要拼命掩藏什么，这种说法很难不引起读者的注意和怀疑。这个问题接下来很快得到了证实，因为叙述者一再强调记不清楚，对其他成年女人的名字更是很少知道，然而，这么多年以后，他却能准确地记得萨特尔夫人的全名，这更证明了叙述者在用说谎来掩饰什么。随后叙述者围绕"萨特尔太太"展开了叙述，还有打断的联想和想象。接下来，叙述者却话锋一转，突然把"萨特尔太太"的称谓换成了"南希母亲"，至此，叙述者的目标成功从萨特尔太太转移到了南希身上，掩藏在叙述者背后的真相也呼之欲出，与叙述者之前所说的模糊记忆不同，叙述者的描述十分具体和清晰：

现在我的印象是，只要是醒着，我们就在一起玩。大概是从我五岁开始

---

① 艾丽丝·门罗.幸福过了头 [M].张小意，译.南京：译林出版社，2013：166.
② 艾丽丝·门罗.幸福过了头 [M].张小意，译.南京：译林出版社，2013：167.

的，一直到八岁半结束。南希比我小半岁。大部分时间，我们都是在室外玩，肯定有下雨的时候，因为我记得，要是在屋里玩，南希的妈妈会生气。我们得离菜园子远一点，不要踩到花，不过我们一般都在苹果树底下玩，在一片浆果地上来来去去。还有小屋一头的一块荒地，德国人来的时候，我们的防空洞就盖在这里。

…………

要是大雪天出不了门，就在我家由妈妈带着我们玩。万一爸爸头痛躺在床上，我们只好安静点，妈妈会给我们读故事书。我记得是《艾丽丝漫游奇境记》。听到艾丽丝喝了一种水，越长越大，卡在兔子洞里出不来了，我们都给吓坏了。①

接着，叙述者开始重点讲述在小说第一部分中刻意略过的地下室事件部分。在这一部分的叙述中，作者通过主人公视角对整个事件的每一个细节都进行了详细的描述，通过情境的还原和历历在目的人物对话，全面展示了主人公当时从开心、惊讶，到愤怒，再到刻意遗忘的心路历程。至此，读者终于对主人公之前一直顾左右而言他的叙述找到了答案，也明白了其实南希一直存在于主人公的记忆深处，并且占据着很重要的位置。

但作为故事叙述者的主人公，对南希依旧采取刻意逃避的态度，依旧不愿意从自己的认知中醒来，活在自欺欺人之中。直到父亲的葬礼之后，母亲无意中向"我"提到南希，"我"依旧声称自己已经不记得这个童年的小伙伴了。但是，读者通过前面叙述者对整个事件的描述和态度，能够感受到这不过是主人公自欺欺人的谎言罢了。他似乎不愿意暴露南希在自己心中的位置，也刻意遗忘过去那件事情带给自己的影响。为了不让母亲发现自己内心真实的想法，主人公刻意装出轻松愉快、不以为意的语气，甚至以漠然和敌对的态度来对抗自己内心的波动：

我不会合作的。也许她想要的，不过是看见同情的迹象，或者是温柔的动作。我不会满足她的。她是个过分敏感的女人，并没有因为岁月而受些许污染。但是，我退却了，仿佛感觉到没完没了的悲苦的危险，这是一种会传染的气质。特别是，我要避免一切可能，不要让她提到我的痛苦。我觉得她仿佛特别热衷于提这些。她是我无法摆脱的镣铐。我不得不承认，从在子宫里发育开

---

① 艾丽丝·门罗. 幸福过了头 [M]. 张小意，译. 南京：译林出版社，2013：175-176.

始，我就和她息息相关。①

这种不可靠叙述无形中拉近了读者与叙述者之间的距离，读者能够看到叙述者心中更隐秘的角落，得知叙述者内心掩藏的真实想法，体会其既渴望得到安慰又害怕受到伤害的矛盾心理。当母亲最终向"我"揭示南希消失的真正原因：

> "就是脸上。和你一边。"妈妈说。
>
> 我想保持沉默，装作听不懂她说什么，可是，我不得不开口。
>
> "她满脸都是油漆。"我回答。
>
> "没错。这回她小心多了。她只割了半边，尽量让自己看起来像你。"
>
> 这下，我不再克制自己了。②

叙述者随后讲到自己在一次被蜇伤住院的过程中，亦真亦幻出现在自己身边的女孩和她朗诵的诗歌，终于使叙述者走出了往事的阴影，开始直面自己的内心："我同意。从此以后，我相当的喜欢她。"叙述至此，叙述者由不可靠叙述转向了可靠叙述。"我"最后选择留在充满回忆的老房子里，因为那里有不可复制的回忆和曾经最纯真的童年时光，还有那一生秘不可宣的年少的爱恋。不再逃避和伪装，故乡才是心灵的最终归宿。

随着作品中不可靠叙述的变化，读者的判断也不断发生变化，文本呈现出多变性和一波三折的美感。多重不可靠描述深刻揭示了人物的复杂和矛盾心理，带给读者不一样的阅读体验。

二、《荒野小站》中的不可靠叙述

《荒野小站》由多重不可靠叙述组成。针对西蒙的死亡，不同的人给出了不同的叙述，使事件呈现出迥然不同的面目。在弟弟乔治的叙述里，哥哥西蒙是在丛林砍树时被掉落的树杈砸死的：

> 我们正在西蒙想砍的地方伐一棵树，不知怎么的，我说不清是怎么回事，这树上的一根树杈忽然咔嚓一声朝着我们意想不到的地方砸了下来。我们刚听到小枝丫咔嚓作响，抬头看去，那树杈就砸到了西蒙头上，当场要了他的命。③

---

① 艾丽丝·门罗.幸福过了头[M].张小意，译.南京：译林出版社，2013：183.

② 艾丽丝·门罗.幸福过了头[M].张小意，译.南京：译林出版社，2013：183.

③ 艾丽丝·门罗.公开的秘密[M].邢楠，陈笑黎，等译.南京：译林出版社，2013：204.

在乔治的回忆录里，他对于开荒和暴风雪的细节都进行了很清楚的叙述，但是在西蒙的死亡上他却表示"不清楚"，这种不可靠叙述具有一种含混的效果。

西蒙的死亡有两个亲历者，一个是他的弟弟乔治，另一个是西蒙的妻子安妮。关于西蒙的死，安妮对沃利监狱的治安员詹姆斯讲述西蒙是被她杀死的，她用一块石头砸死了西蒙；而在她写给好友萨迪的信中，安妮又换了一种说法，说西蒙是被他的弟弟乔治用斧头砍死的。结合文章中的叙述，乔治和安妮都具有杀人动机，因为西蒙脾性暴戾，自私自利，在平时的生活中稍有不如意就打骂弟弟乔治和妻子安妮，而且在牧师贝恩与治安员詹姆斯的通信中，提到了"西蒙妻子安妮出逃"的事情。在沃尔特牧师的叙述中，西蒙的意外死亡发生以后，安妮和乔治的生活都发生了很大变化：

"弟弟渐渐融入了邻居家的生活……她（安妮）却完全拒绝接受他们的好意，甚至对每个想要帮助她的人都避而远之，尤其是对她小叔子，尽管他说从来没有跟她拌过一句嘴……她不再参加教会活动，农场逐渐衰败，就像她当时的心智和灵魂农场逐渐衰败，就像她当时的心智与灵魂一样。给了她豌豆和马铃薯去种在树桩间，她也不种；门口长满了野藤蔓，她也不清理。大多数时候，她连火也不生，吃不上燕麦蛋糕或粥。小叔子搬走后，她的生活更是混乱无序。当我去看望她时，大门敞开着，显然动物们早已在这里进进出出。要是她在家的话，肯定是藏了起来嘲弄我。那些见过她的人说，她的衣服因为在灌木丛里穿梭而弄得又脏又破，身上全是荆棘的划痕和蚊虫的咬痕，她不梳头发也不扎辫子。我想，她肯定是靠邻居和小叔子送来的咸鱼和燕麦饼为生。"[①]

牧师詹姆斯认为安妮精神上出现问题是因为受到了丈夫之死的刺激，在他的叙述中，提供了"西蒙之死"的另一种说法——西蒙是被安妮用石头砸死的：

"他就背对着她坐在一根木头上，而她捡起一块石头朝他砸了过去。丈夫正好被砸到脑袋，不省人事，很快死掉了。"[②]

安妮所说的西蒙是被她砸死的或者西蒙是被乔治砍死的话，并不一定是真实的。如果凶手是乔治，他为了掩盖自己杀人的事实，也完全有可能说谎。因此，西蒙是被树杈砸死的说法同样不可信。而西蒙之死的第三种说法来自两

---

① 艾丽丝·门罗.公开的秘密 [M].邢楠，陈笑黎，等译.南京：译林出版社，2013：207.
② 艾丽丝·门罗.公开的秘密 [M].邢楠，陈笑黎，等译.南京：译林出版社，2013：207.

个并不可靠的叙述者，西蒙到底是如何死的，也就成了一个永远无法解开的谜题。

另外，关于安妮"自闭与疯癫"的精神问题，小说也没给出确定的回答。牧师贝恩揣测：

> 可能刚结婚的时候，她对丈夫的顺服并不是百分之百的，难免照顾不周、顶几句嘴、吵吵架，还有她们女人爱用的伤人的闷气和沉默。这一切还没解决，她的丈夫就死了，她自然而然感到懊悔和痛苦。这种情绪完全控制了她，让她觉得丈夫的死都是自己造成的。这种情况下，我想很多人都会发疯的。对有些人来说，发疯开始时像是闹着玩一样，不过他们的肤浅和鲁莽很快就会受到惩罚，魔鬼已经封锁了一切出口，发疯再也不是游戏了。①

治安员詹姆斯在给牧师詹姆斯的信中也称，医生探视过安妮后，认为"发病动机是一种对自我重要性的渴望，也是想逃避单调的生活或生来就得面对的苦役"②。牧师、治安员、医生的叙述，似乎可以证明安妮的精神在丈夫死了之后的确不太正常。在最后一封信中，与这个事件保持着相当长时间距离的马伦小姐，再次讲述了老年安妮逻辑混乱、胡言乱语的状态，似乎也佐证了安妮的精神状态确实不佳。

乔治作为西蒙死亡事件的亲历者，同时也是对嫂子安妮情况最清楚的叙述者，在回忆录中对嫂子安妮的情况描述是很可疑的。安妮的信也证明了这一点。在写给好友萨迪的信中，安妮描述了丈夫的尸体被小叔子拖回来之后她看到的斧痕，以及自己是如何帮助、照顾小叔子的细节；而小叔子对自己却非常警惕。

> 我不再待在屋里，怕他找到我。当我不在屋里而是在外面睡以后，噩梦没那么频繁了。③

> 在这里乔治没法伤害我，这也是我过来的主要原因。要是他们觉得我疯了，而我很清楚我没有，我就是安全的。④

在安妮的叙述里，西蒙的死又有了新的说法，她说自己亲眼看到西蒙是被他的弟弟乔治砍死的。因为乔治知道安妮目睹了凶杀案的整个经过而对她心

---

① 艾丽丝·门罗.公开的秘密 [M].邢楠，陈笑黎，等译.南京：译林出版社，2013：211.
② 艾丽丝·门罗.公开的秘密 [M].邢楠，陈笑黎，等译.南京：译林出版社，2013：212.
③ 艾丽丝·门罗.公开的秘密 [M].邢楠，陈笑黎，等译.南京：译林出版社，2013：222.
④ 艾丽丝·门罗.公开的秘密 [M].邢楠，陈笑黎，等译.南京：译林出版社，2013：223.

怀恶意。安妮为了躲避乔治的迫害，不得已才四处躲藏，先是在荒野中艰难求生，后来躲到了沃利监狱。为了被监狱收容，她无奈之下才编造了自己杀害西蒙的谎言。如果安妮所说的这一切都是事实的话，那只能说她的精神并非存在异常，但是牧师、治安员和医生又一致认为安妮的精神不太正常。

从故事情节的发展来看，叙述者分成两大阵营，一方是以安妮为代表的女性话语阵营，通过她的自述，西蒙的死亡事件呈现出一种版本。而其他三个男性话语的叙述与安妮的叙述形成了完全相反的立场。这样，在两大阵营的叙述中，必定存在着可靠叙述和不可靠叙述，如果一方被证实为可靠叙述，那么也就意味着另一方的话语不可靠。可以看到，男性话语以压倒性的优势将处于女性话语的安妮逼进角落。作者在看似无意中反映出了女性被压迫的弱势地位，女性在社会上很难拥有自己的话语权，不能发出自己的声音。男性以压倒性的优势行使他们男权社会的权力，具有强大的压迫女性的力量。

第四章

艾丽丝·门罗作品的叙事时间与叙事空间

叙事时间和叙事空间是叙事作品故事结构的必要条件。对于叙事作品来说，时间和空间是必不可少的因素，叙事时间为小说中故事的纵向发展奠定了序列性顺序，叙事空间为小说中的故事提供了延伸跨越的场所。叙事时间、叙事空间与叙事之间蕴含着丰富的关系。对于小说的叙事，门罗除了叙事视角、叙事结构等方面具有自己独特的叙事策略，在小说的叙事时间和叙事空间方面也有其艺术特色。

第一节　叙事时间

叙事时间是一种线性时间，而故事发生的时间则是立体的。在故事中，几个事件可以同时发生，但是叙述时则必须把它们一件一件地叙述出来；一个复杂的形象就被投射到一条直线上。① 当代叙事理论认为，叙事时间和叙事空间是小说文本中存在着的两种相互关联的时间序列。叙事时间是事件按因果关系先后排列的自然时间状态，一般同物理时间线性发展轨迹相似。叙事时间则打乱物理时间的线性发展轨迹，是作者重新编排出来的故事事件顺序，是作者按照艺术审美的需要而重新组合的文本秩序。②

一、线性时序叙事

在讲述小说的故事时，文本主要事件的叙事一般按照自然时序发生的先后顺序展开，情节的发展呈现出开始、发展、高潮、结局的特点，这样的叙事方式一般被称为线性叙事。传统小说较多采用线性时序的叙事形态。线性叙事强调故事的完整性、时间安排的顺序性和思想表达上的逻辑性，文本中的叙事时间与故事时间顺序基本一致，给读者带来有头有尾、有始有终的阅读体验和感觉。

（一）《亮丽家园》中的线性时序叙事

门罗在小说《亮丽家园》中采用的是典型的线性时序叙事模式。小说讲述的是一位名叫玛丽的女子生活中发生的一件事：玛丽要去伊迪斯·黛比家参加

---

① 伍蠡甫，胡经之．西方文艺理论名著选编 下[M].北京：北京大学出版社，1987：506.
② 申丹，王丽亚．西方叙事学：经典与后经典[M].北京：北京大学出版社，2010：236.

生日宴会，顺便去富勒顿太太家把鸡蛋钱付了。玛丽通过与富勒顿太太的聊天对她产生了同情和好感，在接下来的聚会上，社区居民想把富勒顿太太驱逐出去，玛丽仗义执言，坚决拒绝在驱逐富勒顿老太太的申请书上签字。整篇文章完全遵循事件发生的客观时间先后顺序来进行线性时序叙事，时间链上没有发生中断，也没有心理时间上的插入。

在故事的开头部分，玛丽在去参加生日聚会的路上去富勒顿太太家付鸡蛋钱，这里进一步交代了富勒顿太太这一人物的生活背景。故事从玛丽和富勒顿太太的聊天开始：

"我不知道这件事儿，"玛丽说，"我一直以为富勒顿先生去世了。"

…………

玛丽想起了生日聚会，站起来叫她的小儿子。"我想，明年夏天，我可能要卖我家的黑樱桃。"富勒顿太太说，"你要是要，就来摘，一盒五毛钱。我这把老骨头，已经爬不上去了。"

"这可太便宜了，"玛丽微笑，"比超市里便宜太多了。"①

玛丽通过与富勒顿太太的聊天得知，年事已高的富勒顿太太第一任丈夫已经去世，第二任丈夫要比她年轻好多，在当年一次离家以后再没有回来。孩子们长大以后都离开了这里，只有富勒顿太太自己独居在老房子里以卖鸡蛋为生。没有人愿意找她聊天，人们只计较她卖的鸡蛋的价格比超市贵，却没人在乎她自家出产的鸡蛋和樱桃品质要远远超过超市。富勒顿太太是一位坚强乐观而又独立的老妇人，她自食其力，不随便接受别人的施舍；她以饱满的姿态面对生活，每次去送鸡蛋都会梳妆打扮，让自己看起来不那么悲苦；对弃自己而去杳无音信的丈夫，她也没有太多的怨恨，而是坚守在老房子里等着他回来；她热爱自然和生命，把家禽家畜当作宠物来养，与它们和谐共处。玛丽通过与富勒顿太太的聊天加深了对老太太的了解，对她充满了同情、尊敬。

走在路上的玛丽想到了新社区之前的历史：温情脉脉的以花的名字命名的街道，彼此和睦、信赖的邻里关系，对生活充满热情的人们。随着岁月的流逝，当年的花园宫已经风采不再，特别是随着新城区的建立，老城区的破败形象显得突兀和格格不入。社区的居民怕富勒顿太太家破败的形象影响整个社区的房价，所以一再孤立老人，想把她从社区赶走。

---

① 艾丽丝·门罗.快乐影子之舞 [M].张小意，译.南京：译林出版社，2013：27-28.

接下来在生日聚会上，社区的居民聚在一起又开始了对富勒顿太太的埋怨，不愿意参与其中的玛丽躲到了厨房：

"要是我住她隔壁，我告诉你我怎么办，"史蒂夫表情愉快而温和，显然在期待随后的笑声，"我把孩子带过去，让他们带上火柴。"

"哦，可笑，"伊迪斯回答道，"这个笑话真老。你在开玩笑，我却得努力做点什么。我都给市政厅打过电话了。"

…………

"她在这里待了四十年了。现在我们来了，"卡尔回答，"所以，她的时代已经走了。不管你明白不明白，你想想，这栋房子压低了这条街每一座房子的价格。我做这行，我知道。"①

最后，在史蒂夫和卡尔的倡议下，他们打算向市政厅申请修路，这样的话作为道路必经之处的富勒顿太太家就必须搬迁。他们要求参加聚会的每一个人都在这份道路申请书上签字。道路申请书在社区居民手上传来传去，但到玛丽的时候，她果断地拒绝了：

"我不能签字。"她回答。她的脸刷地红了，声音战栗。史蒂夫碰了碰她的肩。

"出了什么事儿，亲爱的？"

"我不觉得我们有这个权利。我们没有权利。"②

在文章的最后，玛丽描述了对社区居民的宽容和谅解，但是她依然坚持她的想法，拒绝加入驱逐富勒顿太太的队伍：

现在，你什么也做不了，除了把手插进口袋里，保留一颗不打算服从的心以外。③

文章从头到尾的叙述都是按照事件发生的逻辑和现实顺序来进行叙事的。另外，线性时序叙事强调的不仅仅是时间线索上的流动和完整性，更突出强调叙事情节中先后的因果关系。正是因为有了前面玛丽在富勒顿太太家的聊天，加深了对富勒顿太太的进一步了解，才有了后来在生日聚会上坚决拒绝在驱逐富勒顿太太的修路申请书上签字。虽然玛丽的内心有过逃避和矛盾，但最终还

---

① 艾丽丝·门罗.快乐影子之舞[M].张小意，译.南京：译林出版社，2013：32-34.
② 艾丽丝·门罗.快乐影子之舞[M].张小意，译.南京：译林出版社，2013：35.
③ 艾丽丝·门罗.快乐影子之舞[M].张小意，译.南京：译林出版社，2013：37.

是善良和勇气占了上风，坚定地站在了富勒顿太太一边。

（二）《谢谢让我们搭车》中的线性时序叙事

《谢谢让我们搭车》是门罗少见的以男性为叙述视角的作品之一。这篇小说的叙事采用的也是线性时序叙事模式，按照事件发展的开始、发展、高潮、结尾的时间顺序来层层推进。叙事时间没有超出文本的故事时间，按照一维的时间顺序来推进情节的发展。

故事的开头部分讲的是"我"和表哥乔治驾车来到了休伦湖边的一个小镇，无聊地坐在一个咖啡厅里：

表哥乔治和我坐在一家名叫"波普咖啡"的餐馆里，这是在靠近休伦湖的一个小镇上。室内光线昏暗，灯还没有开。不过，在落了苍蝇的、微微发黄的草莓圣代和西红柿三明治剪纸中间，贴在镜子上的告示还是能看清楚的。①

文章接下来交代了"我"与表哥乔治之所以相遇并来到这个小镇的过程，接下来对小镇的环境进行了详细描述：

这是个连柏油路都没有的小镇，宽阔的沙石路面，光秃秃的院子。只有耐寒耐旱的东西，比如黄的红的旱地金莲花，卷曲的褐色叶子的丁香花，能从干裂的地面钻出来。房子和房子之间的距离遥遥，每座屋子后头都有自己的水泵、棚屋以及厕所，大部分都是木头盖的，刷成了绿色、棕色、黄色。这里的树，都是粗大的柳树，或者白杨树，它们精致的叶子积着灰土。小镇的主干道两边都没有树，只有一块块光地，光地上长着高高的野草、蒲公英和蓟类植物。商店建筑之间是开阔的乡村。镇公所大得惊人，塔楼上有一座漂亮的大钟，塔楼的红砖在小镇褪色的白色木墙之间格外耀眼。大门边的告示说，这里是第一次世界大战死难战士纪念堂。②

在接下来的故事情节发展里，"我"和表哥乔治在咖啡馆里邂逅了一个叫爱德莱德的女孩。通过乔治和爱德莱德的搭讪，"我"又约到了她的朋友洛伊丝与我们一同出游。洛伊丝答应了出游，但要求先把她送回家去换一下衣服。

随着故事叙事时间的推进，接下来发展到了故事的高潮部分，"我"发现了洛伊丝身上不同寻常的地方：洛伊丝带"我"回家的目的是借助男性的力量来证明自己的魅力和在家庭中的地位；洛伊丝的母亲则像推销商品一样向"我"

---

① 艾丽丝·门罗.快乐影子之舞 [M].张小意，译.南京：译林出版社，2013：59.

② 艾丽丝·门罗.快乐影子之舞 [M].张小意，译.南京：译林出版社，2013：62.

推销这个女孩；在游玩的途中，农舍主人对洛伊丝不友好的态度……这些都引起了"我"的好奇：

　　每回洛伊丝把酒瓶传回来给我，都要说一句"谢谢你"，这种过分的礼貌，包含了微妙的不屑。我用胳膊搂住她，其实也不太想这么做，我想知道到底怎么了。姑娘躺在我的臂弯里，轻蔑，顺从，愤怒，不善言语，遥不可及。相比去抚摸她，我更想和她说说话。①

　　通过与洛伊丝的交谈，"我"体会到了她身为女性的弱势地位与悲哀的处境，也了解到她对男人产生抗拒的原因。洛伊丝曾经对她的女性身份和社会处境进行过消极的抵抗，但是这抵抗的力量太微不足道了，最终她不得不向现实妥协。

　　在小说的结尾处，"我"和乔治送两个女孩回家：

　　我发动了汽车。我们开始倒车。乔治在后座上舒舒服服地打算睡觉。然后，我们听见车后，一个女人的声音。响亮的，粗糙的女孩子的嗓音，凄凉，让人感觉很不舒服："谢谢让我们搭车！"

　　不是爱德莱德。是洛伊丝。②

　　从整个故事看，叙述者"我"串联起了整个故事，通过"我"的视角，洛伊丝的自卑伤感、想要抗争社会环境而又妥协的女性形象逐渐清晰并丰满起来。线性时序叙事方式的采用，进一步拉近了叙述者和读者之间的距离，慢慢让读者参与到故事的情节发展之中，感受人物的情绪波动和情感变化，增强读者情感上对故事的参与和体验。

二、非线性时序叙事

　　非线性时序叙事打乱了事件的因果规律和时间序列，运用倒叙、预叙、补叙等方式打乱传统线性叙事时间，从而避免读者线性的一味地对待故事时间的发展。非线性时序叙事打破了固定的时空限制，在结构中埋下伏笔，在情节叙述中突然插入别的桥段，使表面上毫不相干的事情有所联系，通过富于变化的节奏和一波三折的故事情节，使读者保持好奇心和跌宕起伏的阅读体验。作者通过非线性时序叙事的运用，把事件的发展置于不断变化的时间之中，吸引读

① 艾丽丝·门罗.快乐影子之舞 [M].张小意，译.南京：译林出版社，2013：69.

② 艾丽丝·门罗.快乐影子之舞 [M].张小意，译.南京：译林出版社，2013：75.

者参与到故事的不断变化发展中，去进一步体验、挖掘和感受文章所要表达的要义。非线性时序叙事使作品从形式上更具美感，使读者在不断变化的动态时间中，不容易产生审美视角上的疲劳，使文章读起来也更有层次感和可信度。

（一）倒叙

倒叙指的是把某些发生在后的故事情节或结局先行提出，然后再追叙发生在先的往事。倒叙不按照事件发展的先后顺序，能够起到制造悬念、引起读者好奇心的艺术效果。

1.《一点儿疗伤药》中的倒叙叙事

门罗在小说《一点儿疗伤药》中的倒叙叙事运用得比较隐蔽。故事的开篇部分以"我"为视角讲述自己背着父母偷偷学会了喝酒：

我爸爸妈妈不喝酒，以前也没好过这一口。我还记得，读七年级的时候，和其他孩子一起在郑重其事，其实又转瞬即逝的洗脑课上，签了禁酒的宣誓词，妈妈说："这个年纪的孩子净会瞎胡闹，做白日梦。"天气热的时候，我爸爸会喝一杯啤酒，不过妈妈不会陪他喝，而且，不管是偶尔还是象征性的，他总是在屋外喝。在我们生活的小镇上，我们认识的大部分人都是这样的。①

小说接下来叙述了"我"和一个叫马丁·柯林伍德的男孩的短暂恋情，以及被抛弃后无法从失恋的阴影中走出来。在一次偷喝了雇主的酒之后"我"闹出了笑话，所有人都知道了"我"对马丁的可笑的痴情，父母也认为"我"已经无可救药地声名狼藉。不过这件事情却给我带来了完全意想不到的结果：

不过这件事的结果之中，有一个是积极的，完全出乎意料的好结果：我彻底克服了马丁·柯林伍德这个挫折。不仅仅是因为马丁立刻当众说，他一直觉得我是个疯子，我还对他失去了骄傲感。②

小说的叙述进行到这里，好像一直是按照顺时时序在层层推进，读者随着"我"的讲述，跟随"我"一起经历从恋爱到失恋再到精神涅槃的完整的心路历程。但是在文章的结尾处，作者却突然笔锋一转：

我想，我是没有真的再见过他，直到我结婚几年后回家参加一个亲戚的葬礼。那一次，我看见了他，不太像达西先生，不过在一身黑衣服的衬托之下，还是挺好看。在这种场合，我发现他注视我的表情，几乎是缅怀往事的微笑。

---

① 艾丽丝·门罗.快乐影子之舞 [M].张小意，译.南京：译林出版社，2013：99.

② 艾丽丝·门罗.快乐影子之舞 [M].张小意，译.南京：译林出版社，2013：112.

我知道他不是想起了我对他的仰慕，就是想起了我那段尘封已久的小小灾难，露出惊讶的表情。我回以温和的不解表情。如今我已经成年了，让他挖他自己的灾难去吧。①

结尾处的叙述者"我"的这一段故事叙述，让读者从之前的故事情节中抽身出来，恍然明白在此之前的叙述都是叙述者的回忆。小说用短短的一段点明了在叙事时间上的倒叙模式，除了给读者带来意料之外的阅读感受，更带来了情感方面的回味无穷和意犹未尽的独特艺术魅力。

2.《库特斯岛》中的倒叙叙事

门罗的小说《库特斯岛》整篇故事是在倒叙叙事的模式下被叙述者娓娓道来的。在故事的开头，叙述者"我"以回忆形式再现了主人公小新娘初为人妻的一段经历：

那时我二十岁，5英尺7英寸高，体重在135磅到140磅之间，然而有些人——切斯的老板娘，他办公室里年长的女秘书，我们楼上的格里夫人，都管我叫小新娘。有时还叫"我们的小新娘"切斯和我常拿这个打趣，不过他对外的反应是摆出一副爱怜的模样。我呢，微笑着做个鬼脸——羞涩地、默认地。②

最开始，作为"小新娘"的"我"并不介意做一个被丈夫圈养的"房中天使"，因为"切斯养着我，我不必逼自己走进外面的世界"。但随着时间的流逝，"我"逐渐感到了日子的无聊，开始在有时间的时候进行阅读，并且还买来一个练习簿，开始尝试写作。因为经济上没有独立，"我"遭到社会的歧视，也受到了来自性格古怪的房东格里太太的嘲讽和漠视。只是，一直沉浸于新婚生活中的"我"对周围的这一切都没有特别在意，直到有一次无意中听到格里太太提到了库特斯岛，感到突然惊醒了。

随着故事情节的推进，"库特斯岛"俨然已成了"小新娘"内心中质朴、天然甚至带有一丝蛮荒的最本质状态的象征。

后来"我"如愿找到了工作并变得日益成熟和独立，"我"搬离租住格里夫妇的房间并且渐渐成为一位母亲。那片虽具有一种天然的混乱却又比任何东西都要丰富和自然的库特斯岛不时地出现在"我"的梦里。但"我"已经不再受到格里夫妇的影响，而是以实际行动对他们的老旧思想进行了狠狠的回击：

---

① 艾丽丝·门罗.快乐影子之舞 [M].张小意，译.南京：译林出版社，2013：112-113.
② 艾丽丝·门罗.好女人的爱情 [M].殷杲，译.南京：译林出版社，2013：121.

而船、甲板和海滩上的砾石，戳向天空或蜷缩地俯向水面的树木，四周岛屿错杂的剪影，灰暗却分明的群山，似乎都具有一种天然的混乱，比我能梦到或想出的任何东西都要丰富和自然。它就像那种地方——你在，或者不在，它都自成一体，遗世而独立。

不过，掉在那位丈夫尸体上的焦黑房梁，我倒从不曾看到。那是很久前的事啦，如今周围早已换上一片郁郁葱葱。①

文章通过倒叙的时序展现方式，将小说中的故事冲突一步步展现出来，促进了读者对人物形象的解读，使故事情节波澜起伏。

（二）预叙

预叙指的是在故事尚未展开叙述之前，就预先暗示或交代出将要出现的人物或将要发生的事件的结局。预叙能够统领后文，引起读者的注意，并明确叙述意图和事件目的等内容。

1.《发作》中的预叙叙事

门罗的短篇小说《发作》讲述的是一桩耸人听闻的凶杀案件对小镇居民，尤其是罗伯特一家产生的强烈影响。

在这篇小说里，门罗采用预叙叙事的模式，在小说一开始，就首先向读者交代了这场凶杀案的死者——韦伯夫妇。接下来对遭遇不幸的韦伯夫妇的穿着、长相、年龄等进行了详细的描述：

死的两个人都是60出头，都身材高大、体格健壮，体重都稍微多了那么几磅。他一头灰发，脸盘扁平，方方正正的，只是鼻子略宽，否则称得上十足地尊贵英俊。她一头金发，一种泛银的金色，你不再会觉得它是人工染色的了——尽管明知并非天然——好多这个年纪的女人都染成了这种发色。②

另外，交代了死者是罗伯特夫妇的邻居，在死前他们之间曾经有过短暂的接触。然而门罗自始至终没有对韦伯夫妇死去的原因正面叙述，也没有说明案件本身到底是自杀还是他杀，重点叙述放在了案件发生后小镇居民的反应方面。

佩格是第一个发现韦伯夫妇死去的人，但是她并没有把这件事告诉自己的丈夫罗伯特，她宁愿将这件事情藏在心底，这样的举动表明了他们夫妻之间的

---

① 艾丽丝·门罗.好女人的爱情[M].殷杲，译.南京：译林出版社，2013：149.
② 艾丽丝·门罗.爱的进程[M].殷杲，译.南京：译林出版社，2013：135.

疏离和冷漠。

在案件发生之间，周围的邻居包括罗伯特都没有发现任何端倪。只有后来发现他们尸体的佩格注意到了，在节礼日碰到韦伯夫妇时，他们的表情很古怪，韦伯似乎在瞪他的妻子。

罗伯特夫妇经过讨论后认为，韦伯老两口之间曾经爆发过一次激烈的"发作"，由此联想到自己的生活。有很多夫妻之间表面上看起来风平浪静，其实内在已经暗流涌动，有许多看不见的矛盾。这些暗藏的矛盾随时引发两人之间的冲突，不过有的发作看起来不像韦伯老两口那样惨烈，更多的则是将伤痛和矛盾掩藏在内心深处，像佩格家那样维持表面上的平静。罗伯特四处调查，分析关于韦伯夫妇案件的不同版本，试图重构这一案件的原貌。随着离案件的真相越来越近，罗伯特发现了这个案件带给他最大的启示在案件之外：在自己看似平静的家庭生活背后生活的可怕真相，尤其是妻子佩格一直在掩饰自己内心真实的想法。罗伯特发现妻子和警察告诉他的现场细节有很大出入，他打算盘问妻子，却最终作罢：

克莱顿进门之前，他正想问她一件事。至少，他正盘算着这个问题，想知道问出来是否合适。在这么多讨厌的细节当中的一处，一点出入。

现在他知道那是不合适的，绝不适合问出口。它和他无关。一点出入，一个细节，一个谎言——但根本与他毫不相干。①

罗伯特最后终于明白了佩格故意说谎是一种本能或是策略性的反应——她要掩藏自己在事发现场看到死尸断肢时病态的好奇心和满足感。她虽然不能像瓦尔特那样做出实际的、身体上的暴力行为，却可以用一种更加暴力的形式，即同样凶暴的好奇心来满足自己内心隐秘的欲望与冲动。在某种程度上，这也可以视作她对曾经压迫过自己的男性（尤其是她的前夫，甚至也很有可能包括罗伯特）"复仇"的某种替代性行为。

门罗将韦伯老夫妻的身亡事件以预叙的方式放在开头，暗示出两个家庭和两对夫妻之间的潜在联系。韦伯夫妇矛盾的爆发正是佩格家这种家庭矛盾的触发点。预叙方式的采用，在引起读者阅读兴趣的同时，深刻揭示了家庭之中存在的隐性矛盾，这些关于谎言、背叛、愤懑等各种不满的情绪掩藏在表面平和的家庭生活背后，随时可能爆发。门罗看似平淡的叙述背后，其实是生活的暗

---

① 艾丽丝·门罗. 爱的进程 [M]. 殷杲，译. 南京：译林出版社，2013：163.

流涌动和危机四伏。

2.《蓝花楹旅馆》中的预叙叙事

门罗在《蓝花楹旅馆》故事的开篇首先讲述了盖尔独自坐飞机从加拿大途经夏威夷岛飞往澳大利亚，重点讲述了盖尔独自一人在飞机上的感受和遭遇。在这篇小说的开始部分，门罗采用的就是预叙的叙事方式。这部分预叙的安排，成功制造了悬念，引起了读者的好奇心。读者很期待进入故事情节，解惑盖尔为什么会出现在飞机上，在她身上有着怎样的故事。接下来讲述威尔离开后盖尔的生活状态，回叙了盖尔和威尔之间从相遇到相爱的感情历程。直到桑迪出现，威尔抛弃了盖尔，追随桑迪一起去往澳大利亚生活。

盖尔去探望威尔生病的母亲时，发现了威尔来信上的地址，决定去找他。盖尔去澳大利亚之前不忘伪装自己。她给自己来了个大变身，她剪掉了那头浓密的灰红色头发，然后把剩余的头发染成了深棕色。她挑了件深蓝色的套裙礼服，红黄交替的条纹图案。这样，她在威尔与桑迪家的栅栏外徘徊时才不会被人认出来。盖尔不仅从外表上改变自己，她还伪装了自己的身份，冒充去世的凯瑟琳给威尔回信，力图挽回他的关注。通过与威尔通信，盖尔知道了威尔无法融入桑迪和她那帮年轻朋友的生活，日子过得无所适从、郁郁寡欢。

在临近结尾处，威尔要来找盖尔，他迫不及待地想见见与他通信的魅力十足的女人"凯瑟琳"。但是，盖尔却去了飞机场，她在飞机场买了一个小瓷盒，打算把它带回加拿大，然后再寄给威尔：

她会放进去一张便条，上面写道："现在该你来追随我了。"①

盖尔似乎已经胜利了，她脑子里浮现出与威尔在一起的曾经的画面：

成百只，可能有上千只蝴蝶挂在树上，在飞往休伦湖的途中休息片刻，它们穿越伊利湖，然后向南飞往莫斯科。它们挂在树上，像绚丽的叶子，像金片抛撒在树丛间。②

在小说的结尾处，作者对开头预叙部分给出了回应：

或者可能经理已经告诉他，给他看了便条，上面只写了我"不得不离开"。

或者他没有回来，他永远都不会回来，他会带着桑迪一起去某个其他的

---

① 艾丽丝·门罗.公开的秘密[M].邢楠，陈笑黎，等译.南京：译林出版社，2013：108.
② 艾丽丝·门罗.公开的秘密[M].邢楠，陈笑黎，等译.南京：译林出版社，2013：109.

地方。①

两个不同的结尾暗示盖尔在她与威尔的关系中还是处于被动地位，威尔有权选择她或者拒绝她。

3.《我妈的梦》中的预叙叙事

小说《我妈的梦》讲述的是一位年轻的母亲，突然遭遇丈夫去世，自己带着年幼的孩子，在艺术追求和母亲的角色之间很难平衡，内心充满挣扎，后来经过不断的努力，这位母亲找到了与孩子和平相处的方式，并且最终在艺术上也取得了成功。在文章的开头部分，作者很明显地运用了预叙方式，讲述了"我"妈吉尔的一个神奇梦境：

夜里——或者说她睡着的那阵子——下了场大雪。

我妈透过一扇大大的拱形窗（通常装在公馆或者老式公共建筑上的那种）朝外望。她看到下方的草地、灌木丛、树篱、花园、大树，全都披着积雪，高高低低、起伏不定，丝毫不曾被风刮平或吹乱。雪地不像在阳光下那么刺眼，而是呈现出在破晓之前的清澈天空下的白色。万籁俱寂。挺像《哦，伯利恒小镇》里描述的情景，只不过天上没星星。

…………

我妈，这会儿仍旧以为下了大雪，想着通常下大雪时肯定很冷，便拉过毯子，盖住娃娃赤裸的背部和肩膀，盖住长着红色软发的小脑袋。②

接下来在丈夫乔治的葬礼上，突然失去丈夫的绝望和对未来孩子出生的恐慌，使吉尔失控般暴饮暴食起来。她病态的吃相引来了吊唁的宾客的侧目。不久，随着孩子的降生，吉尔的生活更陷入了水深火热之中。孩子似乎是"知道"母亲对小提琴的热爱胜过自己一样，竟然对吉尔的艺术追求进行了一次次有意的破坏与攻击。每次吉尔悄悄地要尝试着再次拿起小提琴拉起音阶时，都会被孩子充满怨恨能量的哭声强力制止：

我们彼此都是对方的恶魔。吉尔和我。

最后，她把我放下，动作更加刻意地轻手轻脚，我也安静了，看来是因为能离开她而倍感欣慰。她踮着脚尖走出房间。没多久，我再度爆发。③

———————

①　艾丽丝·门罗.公开的秘密[M].邢楠，陈笑黎，等译.南京：译林出版社，2013：109.

②　艾丽丝·门罗.好女人的爱情[M].殷杲，译.南京：译林出版社，2013：319-321.

③　艾丽丝·门罗.好女人的爱情[M].殷杲，译.南京：译林出版社，2013：348.

长期积累的矛盾，在适当的条件下必然会被彻底激化。终于，有一天，艾尔娜与其他人暂时离开了家，只留下吉尔与孩子两个人在家。孩子明显变得不安与狂躁，哭闹声不止。不论吉尔用什么方法来试图停止她的哭号，都只会激起孩子更加强烈的反感与愤怒。吉尔本想偷偷地逃出房间，却遭遇孩子更加强烈的爆发。她在发现自己的琴艺已经严重倒退的时候，彻底崩溃了，在孩子的一片哭声中，吉尔一头栽倒在了沙发上。

结合全文的情节来看，开头预叙部分对"我"妈梦境的描写，正是发生在吉尔醉倒在沙发上之后。梦中的情境无疑是对现实场景的再现：吉尔拼命压抑自己的艺术天分，但这种压抑反而遭受了更大的折磨和谴责。她内心产生了病态的报复心理，想要做出抛弃亲子的极端行为。但是，这种想象的抛弃行为又使她备受良心的谴责。

从梦中醒来的吉尔发现孩子并没有丢失，心中无限宽慰。然而，不久孩子的哭闹声再次让她倍感绝望：

午夜不到，一声尖细的哭声传来——你不能说它是试探的，但至少是尖细的、试验般的，仿佛尽管白天做了那么多练习，我还是有点忘了这项本领似的。或者，也像是我确实在考虑是否值得这么干。之后是片刻的安静，一种假惺惺的放松或放弃。然后，彻底、愤怒、永不宽恕的新一轮开始了。这当儿，吉尔正好继续煮起咖啡，打算对付残余的头痛。她还一心以为这下可以坐在桌边喝它来着。①

此时，正在准备煮咖啡的吉尔终于彻底崩溃，作出了极端的决定：

她把奶瓶放在水龙头下冲凉——我的哭喊声朝下向她袭来，好像觅食的喧闹鸟群掠过汩汩河流——她看看搁在台子上的药片，思忖道，就这么干吧。她拿起一柄刀，从一枚药片上刮下一点屑子，揭下瓶子的奶嘴，用刀刃托着药粉，撒进——就那么一抹白色粉末——牛奶中。她自己吞下了那一又八分之七，或者一又十二分之十一，或者甚至是一又十六分之十五的药片，把奶瓶端上楼。她抬起我立即绷得硬邦邦的身体，把奶嘴塞进我谴责的嘴里。奶对我来说仍有点烫，起初我把它朝她喷去。过了一阵，我决定这奶可以喝了，便一口气把整瓶喝下了肚。②

---

① 艾丽丝·门罗.好女人的爱情[M].殷杲，译.南京：译林出版社，2013：353.
② 艾丽丝·门罗.好女人的爱情[M].殷杲，译.南京：译林出版社，2013：353-354.

　　艾尔娜回来之后，发现毯子一直拉到"我"的脑袋上，以为母亲吉尔谋杀了我。就在众人想要责怪母亲时，沉睡中醒来的"我"证明了她的清白。"我"放弃了和母亲之间长期的"战争"，和母亲和解了。从此以后，吉尔的音乐之路也变得通畅起来。她又能够娴熟地演奏有难度的小提琴协奏曲了，还顺利从音乐学院毕业，找到了一份体面的工作，并且找到了一个尊重自己职业，对女儿关心、体贴的丈夫：

　　打那时起，对于吉尔的音乐再也没有什么轻蔑的评论了。毕竟，她用它养活了我们。她到底没被门德尔松打败。她得到了毕业证书。她从音乐学院毕了业。她剪短头发，瘦了身。她设法在多伦多的高地公园附近租了套复式公寓，雇了个女人部分时间照料我，因为她有战争遗孀的抚恤金嘛。她在一家广播乐团找到工作。她将来会因为整个工作生涯都作为音乐家被聘用，从来不必沦落到去教学而自豪。她说，她知道她不是什么伟大的小提琴家，她没有惊人的天赋或命运，不过至少她可以做自己想做的事，靠此谋生。嫁给我的继父（他是一位地质学者），带着我跟他搬到埃德蒙顿之后，她继续在当地交响乐团演奏。我的两个同母异父的妹妹出生之前的一星期，她都仍在上班。她很幸运，她说，她丈夫从没表示过反对。①

　　从整个文章的结构上来看，开头部分的预叙对后面的内容起到了照应和铺垫的作用，增强了读者对叙述方向上的期待和疑问。

（三）补叙

　　补叙指的是在叙述过程中或者在叙述的末尾，对事件做某些解释、说明或交代，起到补充、深化原叙述的作用。补叙一般不对原来的故事情节进行发展，只是对原来内容做进一步补充和丰富。

1.《机缘》中的补叙叙事

　　门罗的短篇小说《机缘》的故事情节非常简单，讲述的是1964年年底的某一天，女教师朱丽叶乘坐火车，遇到了一个卧轨自杀的男子，也就是渔夫埃里克。1965年6月中旬，朱丽叶毅然放弃学术生涯，去投奔渔夫埃里克的故事。这篇文章的情节并不复杂，故事算不上新颖，但是门罗恰到好处的叙事手法的运用，使这篇原本平淡无奇的小说显得别致而出彩。

　　在文章的最后部分，门罗就运用了补叙的叙事手段，从这段文字叙述里能

---

① 艾丽丝·门罗.好女人的爱情 [M].殷杲，译.南京：译林出版社，2013：365-366.

够看出埃里克、情人克里斯塔和管家艾罗几个人对朱丽叶的态度及真实想法：

后来才知道埃里克并没有像他装出来的那样感到意外。艾罗昨天晚上就给他打了电话，警告他来了个陌生的姑娘，名叫朱丽叶，并且建议他去核查一下那女孩上了长途车没有。他当时想，她这样做也是有道理的——和命运搏一搏嘛，不是吗，试一试自己的命运嘛——可是当艾罗再次来电告诉他那小骚货并没有走，他竟然因为自己很高兴而吃了一惊。不过他并没有立即回来，他也没有告诉克里斯塔，虽然他知道，非常快，自己就必须告诉她了。

这一切朱丽叶都是在随后的几个星期、几个月里一点儿一点儿得知的。有些情况她是偶然发现的，有些则是在她层层紧逼紧的追问之下才获悉的。

至于她自己这方面（关于已非童贞）状态的暴露，倒没被看作是什么了不起的大事。

克里斯塔也跟艾罗绝无相似之处。她没有宽大的臀部与金色的头发。[①]

门罗在这篇文章里利用叙述时间上的倒错，使叙述节奏呈现出波澜起伏的特点，人物之间的联系在不断穿插的时间中埋下了伏笔。结尾处的补叙营造出意识含混的效果，最后作者也没有给出明确的结果，留下了悬念。

2.《激情》中的补叙叙事

《激情》主要讲述母亲早逝的、从小由舅舅养大的格雷斯，在她二十多岁时遇到了家境良好、秉性温柔的莫利。格雷斯对精神独立、喜爱阅读的莫利的母亲特拉弗斯太太深有好感，因为她更能理解自己。忽然有一天，莫利同母异父的哥哥尼尔出现了，格雷斯认为尼尔才是自己喜欢的人。她坐上了尼尔的车，想逃离莫利，开始一场探险。但是最终她发现酗酒的尼尔并不是她的意中人。格雷斯离开尼尔以后，尼尔开车一头撞上了桥墩，结束了生命。尼尔的死使格雷斯深受震动，她决心远走他乡，回归平淡的生活。

门罗的这篇短篇小说构思巧妙，叙事手法独到，在其中的一段运用了补叙的手法。格雷斯和尼尔骗过了莫利，在驱车逃离的过程中，格雷斯没有想到莫利和家里其他的人，但是关于特拉弗斯太太却有着零散的记忆，特别是她最后的交代：

虽然她脑子里没有了莫利、梅维斯和家里别的人的丝毫痕迹，但是特拉弗斯太太的一些破碎影子却仍然留了下来，在盘桓，在用耳语说着些什么，发出

---

① 艾丽丝·门罗.逃离[M].李文俊，译.北京：北京十月文艺出版社，2016：88.

了诡异的、使人羞愧的轻笑，在作出她最后的那句交代。

你当然知道是应该怎么做的。[1]

上面这段补叙对特拉弗斯太太嘱咐的话再次进行了强调，但是对于正处于迷思状态的格雷斯来说好像作用并不大，她现在满心满眼都是尼尔。这为以后情节的发展做了铺垫。接下来格雷斯并没有阻止尼尔喝酒，最后醉酒的尼尔撞上桥墩冲入湖中溺水而亡。只有格雷斯知道尼尔死亡的真正原因其实并不是酗酒，而是对生活的无可期待。格雷斯其实和尼尔属于同一类人，他们俩的身世相似，格雷斯从小母亲早逝，父亲另外组建了家庭，她寄人篱下，被舅公舅婆抚养长大，后来虽然遇到了莫利，然而莫利却并不能把她从生活的深渊中解救出来。格雷斯更喜欢莫利的母亲特拉弗斯太太，因为特拉弗斯太太精神独立，喜欢阅读，对事情有着自己独特的见解。但是，在骨子里格雷斯依旧是孤独的，对未来同样无所期待。尼尔同样有着悲惨的身世，父亲自杀身亡，母亲又有精神方面的疾病，与妻子梅维斯之间感情疏离。两个充满孤独和绝望的灵魂惺惺相惜，从彼此身上看到了自己的影子。所以此处特拉弗斯太太的嘱咐也没有起到太大的作用，格雷斯依旧我行我素地和尼尔一起逃离了。小说最后以尼尔的死亡而结束，格雷斯也从尼尔的死亡中获得了顿悟，她接受了莫利父亲的资助，开启了新的生活。

三、叙事节奏的变化

（一）叙事时距

叙事时距指的是故事时间与叙事时间长短的比较。在叙事文本中，叙事时距通常与叙事速度相关。叙事时距主要讲的是故事中的时间长度与叙述长度之间的比例关系。在叙事中，故事时间和叙事时间长短比例通常会影响叙事的速度。热奈特指出，故事时间与叙事时间通常是"非等时"的关系，无论在美学构想的哪一级，如果有一成不变的叙事时速的叙事是难以想象的，时间倒错可以不出现在叙事中，但叙事不能没有非等时，或者说不能没有节奏效果。[2]热奈特将叙事时距划分为省略、概要、场景和停顿四种基本形式。省略指的是跳

---

[1] 艾丽丝·门罗.逃离[M].李文俊，译.北京：北京十月文艺出版社，2016：193.

[2] 热拉尔·热奈特.叙事话语 新叙事话语[M].王文融，译.北京：中国社会科学出版社，1990：146.

过一定量的没有价值的故事时间，直接接上后来的故事时间；概要指的是叙事时压缩或者是精简故事时间；场景指的是故事时间基本等于叙事时间；停顿指的是叙事时间无限大于故事时间，故事时间此时停顿。四种形式的叙事时距在叙事文本中交替出现，共同形成了故事的叙事节奏，丰富了作品的艺术特色。

1. 省略

省略属于加速叙事，故事时间小于叙事时间，叙事节奏较快。门罗在短篇小说《逃离》中，多处运用了省略叙事手法。

在卡拉逃离的过程中，她回想起来和丈夫克拉克一起度过的浪漫时光，她无法想象没有克拉克的世界，对未来不可知的一切充满了恐惧：

她真是想象不出来。她会怎样去搭乘地铁或是电车，去照料陌生的马匹，去跟不熟识的人说话，每天都生活在不是克拉克的人群之中。

一种生活，一个地方，选择它仅仅出于一个特殊的原因——那就是那里将不会包括克拉克。①

但大巴在另一个镇子上停下来的时候，卡拉想到大巴马上要拐上高速，奔向多伦多，她彻底慌乱了起来，完全不知所措：

在这生命中的紧要关头，卡拉挣扎着让她那巨大的身躯和灌了铅似的腿脚站立起来，朝前踉跄走去，并且喊道："让我下车。"

那位司机刹住车，恼火地喊道："你不是要去多伦多吗？"车上人好奇地打量着她，似乎谁都没能体会到她正处在痛苦之中。

"我必须得在这儿下去。"

"车子后面有洗手间的。"

"不。不。我必须得下车。"

"我可不等人啊。你明白吗？车肚子里有你的大件行李吗？"

"没有。是的。没有。"

"没有行李？"

大巴里响起了一个声音："幽闭恐惧症。她肯定是得了这种毛病。"

"你病了吗？"司机问道。

"没有。没有。我就是要下车。"

① 艾丽丝·门罗.逃离 [M].李文俊，译.北京：北京十月文艺出版社，2016：33-34.

"得。得。我是无所谓的。"①

卡拉在经过思想的不断煎熬后，还是下了车。接下来叙述者没有过多地交代其他情节，而是直接引用了两句对话：

"来接我一下吧。求求你了。来接接我吧。"

"我这就来。"②

除了这两句简单的对话，没有称谓，叙述者也没有其他描述，但是通过上文的情节发展能够推断出，这两句对话是卡拉在打电话向她的丈夫克拉克哀求接她回家。克拉克答应了。但是接下来的内容作者很明显地运用了省略叙事手法。因为按照故事的情节发展，下文出现的应该是克拉克接卡拉回家之后的情形。但在下文的开头作者却完全没有提到这件事情。而是写道：

西尔维亚方才忘了锁门。她明白现在应该把它锁上，可是晚了，她已经把门开开了。③

可以明显看出，在两节的叙述之间省略了卡拉回家的内容。从后文可以看出，门罗这样的省略也别有深意。后来西尔维亚（贾米森太太）在写给卡拉的信中提到：

贾米森太太接着说，她恐怕是对卡拉的事情管得太多了，误认为卡拉的幸福与自由是合二而一的一回事了。她所关心的不过是卡拉的幸福，现在她明白，她——也就是卡拉——必定在夫妻关系上也是能够得到幸福的。她如今唯一希望的就是没准卡拉的出走与感情上的波动能使卡拉的真正感情得以显现，而且认识到她丈夫对她的感情也同样是真实的。④

卡拉在读完贾米森太太的信之后，内心忍不住阵阵刺痛。虽然逃离的过程充满了挣扎和痛苦，但是回归之后的生活依旧一言难尽，只是对这种糟糕的状况她已经不打算去改变什么了，因为一切都是无可逃离也是无可改变的。至此可以看出，此处其实已经间接交代了门罗在前文所省略的内容，卡拉回来的日子并不好过，前文的省略是为了更好地强调此刻卡拉的内心感受，从而突出女性想要挣脱无形的束缚所带来的无所适从。

在这篇小说中还有一处也用到了省略叙事手法，作者在叙述小白羊弗洛拉

---

① 艾丽丝·门罗.逃离 [M].李文俊，译.北京：北京十月文艺出版社，2016：35.

② 艾丽丝·门罗.逃离 [M].李文俊，译.北京：北京十月文艺出版社，2016：35.

③ 艾丽丝·门罗.逃离 [M].李文俊，译.北京：北京十月文艺出版社，2016：36.

④ 艾丽丝·门罗.逃离 [M].李文俊，译.北京：北京十月文艺出版社，2016：44-45.

在夜雾中向着克拉克和西尔维亚飞奔而来。

紧接着那形体变得清晰了。从雾中，从晃眼的亮光中——好像是有一辆汽车正从后边路上开过，也许是在寻找停车的位置——出现的，是一只白色的山羊。一只蹦跳着的小白羊，几乎比牧羊犬大不了多少。克拉克松开了手。他说："你这小家伙，究竟是从哪儿跑出来的？"

"是你们的羊，"西尔维亚说，"这不是你们的羊吗？"

"弗洛拉，"他说，"弗洛拉。"①

克拉克和西尔维亚接下来还谈论了一段关于小白羊弗洛拉的话题。西尔维亚甚至还想到了如果自己是一个诗人，一定会写一下那只雾中出现的小白羊。但是，接下来再没有关于小白羊弗洛拉的叙述。在后文的一段关于弗洛拉的话题，又勾起了作者的疑问：

"丽姬看上去状态不错嘛，"她说，"可是她的小朋友呢？叫什么名儿来着——是弗洛拉吧？"

"丢了，"克拉克说，"说不定进了落基山脉了。"

"那边野山羊可真不少。犄角什么模样的都有。"

"我也听说过。"②

前面明明弗洛拉已经找到了，可当别人提到弗洛拉的时候，克拉克却说弗洛拉丢了，说不定是进了落基山脉。弗洛拉找到后，对于弗洛拉到底怎么丢失的，作者做了省略，没有进行交代，它的出走也成了一个谜。再提到弗洛拉是在文章的结尾处：

在干完一天的杂活后，她会做一次傍晚的散步，朝树林的边缘，也就是秃鹫在那里聚集的枯树的跟前。

接下去就能见到草丛里肮脏、细小的骨头。那个头盖骨，说不定还粘连着几丝血迹至今尚未褪净的皮肤。这个头盖骨，她都可以像只茶杯似的用一只手捏着。所有的了解，都捏在了一只手里。

也可能不是这样。那里面什么都没有。

别种情况也可能发生。他说不定会把弗洛拉轰走。或是将它拴在货车后面，把车开出去一段路后将它放掉。把它带回到他们最初找到它的地方，将它

---

① 艾丽丝·门罗.逃离[M].李文俊，译.北京：北京十月文艺出版社，2016：39.

② 艾丽丝·门罗.逃离[M].李文俊，译.北京：北京十月文艺出版社，2016：44.

放走。不让它在近处出现来提醒他们。

它没准是被放走的呢。①

从文章的结尾处能够看出，作者省略了对弗洛拉去向的情节的描述是别有深意的，弗洛拉的逃离在一定意义上象征和代表的是女性的逃离，它逃离后最终的归宿是什么，作者在结尾处提出了很多的可能性，从而为读者提供了遐想和再创造的空间。

2. 概要

概要也是一种加快叙事节奏的叙事方式。概括叙述是一种带有规律性的综述，在叙事效果上比较简约。在小说《激情》的开篇部分门罗就采用了概要叙事方式：

不算太久以前，格雷斯曾上渥太华峡谷去寻找特拉弗斯家的避暑别墅。她已有多年未上这个地区来了，这里的变化自然很大。七号公路如今都已绕开市镇，而在以前是直穿而过的。而在她记忆中以前绕弯子的地方，现在反而是笔直的了。加拿大地盾的这个部分有许多小湖泊，一般的地图上都不标出来，因为根本排不下。即使在她弄清了或是自以为弄清了小塞博湖的方位时，从乡村土路又有许多条道路可以通向它，接下去，当她选上了其中的一条时，与它相交的又有那么多条铺有路面的街道，那些街名她连一点儿印象都没有。其实，四十多年前她在这儿时，连街名都还没起呢。那会儿路边也还没有人行道，只有一条土路通往湖边，此外就是环湖有一条曲里拐弯、很不规整的路。②

在短短的一段话里，作者交代了40年前与现在对比特拉弗斯家避暑别墅地区的变化。在这里，如果要细数几十年的变化，肯定不是短短的几百个字就能描述出来的。作者在这里很明显地采用了概要叙事方式来加快叙事的节奏，目的是简要介绍文章背景之后，直接引出故事，使读者在较少的文本里能获得较多有效的相关信息，阅读起来没有冗长、拖沓之感。此外，也为下文故事情节的发展制造了悬念，增强了故事的吸引力。

在文章的另一部分，关于格雷斯身世的描述，作者也采用了概要叙事方式：

格雷斯是由她的舅舅舅妈带大的，严格地说应该是舅公舅婆。她母亲在她

---

① 艾丽丝·门罗. 逃离 [M]. 李文俊，译. 北京：北京十月文艺出版社，2016：47.
② 艾丽丝·门罗. 逃离 [M]. 李文俊，译. 北京：北京十月文艺出版社，2016：169.

3 岁时就去世了，她父亲移居去了萨斯喀彻温，另行组建起了家庭。带大她的那对老夫妻对她很好，甚至很以她为骄傲，只是不太清楚应该怎么管她，因为他们不善于与别人交流。舅公以编结藤椅为生，他教会了格雷斯该怎么编，以便自己眼力不济时最终有人把这门手艺接过去。可是接着她有了夏季上伯莱瀑布去打工的机会，虽然他不舍得——舅婆也一样——让她去，不过他也相信，在她安定下来之前多体会一些人生经验是应该的。

她当时 20 岁，中学刚毕业。[1]

在这段简短的文字叙述里作者交代了格雷斯从 3 岁时母亲去世，父亲另外组建了家庭，到被舅舅舅妈收养，并跟着学习编结藤椅以及打工的经历。20 来年的成长经历被作者浓缩为短短的几行文字，作者此处概要叙事方式的运用，加深了读者对格雷斯身世和成长环境的了解，交代了人物的相关背景，为下文故事情节的发展起到了很好的铺垫作用。

3. 场景

"场景即对故事的实况进行真实的叙述，类似人物对话和场面描写的实况记录，此时，故事时间与叙事时间长度大致相等。场景经常被认为是戏剧原则在叙述作品中最充分的应用，它的两个基本构成是关于人物对话和外部环境的描写。"[2] 门罗的小说中出现的直接引语的人物语言模式以及对故事背景的介绍都运用了场景的叙事方式。

例如在小说《白山包》中文本的第一部分，门罗就采用了典型的场景叙事方式：

爸爸生日那天，在飞机上，他们看到一些精致的，几乎是透明的云团飘在西边的空中。戴妮斯说："积雨云。"

"不错，"飞行员说，"不过它们还远着呢。"

"那想必很传奇吧，"劳伦斯说，"在积雨云中飞行。"

"有一次我往外一看，螺旋桨周围有一圈蓝光，"飞行员说，"在螺旋桨和翼尖位置。我看到机头位置也有。我伸手摸了摸玻璃——就是这里，树脂玻璃。刚凑近，火焰就从我的手指上喷出来了。我都不知道有没有碰到玻璃。什么感觉也没有。小小的蓝色火焰。在大雷雨中遇到过那么一次。那就是所谓的

---

① 艾丽丝·门罗.逃离[M].李文俊，译.北京：北京十月文艺出版社，2016：175.

② 罗钢.叙事学导论[M].昆明：云南人民出版社，1994：149.

'圣艾尔摩之火'。"

"是大气中的电流造成的。"彼得从后座上喊道。

"说得对。"飞行员大声回应道。

"真神奇。"劳伦斯说。

"把我吓了一大跳。"①

这段场景叙事是戴妮斯遇到定制食品的女人在自己家的餐厅哭啼的时候，回想起的一幕。通过这段描写读者犹如看到舞台上的人物在进行表演，人物的一言一行都具有形象性的特点，像戏剧中的场景再现。

再比如在《沉寂》中朱丽叶和琼安的一段对话：

"我所说的成长，自然是指我们内心的成长。"琼安说。

"我明白的。"朱丽叶说，直直地盯着对方的眼睛。

"佩内洛普在她的一生中有了一个非常好的机会，可以遇到很有意思的人——天哪，照说她并不需要去会见有意思的人物啊，她是随同一位有意思的人物一起成长的，你是她的母亲嘛，不过有的时候在某些领域还是会有所缺失的，孩子们长大后会觉得他们在某件事上有些缺失。"

"哦，是的，"朱丽叶说，"我知道孩子长大后是会有各种各样的抱怨的。②

在这部分的叙述中以及其前后很大的篇幅，门罗采用的都是这种对话形式的场景叙述。中间穿插着部分人物心理旁白和场景说明，给读者一种故事中的人物就在眼前的既视感，叙事时间与故事时间几乎同步进行。两人对话的记录和具体场景的描写，有利于人物心理状态的理解和人物形象的刻画，对推动故事进程的发展和塑造人物形象都起到了重要作用。

4. 停顿

"叙事时间大于故事时间，称为停顿。在停顿时，叙事者想向读者介绍事件的发生环境、背景，这时描写会尽可能地细致全面，叙事时间极力延长，故事时间暂停不动。当叙事作品中叙事者集中描写某一因素，而故事又是静止状态，故事情节重新启动，向前发展时，当中并无时间流逝，那么这段描写便属于停顿。"③在门罗的小说中，叙述者对故事的发生背景、客观环境、人物外貌、

---

① 艾丽丝·门罗. 爱的进程 [M]. 殷杲，译. 南京：译林出版社，2013：358.

② 艾丽丝·门罗. 逃离 [M]. 李文俊，译. 北京：北京十月文艺出版社，2016：138.

③ 罗钢. 叙事学导论 [M]. 昆明：云南人民出版社. 1994：150.

人物心理活动的描述等都属于停顿的范畴。停顿的运用使叙事节奏发生变化，出现延缓叙事、叙事节奏变慢，这时的叙事时间要大于故事时间。一般停顿多用于对场景的描述和突出刻画人物在某个时刻的心理活动。

在小说《匆匆》（又译《不久》）中作者开篇就采用了停顿叙事手法：

两个侧面彼此相对。其中之一是一头纯白色小母牛脸的一侧，有着特别温柔安详的表情，另外的那个则是一个绿面人的侧面，这人既不年轻也不年老，看来像个小公务员，也许是个邮差——他戴的是那样的制帽。他嘴唇颜色很淡，眼白部分却闪闪发亮。一只手，也许就是他的手，从画的下端献上一棵小树或是一根茂密的枝子，上面结的果子则是一颗颗的宝石。

画的上端是一片乌云，底下是坐落在一片凹凸不平的土坡上的几座歪歪斜斜的小房子和一座玩具教堂，教堂上还插着个玩具十字架。土坡上有个小小的人儿（所用的比例要比房子的大上一些），目的很明确地往前走着，肩膀上扛着一把长镰刀，一个大小跟他差不多的妇人似乎在等候他，不过她却是头足颠倒的。

画里还有别的东西。比方说，一个姑娘在给一头奶牛挤奶，但那是画在小母牛面颊上的。①

上面的这段文字主要描述朱丽叶圣诞节打算送给父母的一幅画的内容。作者采用停顿手法详细描绘了这幅画的构图，因为这幅画勾起了朱丽叶对父母强烈的思念之情。画的名字叫"我和村庄"，朱丽叶更觉得这幅画具有意味深长的寓意，让她想到了自己和父母亲的生活。这段停顿描写为下文故事的发展埋下了伏笔。再接下来朱丽叶带着女儿去看望自己的父母，却与画中描述的场景截然不同，一切都面目全非，自己送给父母的那幅画也只是随意地斜靠在墙边。与前文关于这幅画的内容的美好画面的停顿描写形成了强烈的对比，凸显了朱丽叶感受到理想与现实之间差距后的强烈的失落感。

在小说《激情》中，门罗同样用到了停顿的手法来对人物的心理活动进行刻画：

他的手很稳，一点不像喝醉的样子，他的眼神也一点儿不像。他也不像他跟孩子们说话时想装出的那副快乐叔叔的模样，或是想在格雷斯面前充当的、安慰话说的比唱的都好听的大哥哥的角色。他那苍白的脑门高高的，有一头密

---

① 艾丽丝·门罗.逃离[M].李文俊，译.北京：北京十月文艺出版社，2016：175.

密实实的灰黑鬈发，灰色眼睛挺亮，大嘴巴的嘴唇皮薄薄的，一扭曲时，便显出一副挺不耐烦、消化不良或是挺痛苦的模样。[①]

这一段关于格雷斯心理活动的描写，突出了尼尔在格雷斯心中与众不同的感觉。但是格雷斯的脚受伤了，莫利和家人都聚在格雷斯的身边关心着她的伤势。但在格雷斯的思维里，时间仿佛在那一刻静止了，周围嘈杂的环境在她的眼里都不存在，她当时的心里、眼里只有尼尔。

省略、概要、场景、停顿四种叙事时距的交替运用，避免了叙述形式上的平铺直叙，使故事情节呈现出舒张有度的节奏风格，使读者在阅读文本的过程中能够有时间思考文本背后蕴含的深刻寓意。

（二）叙事频率

除了叙事时距，另一个与叙事节奏密切相关的是叙事频率。叙事频率关注的是叙述中的重复问题。叙事频率就是"一个事件出现在故事中的次数与该事件在文本中被说起的次数之间的关系。"[②]简单来说，就是有关事件的叙述在文本中被一次或多次提及。结合热奈特的相关理论，可以将叙事频率分为单一叙述、概括叙述和重复叙述三种。单一叙述指的是叙述的次数和事件发生的次数一样。这里又分为两种情况，一种是对一次发生的事件的讲述，另一种是多次讲述多次发生的事件，及叙述者叙述的是重复发生过的相同或者相似的事件。单一叙述能够加快叙事的节奏，推动故事情节的发展。概括叙述指对多次发生的事件进行一次讲述。概括叙述具有凝练和简洁的特点，往往是对反复发生的事件用简短的一句话或者一小段文字进行表述，经常用到的词汇有：每年、每月、每天、常常、总是等。重复叙述指对发生过一次的事件反复进行讲述。通常重复叙述能够起到强调的作用，有的时候也用来表现精神上不断受到困扰，在人物的思想或潜意识中这件事反复出现。

1. 单一叙述

在小说《白包山》中的前文部分，门罗描写了戴妮斯回忆两次遇到定制食品女人的情境。运用的就是单一叙述手法：

定制食品的女人把蛋糕端到车边。她身材矮胖，深色皮肤，风姿绰约，大

---

① 艾丽丝·门罗.逃离 [M].李文俊，译.北京：北京十月文艺出版社，2016：189.
② 张德林.现代小说美学 [M].长沙：湖南文艺出版社，1987：124.

约四十出头，涂着厚厚的绿色眼影，梳着完美的蓬松发型，发色亮闪闪的。①

戴妮斯再次看到定制食品的女人，是一年多以后。临近八月底，憋闷、温暖、多云的一天，他们在木屋的夏季逗留已接近尾声。伊莎贝尔去镇上看牙医，那年夏天她定期去看牙医。她在奥布雷维尔接受复杂的牙齿治疗，因为她喜欢这里的牙医胜过渥太华的。索菲自夏天起就没待在木屋里。她在多伦多的威利斯莱医院做检查。

戴妮斯、彼得和爸爸在厨房做咸肉西红柿三明治午饭。劳伦斯相信他有些东西做得比别人都好吃，其中一样就是咸肉。戴妮斯在切西红柿，彼得负责给吐司涂奶油，但他一心看书。收音机开着，在播午间新闻。劳伦斯喜欢每天听好几次新闻。

戴妮斯去开前门。她一开始没能认出定制食品的女人。她穿了一件比较青春的衣服——一条宽松裙，上面有旋转的红色、蓝色和紫色"迷幻"图案——而且看起来没上回美丽。她的头发奔拉在肩膀上。②

在故事的实际发展中，戴妮斯两次遇到定制食品的女人，在文章叙述中，作者也进行了两次叙述。第一次相遇，戴妮斯发现了定制食品的女人竟然是飞行员的妻子。第二次相遇是在一年多以后，定制食品的女人来找父亲，在交谈中还哭了起来。作者对这两次与定制食品的女人的相遇都进行了详细的描述，从定制食品的女人的衣着、外貌等方面都进行了仔细的描写，从侧面突出了定制食品的女人给戴妮斯留下了深刻的印象，她对戴妮斯来说具有非比寻常的意义。

2.概括叙述

同样是在《白山包》这篇小说中，门罗也采用了概括叙事的方式：

劳伦斯照例抛出诱饵，戴妮斯每每一口接住（玛歌达这种时候总是置身事外，对她的花儿们微笑）。③

戴妮斯没法判断他到底是真信她说的这些，还是仅仅半信半疑，还是专门在跟她作对。她不止一次眼泪汪汪地冲出门，冲进汽车，一路开回多伦多。④

门罗描写了戴妮斯与父亲劳伦斯之间发生争端，并且暗示这样的争端不止

---

① 艾丽丝·门罗.爱的进程[M].殷杲，译.南京：译林出版社，2013：353.

② 艾丽丝·门罗.爱的进程[M].殷杲，译.南京：译林出版社，2013：355-356.

③ 艾丽丝·门罗.爱的进程[M].殷杲，译.南京：译林出版社，2013：345.

④ 艾丽丝·门罗.爱的进程[M].殷杲，译.南京：译林出版社，2013：345.

发生过一次，但这样的争端丝毫不能影响他们父女之间的感情。戴妮斯依然爱自己的父亲，认为他是一个不可多得的好人。

3. 重复叙述

在《荨麻》里门罗运用了重复叙述的手法来着重刻画迈克这一人物。文章的开头部分，就对迈克做番茄酱三明治的情况进行了画面导入：

1979 年夏天，我来到我的朋友夏妮在安大略省阿克斯布里奇附近的房子，走进厨房，看见一个男人站在操作台边，在给自己弄番茄酱三明治。①

此处，作者并没有交代这个男子是谁，为下文制造了悬念，引起了作者的探知欲。接下来作者回忆了"我"在乡下度过的童年时光，以及和迈克之间的特殊情谊，迈克喜欢吃涂着番茄酱的三明治，这是在"我"十几岁时就知道的事情。

在文章的后面部分，写到"我"在此来到夏妮家，看到迈克在厨房涂抹番茄酱：

夏妮把她抱了起来，我拿着过夜的行李，和她一起走进厨房。迈克·麦卡勒姆正在那里往面包上涂番茄酱。②

这样的反复叙述形成了前后文的情境呼应，突出了"我"对迈克生活细节的记忆和关注，强调了迈克对"我"的重要性。除了突出人物形象特点外，也有利于推动故事情节的进一步发展。

在门罗的另一篇小说《漂流到日本》中门罗多次用到了重复叙述手法。

"首先我要感谢你开车送我回家，"她说，"所以你一定要告诉我你的名字。"

他说他已经告诉过她了。也许说过两次了。但好吧，再说一次。哈里斯·班内特。班内特。他是举办聚会的那家人的女婿。那几个是他的孩子，就是端饮料的那几个。他们从多伦多来做客。她满意吗？③

在这里，门罗采用重复叙述强调格丽塔在醉意下根本没有注意前两次哈里斯告诉她名字的事情。"醉意"的背后作者另有深意。

---

① 艾丽丝·门罗.恨，友谊，追求，爱情，婚姻[M].马永波，杨于军，译.南京：译林出版社，2013：165.

② 艾丽丝·门罗.恨，友谊，追求，爱情，婚姻[M].马永波，杨于军，译.南京：译林出版社，2013：181.

③ 艾丽丝·门罗.亲爱的生活[M].姚媛，译.北京：北京十月文艺出版社，2014：9.

在这篇小说的后文叙述中，也用到了重复叙述手法：

在那之后的秋天冬天和春天，她几乎没有一天不想他。就像每次一睡着就做同样的梦。她会把头靠在沙发靠垫上，想象自己躺在他怀里。你会以为她记不起他的脸，但那张脸却会突然清晰地出现，一张惯于嘲讽的居家男人的脸，面带皱纹，神情疲倦。他的身体也会出现，在她的想象中有些疲惫却仍有活力，有特别的魅力。①

重复叙事一再强调格丽塔对哈里斯的想念，证明哈里斯在格丽塔感情世界里的特殊地位。

在小说《逃离》中，门罗同样运用了重复叙述的方式，对小白羊弗洛拉丢失后又重新出现的场景进行了着重描写和刻画。通过对整个故事的解读，能够看出弗洛拉具有明显的逃离的象征意义，在某一方面隐喻卡拉在家庭中的地位和时刻想逃离的想法。

文中首次提到弗洛拉出现是在卡拉认为弗洛拉丢失后的梦里：

昨天晚上还有前天晚上她都梦见弗洛拉了。在第一个梦里，弗洛拉径直走到床前，嘴里叼着一只红苹果，而在第二个梦里——也就是在昨天晚上——它看到卡拉过来，就跑开了。它一条腿似乎受了伤，但它还是跑开了。它引导卡拉来到一道铁丝网栅栏跟前，也就是某些战场上用的那种，接下去它——也就是弗洛拉——从那底下钻过去了，受伤的脚以及整个身子，就像一条白鳗鱼似的扭着钻了过去，然后就不见了。②

另一段文本中描述了弗洛拉在夜雾中出现的情境，这次是发生在卡拉回来后，克拉克到西尔维亚家归还衣物并指责她对自己和卡拉生活的干涉：

离屋子不远处是一大片浅洼地，每年的这段时间这里总会弥漫着一团夜雾。今天晚上那儿也有，入夜以来一直都是这样。不过此时却起了一个变化。雾更浓了，而且凝成了一个单独的形体，变得有尖角和闪闪发光。起先像一个活动的蒲公英状的球体，滚动着朝前，接着又演变成一个非人间般的动物，纯白色的，像只巨大的独角兽，就跟不要命似的，朝他们这边冲过来。③

文章将近结尾的部分，在西尔维亚写给卡拉的信中，又再次描述了弗洛拉

---

① 艾丽丝·门罗.亲爱的生活 [M].姚媛，译.北京：北京十月文艺出版社，2014：10.

② 艾丽丝·门罗.逃离 [M].李文俊，译.北京：北京十月文艺出版社，2016：7.

③ 艾丽丝·门罗.逃离 [M].李文俊，译.北京：北京十月文艺出版社，2016：39-40.

出现的情境：

> 我们当时是站在平台上说话，我呢——一面朝外——先看到有样白色的东西——从黑夜里朝我们移来。这当然是地面上雾气的一种效果。但是的确让人觉得恐怖……就在那里，我们两个成年人，都吓呆了，紧接着，从那团雾里走出来丢失的小弗洛拉。①

文章中弗洛拉的失踪与出现正好呼应了卡拉的逃离和回归。克拉克对弗洛拉的态度恰恰代表了他对卡拉的态度，隐含了两个人婚姻关系中的不平等和潜在危机。门罗重复叙述手法的妙用，突出表现了事件扣人心弦的效果，给读者带来了独特的审美体验。

第二节 叙事空间

叙事空间是叙述中必不可少的部分。杰拉德·普林斯给叙事空间的定义为：描绘情境与实践（场景和故事空间）和发生叙述实例的某一个地方或数个地方。②作者通过对特定空间的书写来对记忆中的事件加以表征，特定空间的书写也是对人物进行表征的一种叙事方式。结合叙述学的相关理论，以下从地域空间、社会空间和家庭空间三个方面来分析门罗小说的叙事空间特点。

一、地域空间的书写

（一）小镇

在门罗的小说中，她的家乡威汉姆小镇是她众多作品中的原型。这是一座具有典型安大略地区风格的小镇。门罗的大部分作品正是在小镇背景下创作的，小镇一般地处偏僻，带有明显的边缘性的特点。小镇的空间书写是父权主义的真实写照，女性在生活中受到严重的限制和歧视。

1.地域性

门罗的家乡安大略省，位于从渥太华湖延伸到苏必利尔湖西端的一块区

---

① 艾丽丝·门罗.逃离[M].李文俊，译.北京：北京十月文艺出版社，2016：46.

② 杰拉德·普林斯.叙述学词典[M].乔国强，李孝弟，译.上海：上海译文出版社，2016：105.

域，其南部与美国诸州为界，自西南森林湖至东部的圣劳伦斯河。这其中包括五大湖中的苏必利尔湖、伊利湖、休伦湖和安大略湖。其特殊的地理位置和地形、地质的复杂性形成了这片广阔土地的地域性特点。门罗一生中大部分的时间几乎都是在她的家乡威汉姆小镇度过，那里的一草一木、风土人情已经深深刻在她的生命里，成为她生命的一部分。

威汉姆小镇与安大略省其他的小镇一样，拥有众多分属不同教派的教堂，这些教堂是加拿大历史和日常生活的重要组成部分。小镇上的居民以传统的爱尔兰和苏格兰移民后裔为主，很多家庭都经营农场。门罗小时候居住在距离小镇很远的下城区，这种切身的地理边缘性的感受，使门罗对加拿大复杂的宗教、民族文化具有更为深切的感受，也为她的写作提供了真实丰富的素材。

门罗笔下的小镇生活，具有典型的加拿大地域特点。在她的早期作品《快乐影子之舞》《女孩和女人们的生活》两部作品集中，带有浓重的个人自传色彩。《快乐影子之舞》中的图柏镇，《女孩和女人们的生活》中的诸伯利镇是门罗生活的威汉姆小镇的真实映射，小说描绘了三四十年代加拿大西南部小镇的典型地域风貌和那个地区人们的生活特点。

在其后面的作品集《爱的进程》《公开的秘密》《幸福过了头》《逃离》中，大多数还是以威汉姆小镇为原型，主要描写了20世纪50年代到80年代小镇人们的日常生活。门罗笔下的小镇像是她自己构建的一个独立世界，通过对安大略地区小镇的详细描绘，来体现浓郁的乡土气息和富于特色的乡土人情。门罗笔下的小镇世界来源于现实又高于现实，她将自己日常生活中接触到的人和事融入故事之中，无形之中为她所描述的故事增加了强烈的地域特色和地方文化特点。

在《庄严的鞭打》中她笔下的人物生活环境是这样的：

他们住在镇上比较穷的区域。镇上有汉拉提和西汉拉提，一条河在其间流淌。这边是西汉拉提。那边是汉拉提，社会结构是从医生、牙医和律师到铸造工人、工厂工人和车夫；而在西汉拉提，有工厂工人和铸造工人、大批出来暗混的赌徒、妓女和一事无成的小偷们。露丝觉得自己家是跨过河流，不属于任何一处的，不过事实并非如此。她家的小店就在西汉拉提，在主干道那个乱哄哄的尽头。①

---

① 艾丽丝·门罗.你以为你是谁？[M].邓若虚，译.南京：译林出版社.2018：6.

在《沃克兄弟的放牛娃》中，门罗描写了20世纪30年代左右的休伦湖畔的一个小镇——图伯镇的风貌：

灯光通明的小店外头，银树牌冰激凌的广告牌矗立在人行道上。这儿是图柏镇，是休伦湖畔的一个老镇。枫树阴遮住了一部分街道。树根挤裂了人行道，把路面高高地抬起来，裂纹像鳄鱼，在光秃秃的空地上爬伸开来。[①]

像《乌得勒支的宁静》中描写的那样，小镇既不属于城市，也不属于农村，它拥有城乡结合的典型特征：

我不得不关注高速公路和旁路的复杂系统，反正这世间没有哪条轻松的路可以通到朱比利。大约下午两点钟，我看见车的前方是市政厅墙皮剥落的、华而不实的楼顶，熟悉得出乎我的意料。市政厅的建筑和镇上其他四四方方又单调的灰色和红色砖砌建筑毫无关系。楼顶下挂了一口大钟，万一有惊人的灾难发生，钟就会响起来。[②]

类似这样的小镇描写在门罗的作品中还有很多，门罗在写给《朱比利》杂志的公开信中曾经提到，小镇的每个街区都给她留下了难以名状的强烈情感。

在门罗构建的小说世界里，她叙述小镇人们的日常生活，书写他们的爱情、友情、婚姻、背叛等，具有浓郁的生活气息和地域性特点。

2. 男权社会的映射

在小镇这个叙事空间里，到处存在对女性不友好的声音。在男权社会的统治和排挤之下，小镇的女性受尽压迫，她们没有自己的身份，没有自己的自主意识。

在小说《好女人的爱情》中门罗描述了小镇环境中的男权社会，男性被赋予了更多的社会地位和性别优势，他们可以自由地外出工作，而女性只能依附于男性，只有依靠男性生存。女性很少有出去工作的机会，她们从事的工作也多是无关紧要的如办公室文员、资料整理员或者商店的售货员等。妇女只有在丈夫依靠不上或者没有丈夫的情况下才会选择出去工作：

往家赶的大多是男人。女人们已经在家了——根本没出门。不过，也有一些中年女人别无选择，在商店或者办公室工作——要么丈夫已故，要么丈夫生病，或者干脆没有过丈夫——她们都是这些男孩的妈妈们的朋友，哪怕隔着马

---

① 艾丽丝·门罗. 快乐影子之舞 [M]. 张小意, 译. 南京: 译林出版社, 2013: 3.

② 艾丽丝·门罗. 快乐影子之舞 [M]. 张小意, 译. 南京: 译林出版社, 2013: 249-250.

路，她们也会喊来问候（巴德·索特在这方面最倒霉了——她们都喊他叫"小东西"），用的是一种快活或揶揄的声调，让你顿时想起她们洞悉你家的情况，或者你婴儿时期的破事。①

在小镇的生活空间中男权主义对女性的职业同样充满了歧视，在《好女人的爱情》中，当伊内德没有选择小镇女孩们通常所选择的教师、会计等工作，想继续学习护理的时候，遭到了来自父亲的强烈反对：

伊内德20岁那年，即将完成护士培训，她爸在瓦利医院病危。他对她说："我不知道是否喜欢你干这行。我不想你在这样一个地方工作。"

伊内德俯身问，他觉得他这会儿是在个什么样的地方。"这不过是瓦利医院罢了。"她安慰道。

"我知道，"爸爸说，语气一如既往，四平八稳、合情合理的（他是个保险和房地产代理商）。"我知道自己在说什么。向我保证你不会这样做。"

"向你保证什么？"伊内德问。

"你不会做这种工作。"爸爸说。他一句也不肯多说。他闭紧了嘴，仿佛她的追问令他厌烦。他只肯重复两个字："保证"。②

父亲的态度反映了男权社会下他对护士这个职业的歧视。父亲认为护士这个职业会改变男人对伊内德的看法，会毁掉她的人生。因为在当时的社会看来，护士算不上光彩的职业，因为护士经常会接触到男性的身体，这被认为是粗俗和不洁的。父亲觉得这种职业选择会影响伊内德将来的婚恋，因为当时的社会普遍认为，婚姻才是女人最终的归宿，结婚是女性最好的谋生手段，也是获得社会认可的唯一方式。

在小说《逃离》中女主人公卡拉的丈夫克拉克是典型的男权主义的代表，克拉克的火暴脾气在小镇上可谓人人皆知。他欠了建材店的钱，还与建材店的人打了一架，因为这个他再也不去那个建材店，还给那个建材店起了一个具有侮辱性的名字；在药店排队，因为一位患病的老太太要去取刚才忘掉的东西加塞，克拉克开始大发牢骚，甚至把药店经理叫了出来。这样的事情还有很多。但卡拉指出克拉克脾气暴躁的缺点的时候，克拉克却不以为然，认为男子汉就应该那样。在与卡拉的婚姻生活中也是如此，克拉克处于绝对的

---

① 艾丽丝·门罗.好女人的爱情[M].殷杲，译.南京：译林出版社，2013：11-12.
② 艾丽丝·门罗.好女人的爱情[M].殷杲，译.南京：译林出版社，2013：37.

支配和统治地位。他对卡拉没有一点耐性，喜怒无常，说翻脸就翻脸。他并没有把卡拉当成一个具有独立人格的人来看待，而是把她当成自己的私有物品，甚至不惜以牺牲妻子的名声为代价，来当作换取金钱的筹码。他完全不在乎卡拉的感受和受到的伤害，而只想到自己的利益。从克拉克身上我们能够看到男权主义的典型表现，他们在两性关系中处于居高临下的主宰者的地位，对妻子行使支配权。

在门罗的另一篇小说《男孩和女孩》中，父亲在家中具有绝对的领导地位，是真正的一家之主。父亲把《鲁滨孙漂流记》里的主人公鲁滨孙作为自己的偶像，希望构建自己父权至上的男性权威地位。文章开篇就点明了父亲狐狸农场主的身份，父亲是家庭中的主体和命运决策者，其他人的身份都是围绕父亲的身份的：母亲的身份是养狐人的妻子，祖母的身份是养狐人的母亲，莱德尔的身份是养狐人的儿子，主人公"我"的身份是养狐人的女儿。

父亲在家庭中拥有至高无上的权威，是权力的真正控制者，母亲处于绝对弱势的地位，凡事都要征求父亲的意见，每天身陷在各种家务琐事里忙得不可开交。身为女孩的"我"自小就感受到了男性与女性在现实世界中天差地别的地位，女性在男权主义的控制下自我意识被严重压抑。

3. 女性的生存困境与意识觉醒

门罗的小说多书写小镇女子的生活及其悲欢离合的命运。女性在父权社会环境下面临重重生存困境，她们是女儿、是妻子，也是母亲，她们需要延续和抚养生命，整日有忙不完的家务，在多重社会角色的扮演下，女性无可避免地要遭遇职业方面的困境，在父权至上的社会大环境下女性还要面临婚姻困境和道德困境。此外，门罗重点描写了男权社会下女性的社会及家庭地位低下，许多女性独立意识苏醒后为追求自我价值实现及身份重构所做出的努力。

（1）女性的生存困境。在小镇叙事空间下，男人在社会上拥有更高的社会地位，职业选择方面更加主动和自由。女性处于男权社会中的他者地位，被拘囿于以家庭为主的活动范围内，其社会职业的选择受到种种限制。例如，在小说《办公室》中，主人公"我"作为一个家庭妇女，既是丈夫的妻子也是孩子的母亲。但同时"我"又是一名作家，"我"想要拥有自己的一个办公室。但当作家想要实现自己"作家"这一职业身份时，却受到了多重因素的干扰和破坏。这些干扰和破坏首先来自于自我否定。当"我"说出想有间办公室的想法的时候，"我"自己都感觉这是异想天开。"我"认为这是一个苛刻的要求，是一个不合理的愿望。大家都认为一台打字机或者一支笔、一沓纸、一张桌子、一把椅子就能写作，而"我"却很过分地想要一间办公室。"我"对自己作家的身份也不够认同，认为"不过是个冒牌货，至少并不令人信服"。其次，来自家庭的漠然。在"我"说出想有一间办公室写作的想法后，为征得丈夫的同意发表了一通非常形而上的解释。最后丈夫勉强给出了一个极简洁的回答：

"去看看吧，要是你能找到一间不算贵的的话。"我丈夫只说了这么一句。他和我不一样，他并不真的需要解释。别人的心，都像本合上的书。这是他常说的话，并不觉得遗憾的样子。①

孩子们在听说了"我"的计划后，表现出了强烈的怀疑和漠不关心。家庭成员对"我"提出想有一间办公室写作的想法虽然都没有做出强烈的反对，但是，他们冷淡的反应和模棱两可的答复，无疑给"我"想要写作、成为一个作家的职业热情泼了一盆冷水。在父权制的影响下，小镇形成的传统观念对女性提出了种种限制。他们认为女性就应该照顾孩子、把家庭的各种事务处理好，做一个称职的母亲和妻子。至于其他的，对女性来说都是可有可无的，并不重要。再次，来自社会因素的阻挠。社会上以房东麦利先生为代表的人群对女性作家的职业持有偏见。麦利先生认为女人就应该扮演好母亲和妻子的角色，对于"我"不待在家中，而特意租下一间办公室的做法产生了带有偏见的好奇。他趁"我"离开时偷偷潜入"我"的房间偷看信件，正好被返回的"我"撞破。在麦利先生的肤浅认知里，他认为女作家的写作离不开低俗、隐秘的内容，对"我"进行子虚乌有的污蔑和指控。最后，麦利先生对"我"人格的怀疑彻底激怒了"我"，我们之间发生了激烈的争吵，"我"想要拥有一间自己的办公室写作的愿望最终落空。

再比如在门罗的另一篇小说《我妈的梦》中的主人公"我"的母亲吉尔。从小在孤儿院长大的吉尔的梦想是成为一名小提琴演奏家，但当一名小提琴演奏家的职业理想受到了重重限制和阻挠。首先，在当时的社会，想要以音乐作为自己的理想和职业需要一定的必要条件，除了天分之外还需要优渥的家庭条件，这些吉尔并不具备。同时，主流社会对职业女性也存在一定的偏见，女性的身份使吉尔职业理想的实现更加艰难。此外，吉尔还是一位单身母亲，她的丈夫在战场上阵亡了。吉尔的孩子仿佛知道母亲对小提琴的热爱，时刻在与小

---

① 艾丽丝·门罗.快乐影子之舞 [M].张小意，译.南京：译林出版社，2013：81.

提琴争宠，在吉尔练琴的时候进行了一次次有意的攻击和破坏。婆家人对吉尔想成为一名小提琴家的梦想更是强烈反对，周围的人也都无法理解她。吉尔在追求职业理想的道路上可谓困难重重。

在小镇男权主义的社会空间下，女性除了面对职业困境外，还面临着道德困境的困扰。在小说《我妈的梦》中，吉尔在母亲和艺术家两个角色之间无法做到平衡，为了孩子她拼命压制自己的音乐梦想。有一点，当艾尔娜和其他人不在家的时候，吉尔面对孩子的苦恼感到无处可逃。并且她悲哀地发现她无法再像以前那样拉好小提琴了。孩子变本加厉的哭声使她更加绝望。一头栽倒在沙发上的吉尔做了一个极具隐喻性的梦。在梦中她抛弃了孩子，并且她的内心萌生了病态的报复心理，想要摆脱孩子这个让她痛苦的根源。抛弃孩子的想象性的行为虽然暂时释放了自己长久以来的压抑，但是无论在梦中还是现实中，吉尔的内心都难以平静，陷入了无法摆脱的道德困境之中。

在小说《孩子们留下》中，主人公鲍玲在与丈夫布莱恩的婚姻生活中，处处受到压抑和束缚，深陷在家庭的柴米油盐中。一次她参加话剧排练时遇到了情投意合的杰弗里。最终，鲍玲没能抵御住婚外情的诱惑，放弃了孩子，与情人杰弗里一起私奔了。但是她以后的日子终日被失去孩子的痛苦所困扰：

这是一种锐痛。它会变成慢性病。慢性意味着它将挥之不去，不过不一定会频频发作。也意味着你不会因它而死。你没法摆脱它，但也不至于送命。①

为了爱情的私奔并没有使鲍玲找到幸福，她除了受不能当一个称职的母亲的困扰之外，还要接受社会的批判和内心深处的自我谴责，深陷于道德困境之中不能自拔。

除了面临生存困境方面的职业困境和道德困境外，女性还要面临婚姻方面的困境。小说《逃离》中的女主人公卡拉不顾家人的反对，嫁给了在马棚遇到的一见钟情的男子克拉克。但是婚后的生活并不尽如人意，在度过了最初的一段浪漫时光后，克拉克对卡拉的态度发生了明显的变化。卡拉感到日子过得痛苦而乏味，犹如一潭死水。为了唤起克拉克对自己的关注，卡拉编造了贾米森先生对自己的骚扰。但是令人失望的是克拉克非但没有关心妻子，反而想利用妻子的名义去敲诈贾米森太太一笔钱。在这段婚姻生活中卡拉在克拉克强势的压制下长期处于"失语"状态，深陷婚姻的困境中不能自拔。

---

① 艾丽丝·门罗.好女人的爱情[M].殷杲，译.南京：译林出版社，2013：225.

总之，深处男权社会的小镇空间背景下，女性长期处于被动的地位，承受着来自自我、家庭和社会各方面的压力，使她们面临职业困境、道德困境和婚姻困境等种种困境。这种困境的长期压抑，也导致了女性意识的觉醒。

（2）女性的意识觉醒。在男权社会的压制下，女性在生活的历练中逐步实现了自我成长，其女性意识逐渐觉醒。在短篇小说集《女孩和女人们的生活》中，门罗塑造了众多形形色色的在自我意识觉醒下追求自我的女性形象。贯串整个小说集中多个故事的主人公黛尔是女性意识觉醒的典型代表人物。黛尔自小生活在思想观念迥异的家庭，父母亲所追求的生活方式的不同导致了她在价值观念上的冲突。黛尔深受母亲的影响，在经历成长的迷惘和曲折之后，黛尔逐渐明白只有创作才能表达自己最真实、最独特的一面，从而走上了写作的道路。虽然在寻找自我的路上经历了很多挫折，但是黛尔始终没有放弃。她勇于挣脱社会对女性的偏见和束缚，女性独立意识在黛尔的成长过程中刻下了深深的烙印。她勇敢抵制来自男权主义的专制和统治，不依附于男性而生存，拥有自己的独立人格，最终选择了自己喜欢的人生道路，从而实现了自我的人生价值。

此外，还有黛尔三年级时候的教员范里斯小姐，她是一位大龄未婚女青年，但是她并没有被生活中的孤独和不幸击倒，她喜欢与实际年龄不符的花哨打扮，让自己的生活看起来不那么寂寞、无聊。在对待自己的工作方面，她兢兢业业，尽管工作枯燥，她依然尽心尽力地负责学生每一年的戏剧表演，努力追求自身的价值。黛尔的母亲也是女性意识觉醒的典型形象。黛尔的母亲从小生活在氛围十分压抑的家庭环境中，她的母亲早逝，父亲具有强烈的控制欲，哥哥们性格乖张。为了改变自己的命运，黛尔的母亲不管黛尔父亲的强烈反对坚持读完了高中，并成为一名教师。婚后，尽管黛尔的母亲辞去了教师的工作，但她并没有放弃对自己人生的追求。她不想像小镇的大多数女人一样当一名整天投身于家务的家庭主妇，而是渴望更高层次的精神追求。她认为知识是让自己逃出诸伯利小镇的唯一途径，她读书看报，参加俱乐部和函授班。为获得经济上的独立，她还上街去销售百科全书，虽然遭到了周围人的冷嘲热讽，但是母亲依旧坚持自我价值的追求与实现。

（二）旅途

"任何的个人思考和群体行为都必须在一个具体的空间中才能得以进行，

空间可以说是我们行动和意识的定位之所。反之，空间也必须被人感知和使用，被人意识到，才能成为活的空间，才能进入意义和情感的领域。"①门罗的小说中，常常会写到旅途中的人，他们或者是远离家乡，或者是从遥远的地方回归家乡，通过不同的空间连接和转换，构建了不一样的人生经历和情感体验。

门罗在小说《漂流到日本》中，描述了主人公格丽塔乘坐从加拿大大不列颠哥伦比亚省到多伦多的列车，去见在作家聚会上使她心动的对象哈里斯的途中所发生的事。门罗通过对列车上封闭空间的描写，使车内形形色色的乘客产生了关联。许多故事在这里发生，列车上发生的一切也许对他们的人生选择和人生走向都产生了至关重要的影响。在火车上格丽塔遇到了两个演话剧的年轻人，男孩叫格雷格，女孩叫劳瑞。交谈中才知道他们两个曾经是一对恋人，几个月前刚刚分手了。随着劳瑞在中途贾斯珀站下车，格丽塔和格雷格的关系开始拉近，两个人一边喝着酒一边交谈。接下来情不自禁的两个人丢下熟睡的孩子到格雷格的卧铺去调情。当格丽塔返回时，才发现自己的女儿凯蒂不见了。这一意外使格丽塔恐惧得发疯，她四处寻找着女儿凯蒂，甚至不可能藏身的枕头和毯子下面也被格丽塔找了个遍，但是并没有发现凯蒂的身影。格丽塔甚至想象会不会是绑匪突然在停车的时候上来带走了凯蒂，她开始拼命回想在那一段时间火车是不是停过，在哪里停过。她甚至疯狂地想怎样才能使火车停下来。接着又安慰自己那样的事情根本不可能发生，凯蒂一定是醒来后发现她不在身边，去找她了。格丽塔在混乱的思绪里不断冒出各种念头，她多想时间能够回到她和格雷格离开之前，在那一刻停住，那样的话一切就不会发生，女儿凯蒂也不会丢失。

自责、羞愧、恐惧……各种情绪涌上了格丽塔的心头。庆幸的是最后凯蒂在两节车厢之间的金属板上被找到了。这段行进中的列车上发生的一系列事情，使格丽塔意识到了自己对孩子的失职，她的心里产生了强烈的罪恶感，使她意识到这趟旅途的荒谬和兴味索然，同时也使格丽塔明白了丈夫和孩子对她的重要性，她给她的丈夫彼得写了一封长长的信。到达多伦多后，格丽塔发现哈里斯来接她们，她的情绪又发生了一系列的变化。先是对哈里斯出现的震惊，原本经过凯蒂失而复得的事件，格丽塔已经做好了回归家庭的准备，打算

---

① 龙迪勇.空间叙事学[M].北京：生活·读书·新知三联书店，2015：27.

做一个好妻子和好母亲，而哈里斯的出现好像改变了她的想法。因此，在震惊过后，格丽塔的心中一阵翻腾，最终又平静地接受了这一切。

一切仿佛都没有改变，一切却好像又都因为这场旅途改变了。

在小说《家》中，门罗描写的是"我"回到故乡去探望父亲，重点描写回乡之旅的感受。作者在现实和回忆虚实结合的交叉叙述中，随着人物情感的变化营造出独特的艺术效果。

年少时的"我"曾经无数次徘徊在这里的街道上，这里拥有"我"的青春和回忆，见证了"我"成长岁月的点点滴滴。虽然，故乡的变化并不大，但归乡之旅还是带给了"我"复杂的感受：

我坐在车里，端着罐子坐在他身旁。车子缓慢地沿着熟悉的道路按部就班地行驶：斯潘塞街、教堂街、韦克斯福德街、莱迪史密斯街，最后是医院。镇上基本还是老样子，不像我家变化那么大。没有人重新装修，也没人做任何改建。尽管如此，它在我眼里还是变了味道。①

故乡曾经被"我"以文字的形式写进小说，真实与虚构之间，故乡带给"我"一种恍惚和不真实的感觉。在这里，故乡的旅途充满了不确定性，即便是熟悉的故乡和熟悉的街道，一切看似没变，其实又都发生了改变。

二、社会空间的书写

（一）汽车旅馆

出租屋和汽车旅馆充满着浪漫和刺激的复杂体验，但是这种浪漫只是暂时的，浪漫过后更多地要面对的是生活中各种各样的问题。出租屋和汽车旅馆在门罗的笔下往往代表一个可以逃避的临时居所，同时人物也能够停留下来审视自己的内心。

在《孩子们留下》中年轻的母亲鲍玲长期生活在压抑的家庭环境下，在排练戏剧的时候与杰弗里情投意合，最终鲍玲选择丢下孩子和杰弗里私奔。家庭的沉闷和窒息感是鲍玲逃跑的根本原因。在逃离的途中有一段对汽车旅馆的描写：

他们不得不出门去找电话亭，汽车旅馆里没电话。这会儿，鲍玲在清晨悠闲地打量四周——她进了这房间以来第一次真正感到悠闲自在——发觉屋里实

---

① 艾丽丝·门罗.岩石堡风景 [M].王芫，译，南京：译林出版社，2018：353.

在乏善可陈。破梳妆桌、没床头板的床，一把没扶手的硬椅子，窗上挂的是一面威尼斯式百叶窗，断了一片百叶，还有一副橘色塑料窗帘，可能是想充当纱帘吧，它无须缝边，只用在底下一剪。一台嘈杂的空调——杰弗里晚上关了它，挂了保险链的门开着，因为窗子锁死了。现在门又关着。想必他夜里起床去关的。①

对于鲍玲来说，逃离了原来沉闷压抑的家庭生活，汽车旅馆使她刻意忘记了自己母亲和妻子的身份，呼吸到了自由的空气。但是这种感受只是短暂的：

有什么东西过来了。一辆卡车。不过不光是卡车哟——有一个庞大的、凄惨的事实扑面而来。它并非来自别处——它一直潜伏着，自打她醒来就开始残忍地轻推她，或者甚至整个夜里都不曾放过她。

卡特琳和玛拉。②

短暂的浪漫之后，鲍玲在汽车旅馆里产生了对孩子深深的负疚感。这种感觉使她无法心安。

在门罗的另一篇小说《库特斯岛》中，小新娘"我"租住在温哥华格里夫人的出租屋：

我们的公寓有两间半。是带家具出租的，按照此类地方的规矩，只是马马虎虎地提供了一点设施，用的都是本来要扔掉的东西。我记得起居室地板铺了长方形和正方形油毡边角料——颜色和图案千奇百怪，硬凑到一起，用金属线缀连，像一床碎布拼花被。厨房里的投币式煤气炉也一样，里面塞满硬币。③

虽然出租屋简单得不能再简单，毫无现代性可言，但对小新娘"我"来说，却是新生活的起点，在这里小新娘开始阅读和尝试写作，满怀激情开始编织自己的梦想。但很快这种生活就被格里夫人打破了。格里夫人对"我"表现出了过分的"关心"，她打探"我"是否找到了工作，质疑"我"是否有打理好一个家庭的能力，时刻打算对"我"进行规训和劝诫。"我"感觉自己的生活充满令人不适的窥视和令人窒息的压迫感。格里夫人会趁"我"不在的时候，偷偷用钥匙打开"我"的房间，像一个私家侦探似的，甚至连丢进垃圾桶的纸团都要打开检查。"我"感觉时刻都处在被人监视的状态下，时刻都要防备语言

---

① 艾丽丝·门罗.好女人的爱情[M].殷杲，译.南京：译林出版社，2013：219.
② 艾丽丝·门罗.好女人的爱情[M].殷杲，译.南京：译林出版社，2013：224.
③ 艾丽丝·门罗.好女人的爱情[M].殷杲，译.南京：译林出版社，2013：126.

的侮辱和伤害。地下室在这里带给人的感觉更多的是令人不安和恐惧的。

（二）疗养院

在门罗的小说中，有不少关于养老院、疗养院等空间的叙述，这类空间场所一般偏离了正常的生活空间，属于边缘化的空间，反映了人物在面对疾病、衰老和死亡等变故时候的挣扎和情感危机。

在小说《熊从山那边来》中，门罗就是以疗养院为中心构建的故事。故事从菲奥娜的丈夫格兰特的叙述视角出发，现实的场景夹杂回忆、梦境、秘密等开展。菲奥娜从小生活在一个比较富裕的家庭，长大后嫁给了老实巴交的乡下男孩格兰特。婚后表面上的美满生活背后格兰特一直在瞒着妻子和许多女学生感情暧昧。菲奥娜因为阿尔茨海默病，住进了草地湖疗养院，格兰特感觉到生活因为妻子的缺席而带来的迷茫，疗养院这个社会空间对格兰特而言更像另外的一个世界，妻子菲奥娜在那个世界里完全把他当成陌生人而拒之门外，她遗忘了自己妻子的身份，喜欢上了一位叫奥布里的病人，这对格兰特来说是个沉重的打击，他甚至到草地湖疗养院暗中追踪妻子菲奥娜和奥布里的行踪，同时又感觉自己这样的追踪行为是那样愚蠢和可怜。甚至在家中的时候，格兰特也无法静下心来，一心想着草地湖疗养院和下一次的探访。这样的行径使他感觉自己特别不成熟，像不成熟的孩子和街上跟踪女人的那些无赖，等待着女人回头来发现他们的爱。

在这里，疗养院更像是为受伤害者提供的一个庇护所，它见证了菲奥娜情感的变化。在这个不确定的社会空间里，菲奥娜的行为同样让人充满了迷惑，对她的遗忘门罗没有确切描述。有可能她真的不记得自己的丈夫格兰特了，也有可能她只是假装遗忘来对丈夫的出轨和不忠进行报复。

门罗的作品中类似这样的疗养所还有很多，在这样的社会空间里，人物对命运进行了妥协，接受了命运安排的一切，他们认清楚了自己的处境，接受了被遗忘的命运。但是在潜意识里，他们依然有着对感情和幸福的憧憬和渴望，有着对命运的挣扎和逃离的渴望。

三、家庭空间的书写

（一）家宅

在门罗的作品中，家宅是一个不可忽视的空间意象。故事中，家宅不单单是事件和矛盾发生的场所，更是居住在里面的人物的心灵场域，表露了人物内心深处的隐秘世界。家宅不仅仅是一个物理空间，当家宅承载的是正面、积极的情感时，它带给人的是温暖、幸福的内心感觉；但当它承载着反面、消极的情感时，带给人的是阴暗、恐怖的情感感受。

在小说《一点儿疗伤药》中，家宅对主人公"我"来说是一处遮风挡雨的港湾，是安全温暖的所在，能带给"我"情感和精神上的慰藉：

这个灯光柔和的大房间，绿色和枯叶色的色调，为情绪的发展创造了一种整洁的背景，就仿佛人走上了舞台。在家的时候，情绪的控制都还可以，把不好的情绪埋藏在一堆可以修复它的事里——补铁，玩拼图游戏，收集小石头，诸如此类。我家就是这样的类型，在楼梯上永远会撞上别人，永远在听广播里的曲棍球赛或者超人的故事。①

在这里，家宅像一个巨大的摇篮，能够放松精神、修复情绪，帮助人物从痛苦和茫然中走出来，给人以积极面对生活的勇气和力量。

在小说《好女人的爱情》中，门罗描述小男孩吉米的家是一个由残疾的腿脚不灵便的爸爸、在百货商店干活的妈妈、两个年幼的妹妹、年老的外婆、失明的姨妈和单身的叔叔组成的一个大家庭。表面上看起来这个家庭贫困，成员都是老弱病残，但是他们的家庭生活并没有被消极悲观的情绪笼罩。在这个家庭里充满了赞美和礼貌，几乎看不到抱怨的影子。家人彼此之间都很礼貌，包括吉米的两个年幼的妹妹，一家人相敬如宾，彬彬有礼。尽管大家都挤在一个房子里，钩子上、栏杆上、碗柜上到处都是衣服，吉米和叔叔的床只能搭在餐厅里面，但是也并不影响整个家庭祥和安静的气氛和人与人之间的友善、互爱，家里人说话都很柔和，包括开门关门、上下楼梯，甚至收音机都很少有大的声音。

这个家包容和接纳了所有的一切，像"接受坏天气那样心平气和"，他们面对缺陷和逆境也采取了特别平和的心态，他们不认为吉米爸爸的病状和玛丽姨妈的视力是什么负担或问题，家庭中充满的是祥和、宁静的气氛。

与家宅给人积极、温暖的情感感受相反的许多阴暗、暴力等消极感受也多次出现在门罗的小说里。小说《变化之前》中，这样描写父亲的家宅：

我们家门口的小巷里，原先位于松树下的长长的泥土小路，已被层层松

---

① 艾丽丝·门罗. 快乐影子之舞[M]. 张小意，译. 南京：译林出版社，2013：103.

针、杂乱的小树苗和野覆盆子藤覆盖了。过去数十年，人们都是沿这条小路走来看病的。[①]

通过对家宅周围环境的描写，能够看出它所处的位置是非常隐蔽的，但是下面又写道数十年来人们一直沿着一条小路来看病，又说明家宅的方位是为大家所熟知的。被如此描述的家宅充满了嘲讽和矛盾。但是这一切正好暗合了父亲所从事的职业：表面上父亲是一位医生，从事着救死扶伤的高尚工作，而实际上，背地里父亲却利用家宅从事着堕胎这样血腥而又暴力的工作。父权制社会认为堕胎是不体面的犯罪行为，是被禁止的。当时，堕胎对于男性而言，又是一种便利的不用负责任的解决方法，他们无视女性所遭受的身体和心理上的伤害和痛苦，不会认为自己犯下了罪行。所以父权社会又默许堕胎，父亲多年帮女性堕胎才没有被揭发。在这里家宅成了藏污纳垢、充满暴力和恐怖阴影的场所。

在小说《好女人的爱情》中，鲁佩特的家宅同样充满了暴力和恐怖的色彩，它在一定程度上反映了鲁佩特的个人性格和内心的阴暗。

大路上看不进他们家院子，这一点很幸运。外面只能看到屋顶尖儿和楼上的窗子，看不到魏伦斯先生的车。[②]

鲁佩特的家宅特点体现了他隐秘阴暗的内心。在他的妻子奎因夫人患病期间，他对她漠不关心，只是在问完家里的大小事情之后，才象征性地问一下妻子的情况。婚姻关系中长期的冷暴力给奎因夫人带来了严重的伤害。他将奎因夫人像家宅一样视为自己的私人财产，当发现妻子和魏伦斯先生在家宅私通后，他怒不可遏地采用暴力在他的家宅里杀死了魏伦斯先生。更过分的是，作为惩罚，他还把妻子奎因夫人也拖下了水，让她参与杀死魏伦斯先生的过程。奎因夫人因为参与了杀人而整日惴惴不安，在强大的精神压力和病痛折磨下，不久就去世了。可以说，鲁佩特是间接害死奎因夫人的凶手。家宅作为鲁佩特行凶作恶的场所，见证了鲁佩特的残忍和暴力。

（二）厨房

在男性至上的父权社会里，男性在家庭空间中具有核心的地位，家庭空间对他们来说是休息与放松的地方，而对女性来说，在家庭空间里只有辛苦劳

---

① 艾丽丝·门罗.好女人的爱情 [M].殷杲，译.南京：译林出版社，2013：285.

② 艾丽丝·门罗.好女人的爱情 [M].殷杲，译.南京：译林出版社，2013：57.

作和永远干不完的家务。厨房作为家庭空间的一部分，更是男性禁锢女性的主要场所。女性被规训相夫教子、料理家务，更要囿于方寸之地，按部就班地做着一日三餐。在这样的约束下女性逐渐失去主体化的特征，成为被客体化的存在。

在小说《男孩和女孩》中，身为女孩的"我"从小就因为性别而被差别对待。母亲总是想方设法把"我"留在家里，祖母更是对"我"横加干涉，唠唠叨叨。母亲和祖母仿佛有永远做不完的工作：

厨房的炉子里终日点着火，瓶子在滚开的水里叮当作响。有时候两把椅子之间搭一根杆子，挂一个棉布包，用来挤压黑蓝的葡萄果酱做果冻。①

厨房在这里不仅是女人整日劳作的场所，更是禁锢她们精神的地方。她们的生活压抑而无趣，每天好像有干不完的活儿在驱使着她们前进。厨房里的活儿更是白天黑夜都忙不完，桃子、梨、葡萄要做成果冻、果酱和蜜饯，自己家种的洋葱、西红柿、黄瓜要腌制成咸菜和辣酱。她们做这些活儿都被认为是理所当然的，得不到任何的体恤和关怀。

在小说《富得流油》中门罗多次写到厨房以及在厨房中劳作的人物，纵观整篇文章，在门罗的笔下，"安"这个人物的每一次出场几乎都是与厨房联系在一起的。安的厨房位于房子的最底层，去厨房需要下四级楼梯，厨房里光线特别阴暗，即便是白天也需要开着灯。安大部分的时间好像都在厨房忙活：卡琳去找安的时候，她正在厨房里擦拭银器；要不就是在厨房里忙着炖汤；要不就是在厨房准备菜肴。

无论是《男孩和女孩》中的母亲还是《富得流油》中的安，尽管她们所处的生活环境有所不同，但她们每天都忙忙碌碌，在厨房进进出出，接受了社会赋予她们的既定角色，厨房在这里成为阻断她们梦想和禁锢她们思想的地方。

① 艾丽丝·门罗.快乐影子之舞[M].张小意，译.南京：译林出版社，2013：152.

第五章

艾丽丝·门罗作品的叙事结构与叙事进程

第一节　叙事结构

叙事结构简单来说就是叙事作品所呈现出来的形态。叙事结构是叙事作品的关键组成部分，任何一部叙事作品都有其自身独特的叙事结构。对于作者来说，巧妙构建和精心安排叙事结构能够更好地表现作品主题，能够给读者带来别样的阅读体验。罗兰·巴特认为："某叙事作品与其他叙事作品共同具有一个可资分析的结构，如果不依赖一套潜在的单位和规则，谁也不能组织成（产生出）一部叙事作品。"[①]小说在发展变化过程中，结构形式也随着变化。有的小说延续了传统小说的叙事结构；有的小说兼容并蓄，多种结构方式交错使用。门罗属于高产型作家，在其漫长的写作生涯中创作了大量的作品，这些作品中既有对传统叙事结构的遵循，又有自己独特的创新之处。

一、线型结构

线型结构指的是小说叙事过程中有一条或几条线索贯穿文章的始终，牵引着故事情节的发展。线型结构一般有两种常见的方式：一种是单线型结构，一种是复线型结构。

（一）单线型结构

单线型结构指整个作品只有一条明显的线索，小说的故事情节随着这条线索展开。

门罗在小说《男孩和女孩》中就采用了单线型结构，以主人公"我"在成长过程中对社会所赋予的女性身份认同的过程这一线索来推动故事的发展。在故事的开始部分，"我"对生活充满了期待，拥有冒险和正义的精神。随着"我"的逐渐长大，"我"明显认识到了男女之间的不平等，社会对女性身份的种种约束。尽管"我"整天忙前忙后给父亲打下手，母亲还是经常会对父亲说："等莱尔德大一点，你就有真正的帮手了。"[②]"我"被奶奶以女性身份加以要求和规范："女孩子不要这样甩门""女孩子坐下来的时候双膝要并拢""这

---

① 伍蠡甫，胡经之. 西方文艺理论名著选编：下卷 [M]. 北京：北京大学出版社，1987：462.
② 艾丽丝·门罗. 快乐影子之舞 [M]. 张小意，译. 南京：译林出版社，2013：153.

不是女孩子应该关心的事情"①……"我"开始渐渐明白女孩并不是像自己当初想象的那样只是自己的身份，而是不得不变成的一个角色。最后，主人公终于接受了社会所赋予的女性身份的角色。她慢慢认识到父亲和弟弟是同一个阵营的，而自己应该跟母亲学习如何操持家务，这就是父权社会的规则。男孩女孩在刚出生的时候，对他们自身而言是平等的，而在女孩长大的过程中，家庭和社会会不断对她们进行影响，向她们灌输男女不平等的观念，慢慢使她们不得不认同自己作为女性的社会身份。如同小说中，爸爸向推销员介绍"我"的时候，推销员说："只是个小姑娘罢了。"在"我"放走该枪决的马被弟弟告发后，我哭了，而爸爸却原谅了我，也永远放逐了"我"："她只是个女孩子。"②爸爸把"我"放逐到了另一弱势的阵营，而"我没有反对，即使心里也没有反对。也许这是真的"③。在周围环境的影响和社会大环境的熏陶下，慢慢长大的"我"不得不放弃抵抗，最终妥协地认同了社会赋予自己的女性身份。

（二）复线型结构

复线型结构指作品含有两条或者两条以上线索的结构形式。门罗在小说《双帽先生》中就采用了复线型结构。整篇小说分为前后两个部分，讲述了罗斯和科林两兄弟的故事。小说的前半部分主要讲述的是罗斯的精神障碍给整个家庭带来的困扰。罗斯的生活虽然可以自理，但他经常会出现精神失常的情况。比如，有一次罗斯在修理花木的时候，竟然把两个帽子戴在了头上。罗斯的病是家里一直不愿意提起的事情，像一颗随时会引爆的炸弹。罗斯特别喜欢组装和拆卸汽车，在修理汽车方面有着过人之处，这一方面也得到了大家的肯定。但是，随着南希的一次造访，一个残酷的事实被揭开了：罗斯修理的汽车存在严重问题，特别容易引发交通事故。家里人都不愿意承认罗斯在他最擅长的汽车修理方面依然存在问题。因为担心罗斯受到刺激，所以没有人敢把这个残酷的事实告诉罗斯。在小说的后半部分，故事又回到了科林和罗斯兄弟的童年时代，讲述了两个人有一次在一起玩游戏的时候，科林因为失误差点用枪射死罗斯，惊慌失措的科林丢下倒地的罗斯逃跑了。其实这只是罗斯和科林开的一个玩笑，枪走火了，子弹并没有射中他。但这件事让科林深深明白了自己对

---

① 艾丽丝·门罗.快乐影子之舞[M].张小意，译.南京：译林出版社，2013：155.

② 艾丽丝·门罗.快乐影子之舞[M].张小意，译.南京：译林出版社，2013：164.

③ 艾丽丝·门罗.快乐影子之舞[M].张小意，译.南京：译林出版社，2013：164.

罗斯有着照顾的责任：

　　他知道，从此以后，防止那样的事件发生——对罗斯，以及对他自己——将成为他毕生的使命。①

　　纵观整个故事，复线型结构利用故事的两条叙事线索，共同推动故事情节展开，一步步引出普通的家庭生活背后掩藏的隐秘事件，探讨人在家庭这一基本的社会单位中所面临的伦理困境。作者将前后两部分故事嵌套在一起呈现在读者面前，使读者了解到正是后半部分童年的经历使科林明白了自己对罗斯的责任，所以在前半部分的描写中两兄弟之间才会有那么多困惑和挣扎。这种复线型结构的叙事方式可以使作者在人物的过去与现在之间自由穿梭，通过对其生活和心理等方面变化的描述，来展示作品结构层次上迷宫一般迷人而又引人入胜的情节。在阅读过后，读者会有一种恍然大悟的感觉，也会进一步了解作者想要表达的深意，即一个精神障碍孩子所在家庭中的亲情和道义。

　　在小说《祈祷之圈》中，门罗也用到了复线型结构。小说有两条叙事线索，一条是母亲特鲁迪与女儿罗宾紧张的母女关系，另一条是特鲁迪的工作及与丈夫的婚姻生活。两条叙事主线互相交织，一起来完成故事情节的构建。文章的开头部分先描写了特鲁迪与女儿罗宾之间激烈的争吵：

　　“那会儿你冲我扔了只壶呢。你差点砸死我。”

　　“不是冲你的。我没冲着你扔。”

　　“你差点砸死我。”②

　　随着线索一叙述的展开，叙述者讲述了两人爆发冲突的具体原因。母亲特鲁迪因为女儿丢失了祖母的一条项链而勃然大怒，险些用水壶砸中女儿，母亲和女儿之间爆发了激烈的争吵。接下来，作者开始进行线索二的讲述，其主要围绕特鲁迪的工作以及她的丈夫丹的出轨而展开。特鲁迪在一家成人精神障碍中心工作，这是一份无趣的工作，在这里总能听到新闻和激动的争吵声，特鲁迪偶尔听到女孩死掉的新闻都会联想到女儿罗宾而充满担心。特鲁迪和丈夫丹的感情也充满传奇。他们初次邂逅是在穆苏科卡的一个旅馆酒吧里，当时丹甩了自己的女朋友玛莱娜转而追求特鲁迪，特鲁迪和丹两个人开始热恋后一起私奔到了遥远的小镇。但多年之后，丹又爱上了有三个年幼孩子的单身母亲吉

① 艾丽丝·门罗.爱的进程 [M].殷杲，译.南京：译林出版社，2013：104.
② 艾丽丝·门罗.爱的进程 [M].殷杲，译.南京：译林出版社，2013：318.

纳维芙，最终离开了特鲁迪。特鲁迪在精神障碍中心学会了用祈祷来防止不好的事情发生，但这也只是一种精神上的慰藉。两条叙事线索交错铺陈，呈现出了特鲁迪生活里的糟糕境遇，女儿叛逆、冷漠，母女两人之间冲突不断、关系紧张；与丈夫丹的感情生活也是一团糟糕，丈夫无情的背叛和遗弃给她的心理留下了严重的创伤。祈祷并不能真正地改变什么，只不过是在精神上对自己的一种自我安慰。复线型结构通过交错的双线线索，描述了特鲁迪混乱无序的生活，映射了人们对现实生活的无奈。

二、网状结构

网状结构指作品的情节以多条线索展开，各条线索之间相互穿插交织，形成像网络似的结构形式。网状结构在叙事中往往具有多条线索，并且各个线索具有相对的独立性，能够自成一体，各个线索之间又彼此交叉、互相联系，共同构成作品错综复杂、变化多样的故事情节。门罗创作的不少作品中都采用了这种网状结构的叙事方式。

在小说《蒙大拿的迈尔斯城》中门罗就采用了网状结构。第一条叙事线索描写发生在二十年前的事情，主人公"我"回忆小时候认识的一个名叫斯蒂夫·高雷的小男孩，他被淹死了，"我"经历了斯蒂夫·高雷尸体发现的过程，并参加了他的葬礼，这个阶段的叙事呈现的是儿童的意识活动和叙事视角。小说的第二条叙事线索描写发生在二十年之后的事情：

大约二十年之后，1961 年，我丈夫安德鲁和我买了一辆全新的汽车，我们的第一辆——也就是说，我俩的第一辆全新的车。一辆莫里斯牛津车，牡蛎色（卖车的人对这颜色有个更动听的叫法）——一辆挺大的小车，有大量空间给我们和两个孩子，六岁的辛西娅和三岁半的梅格。[①]

第三条叙事线索比第二条叙事线索发生的时间要晚，主要讲述有一次全家去远足，"我"预感到了小女儿面临的溺水危机，从而成功解救出了小女儿。叙述者在第二条叙事线索的叙述过程中穿插了第三条叙事线索：

我已经多年未见安德鲁了，不知他是否依然清瘦，头发是否已经完全灰白，是否仍旧一心喜欢吃生菜、坚持说真话，或者是否仍旧爽朗而带着失望。[②]

---

① 艾丽丝·门罗. 爱的进程 [M]. 殷杲，译. 南京：译林出版社，2013：110.
② 艾丽丝·门罗. 爱的进程 [M]. 殷杲，译. 南京：译林出版社，2013：116.

　　这一段话表明叙述者"我"处于现在的时间，即安德鲁离婚后的现在。从全文来看，三个叙事线索处于不同的时间段，相互交叉同时推进，现在与过去、回忆与现实在叙述者的主观意识世界里交织出现，凸显了作者对亲子关系以及生活的深刻思考，正如小说的结尾所提到的：

　　我们就这么开了下去，后座上的两个人信任着我们，因为别无选择，而我们自己呢，相信着这一点：我们那些事，孩子们一开始必定会注意到、会谴责的那些事，到头来总归会得到原谅的。我们所有那些冒失、武断、草率和冷漠——我们所有那些无法避免，或是纯属人为的错误。①

　　当年斯蒂夫的死一直在"我"的心里留有阴影，年幼的斯蒂夫的死表面上看似是意外，实际上和父母的失职有很大的关系。他的母亲抛弃了他，他的父亲是一个对他漠不关心的酒鬼。叙述者虽然没有正面谴责斯蒂夫的父母，但是这么多年始终对斯蒂夫的死愤愤不平。因为父亲把斯蒂夫的尸体扛了回来，母亲操办了斯蒂夫的葬礼，所以"我"对父母也一直存在难以消除的厌恶，厌恶他们对生命的那种漠视。斯蒂夫和"我"的小女儿的溺水事件相隔了二十年，"我"已经从第一叙事线索里的孩子成长为第二叙事线索里的两个孩子的母亲，身份的变更使"我"更能站在家长的角度重新审视亲子关系。孩子陷于险境，大人又如何能够心安？此时的"我"感悟到了孩子的无奈和大人的释然，与父母多年冰封的关系走向缓和，在不经意间流露出对故乡和亲人的依恋和思念。

　　网状叙事结构构建起了多层面、多方向的相互交织的关系，使作品呈现出多样化的叙述格局。故事叙述者"我"跨越三个时空段，分别以孩子和家长的身份，将故事中伦理关系的双方推向了前台。第一人称的叙事手法，更是大大渲染了故事的感染力和真实性，使作品呈现出多元化的动态效果。

　　在小说《爱的进程》中同样采用了网状结构。在故事的开头部分，父亲给"我"打电话并告诉"我"母亲去世的消息，从而引起了我对过去有关于和父母生活的回忆，小说的故事情节由此展开。时间回到了1947年"我"12岁那年的夏天，"我"正等待着高中入学考试的成绩，多年未见的姨妈贝瑞尔将来拜访。接下来又讲到了母亲讲述的外婆上吊自杀而又被救下的事件。贝瑞尔姨妈的到访使"我"又听到了关于外婆上吊事件的另一个版本。随后，时间又转移到了几十年以后，"我"童年时候居住的老房子准备出售，"我"对朋友博比

---

① 艾丽丝·门罗.爱的进程 [M].殷杲，译.南京：译林出版社，2013：132.

讲起母亲烧掉遗产的故事。此时，故事又跳回了贝瑞尔姨妈来访我们一行人去野树林酒吧吃饭的时候，在回家的路上，母亲向"我"讲述了烧遗产的故事。表面上看作者的叙述错综复杂，穿梭在现实与回忆之间。实际上关于外婆的上吊事件与母亲火烧遗产事件都与"我"对母亲的回忆有着内在的联系，也就是说，"我"接到父亲的电话，得知母亲去世的消息，是现实生活中发生的事情，在小说的叙述中处于第一层次。但是在这一层次的叙述中，对母亲的描述并不多，无法构建起关于母亲的清晰形象，因此这一层次的叙述只是作为一个引子，目的是引出第二层次中对母亲的回忆和对过去生活的点滴记忆。"我"记忆中的母亲和姨妈讲述的母亲存在很大差异。"我"情感上更倾向于自己记忆中的母亲，在祖母上吊事件的讲述中，"我"能深深体会到母亲的绝望和失落；通过母亲烧钱事件，"我"更是感受到了母亲强烈的自尊心，更为姨妈对母亲的谴责感到愤怒。通过"我"的意识形态，故事在现实生活和回忆之间不断切换，运用网状叙事结构成功模糊了现实与回忆之间的界限，营造出一种亦真亦幻、模棱两可的叙事氛围。经历家庭磨难的母亲是不幸的，但同时她又是幸运的，因为父亲永远站在她的身后，给予了母亲足够的包容和自由，即便是她疯狂的烧钱行为，父亲同样表示了理解和尊重。而"我"从父母的相处之道中悟出了家人之间应该互相尊重。最终，我遵从父亲的意愿把他送到了养老院。故事借助"我"对母亲的回忆，映照了叙事时的"我"的现在，父母亲的经历让"我"明白了家庭和自由对于个人的意义，因此选择尊重家人，而不是去束缚家人：

父亲站在旁边，似乎不仅允许她这么做，还在保护她。一幕庄严的景象，但并不疯狂。正在做着对他们而言自然而然、别无选择的事情的两个人。至少，是他们中的一个在做着自然而然、别无选择的事，而他们中的另一个相信，重要的在于让第一个人自由自在地继续。他们知道别人未必认同这些，但他们不在乎。①

作者通过网状结构将故事的过去与现在交错在一起，勾勒出了"我"的成长经历和生活历程。通过对母亲的回忆加深了"我"对家庭以及爱的感悟，从故事的叙述中能够看出创伤在不同年代的人身上传递，形成了不同的效应，"我"希望通过回忆能对一直存在的创伤释然，能与内心一直悬而未决的痛苦

---

① 艾丽丝·门罗.爱的进程[M].殷杲，译.南京：译林出版社，2013：35.

往事达成和解。

三、链式结构

链式结构指作品叙述中各个情节之间有因果关系，是像锁链那样环环相扣的结构形式。

门罗在其小说《办公室》中就采用了链式结构。在小说的开头部分，作者描写身为家庭主妇的"我"在熨裙子的时候突然有了一个想法："我"想要拥有一间自己的办公室。"我"向自己的丈夫表达了想要拥有一间办公室来专门进行写作的想法，故事情节由此展开。几天后，在离"我"家两个街区远的购物中心正好有人出租房屋，出租房屋的房东是麦利夫妇。"我"考察了房屋后觉得很适合用来写作，于是就订下房屋搬了进去。房东麦利先生对"我"女作家的职业充满好奇，总是想要窥探和干扰"我"的生活。接下来的情节围绕"我"和麦利先生之间几次不愉快的纠纷展开：麦利先生先是对房间的布置指手画脚，接着又开始评判"我"的职业和生活。甚至还趁"我"不在的时候潜入房间想偷看"我"写作的内容。这次事件发生之后，"我"拒绝了麦利先生的造访。接下来，"盥洗室事件"成为麦利先生和"我"之间矛盾的高潮。麦利先生坚持认为是"我"或者"我"的朋友在盥洗室乱涂乱画，因为他认为作家这个职业本身就不怎么光明正大，充满了淫荡和暧昧。面对麦利先生的诬陷和对作家职业的偏见，"我"勇敢地进行了反击，打算搬离办公室。在小说的结尾处，虽然对女主人公最终有没有搬离办公室没有进行叙述，但是从主人公面对麦利先生勇敢进行反抗，到她打算重新寻找办公室，能够感受到主人公对自己未来的规划和安排，以及对实现自我价值的追求。

从全文来看，作者采用的是典型的链式结构，在故事情节的展开上遵循了事件发展的顺序。在人物出场的安排上以"我"租办公室写作这件事为中心，环环相扣，引出了房东麦利夫妇。麦利先生是典型的男权社会的代表，他认为，一个有丈夫有孩子的女人不待在家里料理家务和照顾孩子，却跑出来租下办公室，把时间用在创作上面，这已经超出了社会对一个正常女人的规范界限。在故事之中，麦利先生充当的是监视女主人公的角色，而这种变相的监视是当时社会的一个缩影，社会上的契约是由男性来制定的，女性只能生活在男性的统治和权威之下，女性所处的社会境况十分艰难，尤其是职业女性，在社会上会遭遇重重阻挠。

在小说《男孩和女孩》中，门罗同样采用了链式结构。故事讲述的是安大略一个由祖母、爸爸、妈妈、"我"和弟弟组成的以养殖狐狸为生的大家庭。文章以小女孩"我"为中心，讲述了她对童年时期家庭生活的记忆。童年时期的"我"对狐狸养殖场外面的世界充满了好奇，"我"给父亲当小助手，帮助父亲在狐狸养殖场里面干活。"我"认为自己比弟弟要优秀。随着弟弟的长大，"我"逐渐觉察出了作为女孩的"我"与弟弟的性别差异。母亲认为弟弟长大了才能成为父亲真正的帮手，而"我"则被要求学习作为一个女孩的规矩和礼仪，母亲也希望"我"尽快学会做家务。更糟的是，"我"发现随着弟弟的长大，他变得越来越强壮，不再是自己的小跟班了。之后发生的一件事彻底改变了"我"。父亲打算杀掉两匹老马作为狐狸的饲料，这其中有"我"最喜欢的一匹母马——弗洛拉。"我"和弟弟偷偷看到了屠宰另一匹马时候的血腥场面，因此"我"打开院子里的门，偷偷放跑了弗洛拉。叙述至此，插入了"我"因为意识到男女性别差异而做出的改变，"我"的梦境也发生了变化，"我"不再幻想自己是能够拯救他人的强者，在梦里"我"成了等待别人救援的弱者。这段插叙说明男女之间的性别差异被不断强调，男性被当作高人一等的优等生物，而女性则被视为没有思想、没有自我的"他者"。强调在周围环境的影响下"我"逐渐意识到自己身为女性的弱点和无法改变的社会所强加给女人的身份定位。接下来插叙结束之后回到原来的叙事，在"我"放走弗洛拉的事情遭到弟弟的告发之后，父亲没有追究"我"的责任，而是说道："她只是个女孩。""我"仿佛从父亲的话语中明白了什么，意识到父亲和弟弟才是真正的一个阵营里的，而作为女性的"我"开始明白自己的身份认同，开始从心底接受自己女性的身份和命运。

通过对故事发展脉络的整体解读，能够发现小说《男孩和女孩》中明显的链式叙事的结构特征，故事叙述开始于一年的圣诞时分，作为小女孩的"我"还没有意识到男女性别之间的差别，愉快地在父亲的狐狸场里面给他打下手，甚至幻想着有一天能成为他的接班人；接下来的叙述时间到了第二年春天来临的时候，通过观看父亲屠马的过程，"我"意识到了自己难以改变的女性身份以及身为女性的局限和软弱。作者在采用链式结构对故事的讲述中，还穿插了对次要事件的讲述，即女孩对女性身份潜意识中的认同，生活习惯开始逐渐女性化，梦境中的角色也发生了根本的改变。次要事件的叙述并不是可有可无的，而是从侧面印证了女孩在身份认同过程中发生的质的变化，为表达全书的主题思想服务。整个故事情节环环相扣、首尾呼应，体现了链式结构的典型特征。

四、拼贴式结构

拼贴式结构指作品由多个不同的叙事模块构成。不同叙事文本或不同叙事情境的模块共同拼贴在一起，实现了围绕主题事件的多方面叙述，填补了叙述过程中的盲点，使小说呈现出多维度、多层面的立体样式。拼贴式结构的采用是门罗短篇小说的特色之一。

在门罗的小说《忘情》里运用了拼贴式结构，小说由四个不同的模块构成。第一模块"信"的部分，这部分叙述的时间是 1917 年，在这部分叙述里作者隐匿了叙述主体的身份，通过信件点明了故事发生的时间、地点以及相关背景，交代了小说的主要人物路易莎图书管理员的身份，以及她和士兵杰克书信传情的交流方式。第二模块"西班牙流感"的故事发生于 1919 年，门罗通过旅行推销员吉姆·弗拉雷这个角色叙述了路易莎的变化，塑造出了一个一心等待恋人归来的女子形象。即便是流感肆虐的那段时期，路易莎依然让图书馆开着，因为两年过去了，战争已经结束了，她一直书信往来的恋人也该回来了，她希望有一天杰克能突然出现在自己的面前。在这种焦急等待中，路易莎却在一张报纸上读到了关于杰克的婚讯，他的新娘是格蕾丝·霍姆。到此这一模块戛然而止。第三模块"事故"的时间大概在 1924 年，该模块讲述了杰克在一次事故中意外丧生。阿瑟去图书馆替杰克还书，路易莎对杰克充满了哀怨和不甘心的复杂感情，她想通过阿瑟打听关于杰克的事情，又怕引起阿瑟的误会。路易莎对杰克复杂的感情引起了阿瑟的好奇，阿瑟开始对路易莎产生了微妙的感情，向路易莎求婚。第四模块"托尔普德尔殉道者"，这个故事发生的时间距上个模块的时间已经过去了三十年左右，阿瑟已经去世，路易莎坐巴士赶去伦敦看心脏病。在候诊室她偶然发现了杰克。路易莎内心苦苦挣扎，决定逃离。在巴士站的候车室，两个人终于见面了。最后杰克消失在巴士站的人群中，路易莎回想起自己初到卡斯泰尔斯镇，决定重新开始的那天：

> 她曾有过全新的开始，虽然结果并不如她所愿，但她相信这样随性的决定、这不可测的扰动，以及她不平凡的命运。[①]

---

① 艾丽丝·门罗. 公开的秘密 [M]. 邢楠，陈笑黎，等，译. 南京：译林出版社，2013：85.

四个模块组合起来共建了路易莎的人生历程和情感波澜。在故事的叙述中，各个拼贴的模块之间相互照应，一起推动着故事的发展。

小说《荒野小站》和《机缘》同样运用了拼贴式结构。《荒野小站》围绕一桩谋杀案展开，利用书信和回忆录内容从四个模块拼贴了同一真相的不同方面。第一个模块是收容所负责人与西蒙的通信，和在《守卫者报》上发表的乔治的回忆录。在回忆录中乔治回忆了和哥哥西蒙的荒野求生经历，并且提到在一次伐木过程中，哥哥西蒙被树权意外砸死。在第二个模块中，又出现了当地监狱管理员马伦与牧师的通信，通信内容显示西蒙是被妻子安妮亲手杀害的，安妮由于害怕丈夫西蒙对自己施加暴力而杀害了他。第三个模块是安妮和她的朋友萨迪的通信，在信中安妮又说是弟弟乔治用斧头砍死了哥哥西蒙。第四模块是监狱管理员马伦的孙女写给历史学家利奥波德·亨利的信，在信中她讲述了安妮重新回到卡斯泰尔斯并见到了乔治的经过。门罗通过四个模块的书写，展示了不同的人物形象，拼贴出了安妮漫长而悲苦的一生。纵观整篇小说，故事情节的各个模块像一幅图画被分成了大小不等的几个部分，只有将这几个部分拼凑起来进行整体阅读，才有一种豁然开朗的感觉，各个模块之间互相映照，还原了西蒙死亡的真相。

《机缘》由三大叙事模块拼贴而成，第一模块主要讲述朱丽叶与埃瑞克的相识。这一模块又由四个部分组成。在第一部分中，交代了故事发生的时间是1965年的6月，朱丽叶收到了埃瑞克的信，打算去鲸鱼湾拜访埃瑞克。第二部分朱丽叶回忆在六个月之前，圣诞节和新年之间的一天早上，在火车上有个男人企图和她搭讪，被她拒绝了，后来这个男人发生意外身亡了。在接下来的第三部分，延续了第二部分的内容，描述受到男人死亡惊吓的朱丽叶在火车上偶遇了埃瑞克，经过与成熟稳重的埃瑞克一番交谈，朱丽叶得到了开解。第四部分叙述朱丽叶联想到了从前的自己，埃瑞克唤起了她对美好爱情的渴望和深切期待，通过交谈，两个人有了更深入的了解和认识。小说的第二模块主要讲述朱丽叶与埃瑞克分开之后决定按照埃瑞克来信上的地址去鲸鱼湾找他。这个模块又分为三个部分，并且各部分叙述的故事发生在不同的时间。第一部分讲的是朱丽叶到达鲸鱼湾后，在乘坐出租车赶往埃瑞克家的时候得知了他妻子刚刚去世的消息。接下来在到达埃瑞克家的时候，埃瑞克并不在，管家艾罗向朱丽叶讲述了埃瑞克的丰富感情经历，不仅有克里斯塔，还有桑德拉。失望之下的朱丽叶在进行了思想斗争之后还是留了下来。第二部分又回到了朱丽叶和埃瑞克在火车上刚认识的时候。第三部分没有特别明确的故事时间，主要叙述了朱丽叶的懊恼情绪。第三模块讲述了朱丽叶最终冲破了阻力，选择留在了埃瑞克的身边。这一模块主要由两部分组成。第一部分又回到了朱丽叶刚到达埃瑞克家里决定留下来的时候，她仔细考虑了自己的决定。在第二天的早晨，埃瑞克终于出现了他的表现没有让朱丽叶失望，朱丽叶终于放心下来。第二部分也没有交代故事时间，只是对一些事情的真相进行了揭示。其实埃瑞克早在朱丽叶到达的当晚就从管家艾罗的口中知道了她的到来，而不是第二天早晨才知道；并且埃瑞克当晚是和另外一个女人克里斯塔在一起，并没有因为朱丽叶而赶回来。紧接着描述了克里斯塔和朱丽叶以后的相处：

克里斯塔也跟艾罗绝无相似之处。她没有宽大的臀部与金色的头发。她是个深色头发、身材纤细的姑娘，很风趣但有时也会有些闷闷不乐，在往后的岁月里，她将成为朱丽叶的心腹之交与主要的依靠——虽然她永远也没有完全抛弃那种隐隐嘲笑朱丽叶的习惯，那无非是一个潜藏的竞争对手心中惯常会兴起的醋波微澜的一种反映。

故事到这里戛然而止，结尾引人深思。整篇文章通过拼贴式结构使小说更具有立体性，各个模块之间穿插不同时间的情境来推进故事情节的进一步发展，共同为故事的主题服务。

五、嵌套式结构

所谓嵌套式结构也称套层式结构，指的是在叙事过程中叙事结构一环套着一环、一个故事之中穿插着另一个故事、一条线索引出另一条线索、一个人物引出另一人物的多层的叙述结构形式。嵌套式结构通过多层次叙事结构的开展，使故事的叙述空间实现了不断扩展。该结构中内部叙述和外部叙述相互结合、互相补充，形成了一个完整的故事，来共同推进故事的发展。

门罗在后期很多作品中都采用了这样的嵌套式结构，这也是她对多样化叙事结构探索的标志之一。

在小说《纯属虚构》中，门罗就采用了这种嵌套式结构。小说的第一部分主要讲述了女主人公乔伊丝的感情故事。乔伊丝优雅聪慧，是一名音乐老师。她与她的丈夫感情深厚，两人相识于高中时期，两个人同样优秀：

在班上，乔伊丝的智商是全班第二，乔恩的智商是全校第一，有可能还是全城第一。本来，人们都认为她会是个优秀的小提琴手，直到后来，她改拉大提琴了。而他呢，大家觉得他会变成某类让人敬畏的科学家，这种工作远远不是普通人能了解的。①

大学的第一年，两个人一起选择了退学。满世界跑了一段时间之后，两个人终于安定了下来，乔伊丝取得了音乐学位，在胭脂河学校找到了音乐教师的工作，而乔恩学了木工活儿，两个人没怎么花钱买下了一座摇摇欲坠的房子安了家，开始了两个人惬意而浪漫的生活。然而好景不长，乔恩爱上了自己手下的木工学徒伊迪：

> 那么一个脚步沉重、头脑笨拙的木工学徒，整个冬天全穿着松松垮垮的口袋裤、法兰绒上衣，就没见换过，暗淡的厚外套上永远沾满了木头屑。一个费半天劲也不过是从一句废话到另一句傻话的大脑，一个把走过的每一步路都当成法律的人。就是这样一个人，竟然让乔伊丝黯然失色，让她修长的大腿，纤细的腰身，丝般润滑的麻花辫，还有她的智慧，她的音乐，她全班第二的智商，失败了。②

乔伊丝不明白聪慧优雅的自己怎么会被一个满身灰尘、粗鲁无知的女人打败。乔恩的离开、婚姻的破裂使乔伊丝陷入深深的自我怀疑之中，给她的人生带来了永久性的创伤和心理阴影。小说的第二部分时间跳转到了几十年之后，再婚后的乔伊丝在其丈夫举办的宴会上偶遇了一个女孩克里斯蒂，后来得知其是一位作家，刚刚出版了一本小说。乔伊丝购买了克里斯蒂的新书，阅读了她所写的小说。

在接下来的部分，门罗用嵌套式结构，通过"小说中的小说"讲述了克里斯蒂和乔伊丝的往事。小说讲述的是一个女孩真诚仰慕她的音乐老师，她虽然不是一个有天赋的学生，但是因为喜欢这位音乐老师而拼命勤奋地学习的故事。克里斯蒂的小说《亡儿之歌》所描述的音乐老师就是乔伊丝，而小女孩正是一直使乔伊丝耿耿于怀的情敌伊迪的女儿。在这里，通过外部叙述来展现克里斯蒂的小说《亡儿之歌》的主要内容，但在外部叙述中又嵌套了内部叙述。在外部叙述中，从女孩的视角描述了自己的母亲、乔恩和音乐老师三个人之间的感情纠葛，并且音乐老师利用了女孩对自己的仰慕之情，通过女孩来探听乔恩和女孩母亲伊迪的情况。然后通过内部叙述对外部叙述中没有交代清楚的内

---

① 艾丽丝·门罗.幸福过了头[M].张小意，译.南京：译林出版社，2013：41.
② 艾丽丝·门罗.幸福过了头[M].张小意，译.南京：译林出版社，2013：46.

容进行补充，形成了嵌套式结构。从文章的总体结构来看，嵌套式结构的运用使故事在结构和内容方面更加紧凑和完善。

在文章的结尾处，乔伊丝因为读了克里斯蒂的小说而心生愧疚，她决定去参加克里斯蒂举办的小说签售会，但是，在签售会上克里斯蒂却没有认出乔伊丝，一切仿佛只是一场并不真实的梦。小说的开放式结局是门罗小说中常用的手法，此处还用到了不可靠叙述，表明作者的观点并不是探究所述故事的可靠性，而是告诉人们，在遭遇生活中的欺骗时，或许掩藏真相并不是最重要的，最重要的是学会与生活和解，继续努力前行。

门罗的另一篇小说《游离基》也采用了嵌套式结构。文章讲述的是身患癌症的主人公妮塔，在丈夫里奇去世后沉浸在深深的悲痛中不能自拔，感觉生活了无生趣的故事。直到有一天，一名男子突然闯入了她的家中，在谈话间这名男子向她透露了曾经杀死自己亲人的经历，为了防止凶手杀害自己灭口，本来感觉自己的生活已经了无生趣的妮塔被激发了活下去的欲望，她发挥自己的聪明才智和想象力，编造出了一个自己也曾杀害过别人的故事。小说就此嵌入妮塔的谎言。妮塔告诉男子自己和丈夫少年相伴、情投意合，而一个女人插足了自己和丈夫的婚姻。自己出于义愤在食物中下了毒，毒死了那个插足的女人。男子听到后害怕自己也被毒死，开着妮塔家里的车逃走了，妮塔躲过了一劫。

然而，事实却是，妮塔故事中那个插足别人婚姻的第三者正是她自己。不过与故事不同的是，那个妻子贝特并没有给妮塔下毒，而是伤心地离开了这里远走他乡。本来贝特和妮塔在那之后，已经没有了任何的联系。但是没想到的是杀人凶手的造访竟然把两个人又奇迹般地联系到了一起，妮塔通过故事中化身为贝特而救了自己一命，她们感情纠葛里的男人里奇已经去世了。她甚至动了给贝特写一封信的念头。嵌套式结构的运用使几个人之间的命运产生了联系。在文中杀人凶手的故事与妮塔的故事是一种并置的关系。杀人凶手的故事中男子因不满意父母对姐姐的偏心和对自己的不断掠夺，最后悲愤之下杀死了自己的父母和姐姐。而在妮塔的故事中，妮塔同样属于婚姻的掠夺者。原本贝特和里奇是一对恩爱的夫妻，他们在一起生活多年。贝特有自己的兴趣和爱好，还出版了烹饪方面的书籍，对自己的丈夫里奇更是一片深情。然而年轻的妮塔却横刀夺爱，插足了里奇和贝特的婚姻，作为完美前妻的贝特黯然离场远走他乡，她在这场感情里受到的伤害可想而知。作者采用嵌套式结构的叙事方式来一起推进两个故事的发展，在两个故事之间形成类比关系，进一步说明妮塔多年以来其实一直活在对往事的愧疚中，在她的潜意识中一直存在着对贝特的负罪感。对当年贝特所受到的伤害她也并不是完全不在意，在多年以后甚至能够感同身受。作者通过这种嵌套式结构，突出了作品的主题：一切事件的发生并不是恒定不变的，就像化学里的物质游离基一样，其实物质本身并没有特定的属性，只有与其他物质相结合时它的特性才会随着结合物的不同而变化。正如小说结尾所说：

> 这时代，你不知道会出什么事儿。永远不知道。①

六、中国套盒式结构

中国套盒式结构指的是作品中故事套着故事，即大故事套着中故事，中故事套着小故事，类似俄罗斯套娃的结构形式。略萨曾经这样描述中国套盒式结构模式："指的是依照这两种民间工艺品那样架构故事，大套盒里容纳形状相似但体积较少的一系列套盒，大玩偶里套着小玩偶，这个系列可以发展到无限小……当一个这样的结构在作品中把一个始终如一的意义——神秘、模糊、复杂——引入故事并且作为必要的部分出现，不是单纯的并置，而是共生或者具有迷人和互相影响效果的联合体的时候，这个手段就有了创造性的效果。"② 从结构特征上看，中国套盒式结构需要具备一个主要的故事情节，由这个主要故事再派生出另外一个或者几个故事。派生出的故事和主要故事不是机械地组合在一起，而是相互生发，起到很好的互融互补的叙事效果。

门罗的小说《阿尔巴尼亚圣女》采用的就是典型的中国套盒式结构。这篇小说讲述的是三个不同女性跨越四十年时空所发生的故事。故事分三个层次进行叙述，每个层次的叙述者都不同。在第一个层次中，主要讲述了家境优越的加拿大姑娘洛塔尔为了逃避朋友给她介绍的男朋友，在独自外出旅行时被阿尔巴尼亚原始部落的野蛮人劫持了的故事。为了适应环境她被迫学会了许多当地人的生存技能，可是依然无法避免被卖的命运。最后，在一位牧师的帮助下，洛塔尔最终逃了出来。在第二个层次中，讲述的是女主人公"我"与夏洛特在"我"的书店中相识，然后夏洛特生病，在医院夏洛特向"我"讲述了洛塔

---

① 艾丽丝·门罗.幸福过了头 [M].张小意，译.南京：译林出版社，2013：160.

② 略萨.中国套盒——致一位青年小说家 [M].赵德明，译.天津：百花文艺出版社，2000：87.

尔（夏洛特在马拉稀阿马达的名字）在阿尔巴尼亚做圣女的故事。在第三个层次中，讲述的是"我"为逃避失败的婚姻和充满纠葛的婚外情而来到了维多利亚小镇。女主人公"我"在看病的时候结识了比自己大八岁的医生唐纳德，婚后两个人的生活并不幸福。"我"在平淡的婚姻生活中慢慢产生怀疑，觉得自己对丈夫的感情只是一种恋父情结。房客尼尔森的出现在"我"平淡的感情世界里激起了波澜。"我"和尼尔森两个人的私情败露后，尼尔森妻子大吵大闹。唐纳德理性克制的背后却是早已出轨了他诊所秘书的事实，情人尼尔森的反应同样让人失望。面对两个男人的薄情与背叛，"我"毅然决然地选择了离开，远走他乡来到了维多利亚小镇。从三个层次来看，洛塔尔的故事套在夏洛特的故事中，夏洛特的故事套在"我"的故事中，三者层层套盒，形成了相互影响、互融互补的叙事效果，多个叙述者让套盒式的故事更加迷乱。门罗借助这种层层相套的复杂故事，多角度地阐释了女性独立的不易，引发读者对故事本身的感知和思考。

在另一篇小说《好女人的爱情》中门罗也采用了中国套盒式结构叙事。这篇小说作者分了四个章节来叙述，分别是"板儿角""心脏病""错误"和"谎言"。从总体的叙述结构上来看，可以分为三个部分。第一部分主要包括文章开头的叙述部分和"板儿角"，这部分主要讲述三个男孩在河边发现了镇上验光师魏伦斯先生的尸体，然而他们并没有选择报警和告诉家人，直到第二天下午一个男孩才告诉了自己的妈妈的故事。第二部分的内容包含"心脏病"和"错误"，主要讲述了魏伦斯先生真正的死因，他并不是如小镇上的人以为的那样死于意外。真正的死因是奎因夫人在就诊的过程中和魏伦斯有了私情，奎因夫人的丈夫鲁佩特发现了，气愤之下杀死了魏伦斯。奎因夫人协助丈夫鲁佩特处理了尸体。鲁佩特把魏伦斯的尸体和他的车子一起推到了河里。在这一部分与小说相关的主要人物纷纷出场。首先是奎因夫人的护理员伊内德，她不顾家人的反对选择了护理员的职业，她对这份职业充满了热爱。奎因夫人因为知道自己即将离世，对伊内德充满了敌意，经常各种挑剔，还取笑伊内德。伊内德认出了奎因夫人的丈夫鲁佩特正是自己曾经的同班同学，她明显感觉到奎因夫人和鲁佩特之间的夫妻关系忽冷忽热。鲁佩特对伊内德尽心尽力照顾奎因夫人心存感激，但是木讷的性格使他把所有的感情都深藏心底。第三部分即小说的"谎言"部分的内容。伊内德对鲁佩特产生了特殊的感情，也许是他们在高中时就是前后座位的关系为他们的感情做了铺垫，也许是后来相逢时对彼此之间感情的欲言又止，抑或是在面对奎因夫人时的复杂情绪，使她对鲁佩特由同情到暗生情愫。得知魏伦斯死亡真相的伊内德内心充满煎熬，经过一番思虑之后她决定劝鲁佩特去自首。她计划好了步骤，把鲁佩特约出来划船，等到达河中心的时候，再一步步劝说他去自首。当伊内德和鲁佩特到达了黄昏时刻的河岸，她却突然找不到他了。作品的结尾写道：

"船桨藏起来了。"鲁佩特说。他钻进柳树丛。她突然就看不到他了。她走近水边，靴子微微陷进泥中，阻挡她前进。要是竖起耳朵，她还能听到鲁佩特在灌木丛里的动静。不过要是她全神贯注于船的起伏，一种微微的、隐隐的起伏，那么她会觉得周遭已是万籁俱寂。[1]

全部的情节在此处戛然而止。作者设置了一个开放性的结尾，并没有讲明伊内德到底有没有成功劝说鲁佩特去自首。但是结合文章前面情节的铺设，可以推断出伊内德最终没有劝说鲁佩特去自首或者没有劝说成功，两个人后来还结婚了，伊内德帮助鲁佩特一起照顾孩子、料理家务。文章开头提到的魏伦斯先生在博物馆里展出的器材箱应该是伊内德捐赠的。

从整篇文章来看，三个部分之间彼此独立又相互交叉，在读完这个故事之后，读者会有一种恍然大悟的感觉，透过层层迷雾发现掩藏在事件之中的真相。回顾第一部分交代的魏伦斯的器材箱出现在小镇的博物馆，说明牌上写明他的死因是溺死，捐赠人是匿名，能从中发现蛛丝马迹并得出合理的推断：鲁佩特没有去自首，而是和伊内德结婚了。伊内德在收拾家务的时候发现了奎因夫人藏起来的魏伦斯先生的工具。因此，魏伦斯器材箱的捐赠者应该是伊内德。因此第三部分的内容与第一部分的内容产生了联系和交叉。同样，第二部分和第一部分之间、第二部分和第三部分之间同样存在交叉。总体来看，三个部分之间相互影响、相互联系，大故事之中包含着中故事，中故事之中又有小故事，一环扣着一环，形成鲜明的中国套盒式的叙事结构。这种叙事结构的运用，提高了读者的阅读兴趣，使读者层层深入，走进一个接一个的故事情节之中，感受阅读的刺激，给读者带来深刻的阅读体验。尤其是在小故事之外，作者通过许多情节上的暗示，来引起读者的好奇心，促使读者去发现它们彼此之间若有若无的联系。

---

[1] 艾丽丝·门罗.好女人的爱情[M].殷杲，译.南京：译林出版社，2013：57.

第二节　叙事进程

叙事进程指的是一个叙事建立其自身向前运动的逻辑的方式，而且指这一运动邀请读者做出各种不同反应的方式。① 通过对不同作品的研究发现，大多叙事作品都存在显性和隐性两种叙事进程，显性进程与隐性进程构成互补或颠覆的关系。在门罗的作品中，许多作品也以显性进程和隐性进程来共同推进故事情节的发展。

一、小说《匆匆》的叙事进程

在小说《匆匆》中，作者通过对隐性进程的铺设，展现了人物内心真实细腻的感情，以及在面临抉择时挣扎与纠结的心理波动。这部小说讲述的是女主人公朱丽叶带着女儿回乡看望父母的经历和心路历程。作品中景物的渲染和铺陈、人物之间进行的简洁却饱含深意的对话、隐含在人物之间的微妙而复杂的关系、各种令人难忘的刻在记忆里的瞬间……被作者组合成了一幅寻常却又让人感慨万千的画面。《匆匆》采用的是隐性进程和显性进程共同构建作品情节，突出作品主题的叙事进程。《匆匆》从表面上看没有延续《逃离》作品集中的"逃离"主题，写的是女主人公朱丽叶的回归之旅，但其实在回归的显性叙事之中，朱丽叶在回家之后产生了无数次想要再次逃离父母身边的想法。深入理解作品就会发现作者在显性叙事进程之外，还构建了一条与之相反的隐性叙事进程来一起推进故事的发展，使故事中的人物在"逃离"与"回归"之间徘徊，从而真实反映了人物内心的痛苦纠结以及在人生旅途中理想与现实之间的重重矛盾。

（一）"回归"的显性进程

在故事的开头部分，朱丽叶看到了一幅名为《我和村庄》的图画：

两个侧面彼此相对。其中之一是一头纯白色小母牛脸的一侧，有着特别温柔安详的表情，另外的那个则是一个绿面人的侧面，这人既不年轻也不年老，

---

① 肖旭. 一部修辞性叙事批评指南——詹姆斯·费伦《阅读美国小说，1920—2010》述评 [J]. 外文研究，2018（1）：96-99.

看来像是个小公务员，也许是个邮差——他戴的是那样的制帽。他嘴唇颜色很淡，眼白部分却闪闪发亮。一只手，也许就是他的手，从画的下端献上一棵小树或是一根茂密的枝子，上面结的果子则是一颗颗的宝石。

画的上端是一片乌云，底下是坐落在一片凹凸不平的土坡上的几所歪歪斜斜的小房子和一座玩具教堂，教堂上还插着个玩具十字架。土坡上有个小小的人儿（所用的比例要比房子的大上一些）目的很明确地往前走着，肩膀上扛着一把长镰刀，一个大小跟他差不多的妇人似乎在等候他，不过她却是头足颠倒的。

画里还有别的东西。比方说，一个姑娘在给一头奶牛挤奶，但那是画在小母牛面颊上的。①

图画中的情景引发了朱丽叶对父母的思念之情，朱丽叶买下了这幅图画，并把它作为圣诞礼物送给了自己的父母。从这一部分叙述的字里行间可以看出，朱丽叶思念小镇生活，思念自己的父母，已经萌发了回归的念头。于是朱丽叶带着十三个月大的女儿佩内洛普回到小镇去看望父母。在父母家里的时候朱丽叶触景生情，多次回忆起过去一家人在一起的幸福生活。当朱丽叶把女儿佩内洛普放在阁楼楼梯上玩耍时，她想起了自己童年时候曾经在阁楼上讲故事、跳舞的那段无忧无虑的时光；自己与母亲两个人在家里聊天、烫发、一起做手工、做甜点的甜蜜时光；自己与父亲山姆一起探讨神秘的黑洞、冰河和上帝的问题；一家三口一起开心快乐地去公园游玩；自己在学校成绩总是那么优异，让父母引以为豪……但这样的美好时光永远都回不去了。在故事的后面部分，作者从朱丽叶的视角把叙述的重点聚焦在了牧师唐恩身上，讲到了朱丽叶与牧师唐恩的见面，两个人关于上帝是否存在的争执以及唐恩的病。作者花费如此多的笔墨在一个看起来并不太重要的人物牧师唐恩身上，其实别有深意。重病的唐恩需要一种力量来支撑他活下去，对他来说上帝就是支撑他活下去的信仰和精神力量。而朱丽叶病重的母亲萨达与牧师唐恩的情况类似，萨达也需要一种力量来支撑她活下去，不过支撑她活下去的不是宗教信仰而是她的女儿和外孙女。这种借由牧师唐恩折射出来的浓浓的母爱使朱丽叶深受触动而无法割舍，反映出了朱丽叶内心深处对往昔的怀念、对父母的眷恋，以及依然渴望回归的深刻感情。

---

① 艾丽丝·门罗.逃离[M].李文俊，译.北京：北京十月文艺出版社，2016：91.

（二）"逃离"的隐性进程

在回归的显性进程之外，在文章的叙事过程中又处处透露着令朱丽叶无法忍受的事情和难以接受的现实，使她一次次产生想要再次逃离的想法，这一"逃离"的隐性进程隐藏在"回归"的显性进程之下，贯穿全文的始终。

1. 生活中的不如意

朱丽叶带着十三个月大的女儿坐火车去往父母家，下火车后看到的不是她自小长大的熟悉的小镇，而是在它二十英里之外的其他小镇，她倍感失望：

> 她感到很失望，因为是在这个不熟悉的小站下车，而没有一下子重新又见到自己记忆中的树木、人行道和房屋……然后，很快很快，就能见到坐落在一棵硕大无朋的枫树后面的她自己的房子——山姆和萨拉的房子，很宽敞但是也很普通，肯定仍然是刷着那种起泡的、脏兮兮的白漆。①

在父母亲一起来接她回去的途中，在老旧而又闷热的汽车里，当得知执教三十年的父亲突然辞掉了工作，打算改行干蔬菜销售，这让朱丽叶意外，感到很不喜欢。

回到家里，朱丽叶发现她当时送给父母的那幅《我和村庄》画被随意地靠在墙边：

> 瞧呀，在那边墙上斜靠着的，不正是那幅《我和村庄》吗？画面朝外——没有任何想好好藏起来的意图。上面也没有积上多少灰尘，说明放在那里的时间不会太久。②

当初看到那幅画时候的温馨之情和现在的怅然若失形成了鲜明的对比。一切看起来好像都变了：

> 可是她偏偏就是做不到呀。什么东西都在分散她的注意力。炎热、艾琳、过去熟知的事情以及过去没能认识的那些事情。
>
> 我和村庄。③

再次回来之后，小镇的一切除处透露出让她失望的情绪，最终导致匆匆回归的朱丽叶，产生了时刻想逃离的情绪。

---

① 艾丽丝·门罗. 逃离 [M]. 李文俊，译. 北京：北京十月文艺出版社，2016：93.

② 艾丽丝·门罗. 逃离 [M]. 李文俊，译. 北京：北京十月文艺出版社，2016：103.

③ 艾丽丝·门罗. 逃离 [M]. 李文俊，译. 北京：北京十月文艺出版社，2016：104.

2.对父亲的失望

在朱丽叶的心目中，自己的父亲是一个知识渊博、思想开明的人，他会和她一起探讨黑洞、冰期和上帝的问题。父母之间的感情也非常深厚。父亲总会提醒她：

要好好对待萨拉呀。她是冒了生命的危险才怀上你的，这是值得记住的呀。①

可是，在朱丽叶再次回到小镇时这一切都变了样：父亲辞去了体面的教学工作成了一个菜农；父亲并不像自己想象中的那么思想开明——他对朱丽叶未婚先孕的事情感到羞耻。更让人难以接受的是父亲对生病的母亲的冷漠态度，以及他和帮工艾琳之间暧昧不清的关系，这一切的一切，使父亲在朱丽叶心目中的形象面目全非。

3.对母亲的逃避

在朱丽叶的记忆中，在她十九岁到大约十四岁的一段时间，和母亲的关系特别亲密：

那是她们俩作为女人一起共处的那段时间。在家里自己试着烫朱丽叶那头桀骜不驯的细发呀，上过制衣研习班后做出跟任何人全都不一样的服装呀，山姆学校开会晚回来时照例是拿花生酱—黄油—西红柿加蛋黄酱的三明治作晚餐呀。她们把那些老故事翻来覆去地说个没完，那是关于萨拉过去的男朋友和女朋友的，他们开的玩笑啦，他们做的游戏啦，那时萨拉也做小学教员，心脏病还不算太严重。还讲比这更早时候的事，那时萨拉因为风湿病发烧躺在床上，自己想象出来一对朋友罗洛和马克辛，他们能像某些儿童读物里的人物一样破案，甚至能破谋杀案呢。有时又回想起山姆那一次次疯狂的追求，他用借来的汽年闯下什么祸啦，他又如何化装成流浪汉出现在萨拉的门前啦。②

当朱丽叶回到小镇时，萨拉已经被病痛折磨得皮包骨头，连十三个月大的佩内洛普都不愿意接近自己的外婆。母亲的病痛以及面目全非的一切都使她产生了逃离这里的想法：

她真希望方才是喝了点儿威士忌的。她僵僵地躺着，既沮丧又气愤，肚子里在打着一封写给埃里克的信的腹稿。我不明白自己来这里是干什么的，我根

---

① 艾丽丝·门罗.逃离[M].李文俊，译.北京：北京十月文艺出版社，2016：106.

② 艾丽丝·门罗.逃离[M].李文俊，译.北京：北京十月文艺出版社，2016：106.

本就不应该来，我现在迫不及待地想要回家。①

隐性叙事进程和显性叙事进程的运用，一起拼接起了生命中发人深省的片段，全方位、立体化地展现了人物复杂的内心世界和徘徊在"逃离"与"回归"之间的充满纠结的感情。

二、小说《漂流到日本》的叙事进程

小说《漂流到日本》是门罗短篇小说集《亲爱的生活》中的开篇之作。在这篇小说中，门罗运用显性和隐性两种叙事进程讲述了作为妻子和母亲的格丽塔婚姻生活中的两次出轨经历。很明显，格丽塔的两次出轨经历是小说所要展现的显性进程，而在显性进程的叙述层面之外，作者还巧妙地设置了一条讲述代际关系的隐性叙事进程。

（一）显性叙事进程的铺陈推进

在显性叙事进程中作者讲述了格丽塔与丈夫彼得的婚姻危机，平淡枯燥的婚姻生活为后面格丽塔的两次出轨埋下了伏笔。

1.格丽塔与彼得的婚姻危机

在文章的开头部分，描述的是带着女儿凯蒂赶往多伦多的格丽塔与丈夫彼得在火车站的离别场景：

彼得把她的旅行箱拿上火车后，似乎急于下车。但不是要离开。他对她解释说，他只是担心火车会开。他站在月台上，抬头看着车窗，挥着手。微笑着，挥手。他对凯蒂绽开灿烂的笑容，笑容里没有一丝疑虑，仿佛他相信她在他眼里一直是个奇迹，而他在她眼里也是，永远如此。他对妻子的笑则似乎充满希望和信任，带着某种坚定。某种难以付诸言辞也许永远也不能付诸言辞的东西。如果格丽塔提到这种东西，他会说，别犯傻。而她会赞同他，认为两个人既然每天见面，每时见面，他们之间不需要任何解释，那样不自然。②

在格丽塔看来这个分别的场景蕴含着某种说不上来的情绪，但她又清楚地知道丈夫不愿意讨论这种话题。由此可以看出夫妻之间思维方式的不同。彼得多次向格丽塔讲述小时候母亲独自带着他逃难，翻山越岭的经历，格丽塔表示她读过那种故事，而她却总是忘记那些山的名字。从这里也可以看出格丽塔

---

① 艾丽丝·门罗.逃离[M].李文俊，译.北京：北京十月文艺出版社，2016：111.
② 艾丽丝·门罗.亲爱的生活[M].姚媛，译.北京：北京十月文艺出版社，2014：1.

对彼得的身世经历没有很深的认同感，他们的生活充满着距离感。作为工程师的丈夫，宽容、务实而又缺乏热情；而作为诗人的妻子则幻想、敏感而又充满激情。

他们去看电影时，他从来都不愿在散场后多谈。他会说不错，或者很好，或者还行。他认为多说没有意义。他看电视和读书的方式也基本上一样。他对这些都很有耐心。编写情节的人也许已经尽了最大努力。格丽塔曾与他争辩，冲动地问他是否会对一座桥梁发表同样的言论。设计桥梁的人尽了最大努力，但他们的最大努力还不够大，于是桥塌了。

他没有争辩，只是大笑。[①]

彼得的宽容使他们两人经过了十年的婚姻表面上看起来依然美满。但由于两人性格的不同，婚姻平静的表面下其实已是暗波涌动。

2. 与哈里斯在聚会上的相遇

婚姻中的第一次诱惑是在温哥华的一次作家聚会上。由于丈夫彼得还在上班，格丽塔雇人帮忙照看女儿，自己一个人盛装打扮去参加聚会：

喧闹声从紧闭的房门的缝隙透出来，她不得不按了两次门铃。

迎接她的女人似乎在等其他什么人。迎接这个词用得不对：那个女人只是开了门，而格丽塔说，这里想必是举行聚会的地方。

"你觉得呢？"那个女人说，然后靠在门框上。门口被挡住了，直到她——格丽塔——说："我能进去吗？"接着是一个似乎带来了极大痛苦的动作。她没有让格丽塔跟她进来，但格丽塔还是进来了。[②]

格丽塔像是打开了新世界的大门，像是在长久的精神压力之下终于找到了一个释放的出口。但是格丽塔在聚会上却感觉备受冷遇。在格丽塔决定离开这个是非之地的时候，一个男人突然出现了：

一个男人站在她身边看着她。他说："你是怎么来的？"

她可怜他鞋底厚重的粗笨的脚。她可怜所有不得不站着的人。

她说她受到了邀请。

"是的。但你是开车来的吗？"

"我是走来的。"但这并不是全部，很快她就说出了其余过程。

---

① 艾丽丝·门罗.亲爱的生活 [M].姚媛，译.北京：北京十月文艺出版社，2014：3.
② 艾丽丝·门罗.亲爱的生活 [M].姚媛，译.北京：北京十月文艺出版社，2014：5.

"我先乘公车，然后走路。"①

从上面的这段谈话可以得知，这个男人已经暗暗观察格丽塔很长时间了。这个向她主动示好的男人是一名记者，是房子主人的女婿。接下来格丽塔和男人一起离开了聚会现场，并且男人提出要开车送她回家。通过交谈，两个人了解了彼此的家庭情况，格丽塔知道了这个男人叫哈里斯，他的妻子是一位精神病人；格丽塔也和哈里斯介绍了自己的工程师丈夫以及女儿凯蒂。哈里斯提出想要吻格丽塔，但最终却没有吻她。这让格丽塔心里耿耿于怀，感觉受到了侮辱。

在接下来几个月的时间，格丽塔对哈里斯朝思暮想，幻想着与他之间的各种可能。格丽塔像走火入魔了一样对哈里斯念念不忘，只有当丈夫回来的时候，她才会暂时把哈里斯赶出自己的脑海，当彼得一离开，她又开始疯狂地想念哈里斯，甚至趁女儿中午睡着的时候，大声呼唤着哈里斯的名字。尽管这样连自己都感觉愚蠢和好笑，但格丽塔却控制不住自己对哈里斯的疯狂想念。

3. 与格雷格在火车上的邂逅

在格丽塔深陷于对哈里斯的思念之中不能自拔的时候，事情又出现了转机——丈夫彼得要北上去工作，朋友邀请格丽塔去多伦多帮忙照看房子。这为格丽塔提供了一次大胆行动的机会，她试探性地给哈里斯寄出了一封匿名信：

写这封信就像把一张纸条放进漂流瓶——

希望它能

漂流到日本②

在信的末尾格丽塔写上了自己火车到达的日期和时间。做完这一切，格丽塔带着女儿开始了她的寻爱之旅。

在火车上，为了防止女儿哭闹，格丽塔陪着她一起阅读故事书。正在这时两个年轻人出现了：

一个小伙子和一个姑娘走上楼梯，在格丽塔和凯蒂对面坐下。他们非常高兴地说早上好，格丽塔也和他们打了招呼。凯蒂很不喜欢搭理他们，继续盯着书轻轻地诵读故事。③

---

① 艾丽丝·门罗. 亲爱的生活 [M]. 姚媛，译. 北京：北京十月文艺出版社，2014：7-8.
② 艾丽丝·门罗. 亲爱的生活 [M]. 姚媛，译. 北京：北京十月文艺出版社，2014：11.
③ 艾丽丝·门罗. 亲爱的生活 [M]. 姚媛，译. 北京：北京十月文艺出版社，2014：13-14.

年轻小伙子加入了女儿凯蒂的诵读中。一开始凯蒂表现得很排斥，因为感觉他夺走了妈妈的注意力。但接下来他很快赢得了女儿的欢心，两个人玩得很愉快。

通过姑娘劳瑞的讲述，格丽塔了解到他们两个人是表演幽默剧的演员。小伙子格雷格和劳瑞曾经是一对恋人，但在几个月之前他们分手了。他们毫不避讳彼此之间的关系，随便开放的态度也显示出了两个人作为社会边缘角色的特征。

劳瑞的中途离去为格丽塔和格雷格的情感发展提供了空间。旁边的乘客和孩子都睡着了。格丽塔和格雷格一边喝着酒一边聊天。两人聊到了宗教：格丽塔心里不信教，然而周围的亲人给了她太多压力，让她无法挣脱；格雷格则从小为家族表演宗教短剧，受到赞扬，但长大后他想真正地表演戏剧时，却被家人称为"被魔鬼附身了"。两个人一边回忆往事一边相互慰藉，相同的经历，加上酒精的作用，使两个人情不自禁。

两个人跑到格雷格的卧铺鬼混。回到车厢时，格丽塔才发现女儿凯蒂不见了。

（二）隐性叙事进程的草蛇灰线

从故事的叙述来看，女儿凯蒂应该属于学龄前儿童，这个年龄段的孩子对父母依赖心理最强。门罗利用隐性叙事进程的草蛇灰线的叙述，深刻揭示了格丽塔的两次出轨对女儿造成的严重伤害。

在格丽塔带女儿坐火车离开的时候，凯蒂就因为爸爸彼得的缺席而伤心：

凯蒂显然没有明白，彼得站在火车外面的月台上，意味着他不会和她们一起旅行。她们的火车开动了，而他却没有动，火车开得越来越快，他被完全抛在了后面，这时，被离弃的感觉让她非常伤心。但过了一会儿她就安静下来，告诉格丽塔说他第二天早晨就会来的。①

可见在凯蒂幼小的内心里完整的家庭对她的重要性。格丽塔与彼得婚姻的不幸，已经波及到了凯蒂的身上，使她对父母的感情充满了敏感，担心自己被爸爸离弃。

当格丽塔和格雷格鬼混完之后返回车厢时，发现凯蒂不见了。格丽塔追悔莫及，经历过一番惶恐和害怕的心路历程之后，格丽塔最终在两节车厢的过道

---

① 艾丽丝·门罗.亲爱的生活[M].姚媛，译.北京：北京十月文艺出版社，2014：12.

里发现了凯蒂：

就在那里，在两节车厢之间，在一块不断发出噪音的金属板上——坐着凯蒂。眼睛睁得大大的，嘴巴微张，一脸惊奇，独自一人。根本没有哭，但是看见妈妈时她开始哭了起来。

格丽塔一把抱起她，把她举起来，让她坐在自己的腰胯上，跌跌撞撞地靠在她刚才打开的门上。

所有车厢都有名字，有的纪念战役，有的纪念冒险，有的纪念杰出的加拿大人。她们那节车厢的名字是康诺特。她永远也不会忘记那个名字。①

凯蒂对格丽塔充满了抗拒，坚决拒绝她的靠近，种种反应像是对母亲出格行为的无声的控诉。在格雷格要下车离开时，对她示好般地挥手道别凯蒂也没有理睬。从凯蒂对格丽塔和格雷格两人态度的前后转变，能够推测出凯蒂在寻找母亲的时候有可能不小心目睹了两个人的不堪行为。接下来的时间，格丽塔对凯蒂充满了内疚，把所有醒着的时间都用来照看凯蒂。她对以前的行为进行了反省，认识到自己不是一个称职的母亲，把过多的时间用在了家务、写诗上，最后还因为与别的男人的一时之欢而差点失去凯蒂。她下定决心要当一个好妻子和好妈妈。

在文章的结尾处却又出现了转折，哈里斯来接她们了：

而现在也有人接过了她们的箱子。接过箱子，搂住格丽塔，第一次吻了她，坚定的吻，仿佛在庆贺什么。

哈里斯。

先是震惊，接着格丽塔心里一阵翻腾，然后是极度的平静。

她试图抓紧凯蒂，但就在这时孩子挣脱了她的手，走开了。

她没有试图逃开。她只是站在那里，等着接下来一定会发生的任何事。②

哈里斯的出现使格丽塔好不容易树立起来的要当一个好妻子、好母亲的决心遭到了极大的撼动。一个极大的"诱惑"又摆在了格丽塔的面前。这样的结尾给读者留下了无穷的想象和思考：格丽塔是为了给女儿一个完整的家而继续和彼得在一起，还是为了自己的私欲，和哈里斯厮混在一起，像漂流瓶一样，飘向未知的任何方向？

---

① 艾丽丝·门罗.亲爱的生活 [M].姚媛，译.北京：北京十月文艺出版社，2014：22.

② 艾丽丝·门罗.亲爱的生活 [M].姚媛，译.北京：北京十月文艺出版社，2014：26.

在小说的结尾处，作者将视角又聚焦到了凯蒂的身上，描述她挣脱了母亲格丽塔，独自走开了。这里写出了凯蒂对母亲格丽塔的抗拒和抵触，经历火车上的丢失事件后，刚刚缓和的母女关系又重新回到原点。敏感的孩子已经对父母之间的关系和母亲混乱的男女生活有所察觉。所以凯蒂没有逃开，只是冷眼旁观地静静等待接下来将要发生的一切。凯蒂的举动是对格丽塔行为的无声抗议和控诉，讽刺着她作为一个妻子和一个母亲的失职和生活的混乱。

整篇文章在显性叙事过程的铺陈推进和隐性叙事过程的草蛇灰线中缓缓展开。显性叙事进程描述的格丽塔的两次出轨经历，对她而言不过是平静无趣的婚姻生活中丢入的两粒小石子，在她的心里激起了涟漪，但是瞬间的激情终究没有结果，生活最终还是要回归平静。但是通过隐性叙事进程中对女儿的描写能够发现，格丽塔的两次出轨经历在她女儿幼小的心里无异于滔天大浪，颠覆了原本平静的生活，给她幼小的心灵带来了一系列创伤。母亲格丽塔和女儿凯蒂之间的母女代际关系的循环和隐喻问题才是门罗所要表达的长久而深远的主题。

第六章

艾丽丝·门罗作品的叙事修辞

第一节　隐喻和反讽的运用

《世界诗学大辞典》这样定义隐喻："隐喻是一种常见的修辞格，不仅见于诗歌，也见于一切话语模式之中。它的构成是，将原义指称甲事物或甲行动的语词或表达方式，直接用于截然不同的乙事物或乙行动，而又不特别指明两者所用以进行的对比。"①《西方现代艺术词典》对隐喻的定义为："一种建立在相似基础上的形象替代。它既是语言的一个法则，又是文学上组合相似事物的一种想象和联想方式。在修辞学上即指与明喻相对的一种比喻，或暗喻。"②综上所述，可以看出隐喻是一种语言技巧和修辞手法，其主要功能是以形象生动的修饰言辞，来达到形象化、修饰化和生动化的艺术效果。

"反讽"一词来源于古希腊戏剧，原指善于掩饰的语言。随着时代的变迁和文学批评方向的多样化，"反讽"逐渐从一种单纯的修辞方法演变成一种写作的技巧。总体来看，反讽的特点是语言的表面含义与实际含义恰好相反，事物所呈现出来的样子与事物最根本的性质恰好相反，最初的情节或人物的行为与读者对于结果的正常期待恰好相反。它常常让读者感到似是而非，感到出乎意料但又觉得在情理之中。而作者往往借助反讽的方式以一种超脱现实的姿态揭露人生可笑的一面。

门罗的大部分小说反映的是偏僻小镇的生活和女性低下的社会地位，凸显了生活中的矛盾和悖论，对这一困境的文本叙述的隐忍与婉转描述构成了其小说的隐喻风格和讽刺意味的艺术特色。

一、隐喻的运用

（一）《浮桥》中隐喻的运用

从整个小说的故事情节来看，"浮桥"是对女主人公基妮不稳定的生活和感情的隐喻。基妮是一个癌症患者，正在通过化疗对病情进行控制和治疗。基妮的丈夫尼尔比她大六岁，他热心公益事业，为社会和他人做了很多贡献。基

---

① 乐黛云，叶朗，倪培耕. 世界诗学大辞典 [M]. 沈阳：春风文艺出版社，1993：698.
② 邹贤敏. 西方现代艺术词典 [M]. 成都：四川文艺出版社，1989：107.

妮和丈夫婚后的这些年，尼尔一心扑在了公益活动上，他热心地举办和组织各种各样的活动，几乎没有休息时间。这些活动不仅涉及政治上的活动，还包括保护桥梁、历史建筑和墓地的活动，保护生态环境诸如树木、土地、河流等的活动。尼尔甚至负责规劝当地人不要参与赌博。

但就是这样一位热心公益、在社会上维持着良好形象的丈夫，对他生病的妻子基妮却没有表现出一点关心和体贴。对于癌症病人来说，其实爱和陪伴比治疗更重要。他们结婚二十一年了，彼此之间已经没有了爱和激情。没有基妮的时候，尼尔即便是一个人，也会变得更热情、更活跃、更迷人。基妮认为自己也变了，变得更保守、更爱讽刺、更善于伪装。丈夫尼尔开车来接刚刚在医院看完病的基妮，车上还坐着他新找来的照顾基妮的女孩海伦。丈夫因为海伦的出现而充满了激情，他坚持要开车送海伦去另一家医院拿放在海伦妹妹那里的鞋；在得知海伦妹妹把鞋忘在家里的时候，尼尔不顾妻子"也许我们应该开回家"的请求，固执地坚持从城南开车到城北去海伦的养父母家拿回鞋子。

他们来到海伦养父母家拿到了鞋子，海伦的养父母琼和马特邀请他们一起用餐，身体不舒服的基妮一个人留在门外的柳树下乘凉。结婚二十多年来，她已经习惯了尼尔这样的行为。她像不存在一样地存在着，保守而委曲求全。丈夫尼尔完全把基妮当成一个健康人来对待，一点都不考虑基妮的身体状况，更不会细微地体贴和照顾。在基妮十分难堪和难受的处境下，马特的儿子里奇出现了。

他和海伦年龄差不多，她想。十七八岁。苗条、文雅、狂妄，带着初出茅庐的热情，这热情很可能无法让他达成所望。她见过几个像他这样的人，结果都成了未成年犯。但是他似乎挺明白事理。他似乎知道她精疲力竭了，处在某种混乱中。①

里奇带给了基妮一种前所未有的舒服的感觉。简单聊了几句，基妮便同意让他送自己回家。他开车来到一块沼泽地附近的浮桥上，让她看水里的星星：

桥身轻微的颤动让她想象树木和芦苇都放在土地的托盘上，路是土地漂浮的绸带，下面都是水。水仿佛如此安静，但是它不可能真的静止，如果你试图观察一颗映在水里的星星，你就会看见它是怎样闪烁、变形以及从视线里溜走

---

① 艾丽丝·门罗.恨，友谊，追求，爱情，婚姻[M].马永波，杨于军，译.南京：译林出版社，2013：81.

的。然后，它会再次出现——但也许不是同一颗星星。①

　　这里也同样运用了隐喻的手法，"星星"正是对基妮的隐喻。基妮与丈夫尼尔在一起的时候，由于尼尔对她的冷漠和漠不关心，基妮就像黯淡无光的星星一样，失去了光彩。男孩子里奇的出现让基妮有了温暖和被照顾的感觉，她感觉自己的生命又重新焕发出了光芒。所以，这颗星星在此处隐喻基妮，因为遇到的人不一样，从而变成黯然无光的或光彩夺目的完全不一样的星星。基妮的生活如同在浮桥上所看见的夜色一样，因遇见的人不同而呈现出完全不同的两种境况。如果基妮遇到的是一个像里奇一样关心自己的丈夫，而不是冷漠的尼尔，也许基妮就不会遭受身体和精神上的双重折磨。里奇的出现带给了基妮暂时的温暖和精神上的安慰。

（二）《熊从山那边来》中隐喻的运用

　　纵观小说《熊从山那边来》，"熊"并没有在文中任何地方出现，在这里"熊"是一种隐喻，隐喻那些像熊一样，想从山的这边翻越到山的那边的人。小说的题目《熊从那边来》出自北美的一首童谣，歌词的大意是说，有一只熊非常好奇山的那一边有什么，因此它十分努力地向山上爬，等到爬到山顶翻过山才发现，山那边原来什么也没有，并没有什么特别的东西和风景，而自己只能一步步走下坡路了。人生也是如此，年轻的时候像这只熊一样，着急赶路，一心想看看不一样的风景；等到年老的时候才发现，时间改变了一切，记忆力的衰退使所有的过往都变得模糊不清了。而所谓的不同风景，只是在人生旅途中不同的心境而已。翻到山的那一边会看到怎样的风景其实并不重要，重要的是年轻时对翻山的热情和对山那边风景的期待和追求。

　　《熊从山那边来》讲述的是一对相守了五十年的老夫妻格兰特和菲奥娜的故事。因为妻子菲奥娜患上了阿尔茨海默症，记忆力严重退化，所以丈夫格兰特只能把她送到了一家专收老年痴呆症患者或记忆力衰退的老人的疗养院。在熬过一个月的隔离期后，格兰特发现菲奥娜竟然不记得他了，她还爱上了疗养院的一个叫奥布里的老先生。奥布里的太太为了阻止两个人之间的恋情，打算把丈夫接回家去。格兰特答应了奥布里太太提出约会的奇怪要求，终于把奥布里带去了疗养院见菲奥娜，意想不到的是妻子菲奥娜已经忘记了奥布里，又记

---

① 艾丽丝·门罗.恨，友谊，追求，爱情，婚姻[M].马永波，杨于军，译.南京：译林出版社，2013：87.

起了自己的丈夫格兰特：

"菲奥娜，我给你带来了一个惊喜。你记得奥布里吗？"

她盯着他看了一会儿，仿佛一阵阵风吹着她的脸。吹进她的脸，吹进她的脑海，把一切都撕成了碎片。

"我记不清名字。"她的声音很刺耳。

然后她费力地恢复了某种带有嘲弄的优雅，那种表情也随之消失了。她小心地放下书，站起来，抬起胳膊搂住他。她的皮肤或呼吸发出淡淡的新鲜气味，他感觉就像剪下来的花茎在水里泡得太久以后的气味。

"很高兴见到你。"她说，拉着他的耳垂。

"你不能就这么走掉，"她说，"仿佛你在世上已经无牵无挂一样抛弃了我。抛弃了我，抛弃了。"

他把脸贴在她的白发、粉红的头皮和她那形状可爱的脑袋上。他说，不会的。[①]

"熊从山那边来"隐喻这对老夫妻从年轻到老年的生活，进入老年生活开始"下山"，开始丧失年轻时候惊人的记忆力，也暗示人对时间的无能为力，对感情变化的无所适从。

（三）《庇护所》中隐喻的运用

小说题目《庇护所》来自文中叙述者"我"的阿姨道恩的话：一个女人最重要的工作就是为她的男人提供一个庇护所。[②]庇护所在这里隐喻男人和女人组成的家。故事的开头，因为"我"的父母要去非洲一年，"我"被放到阿姨道恩和姨父贾斯珀家。但这个家并不是对每个人而言都是庇护所。

对于姨父贾斯珀来说，家不但是庇护所也是他的城堡。他很少有社交活动，也不喜欢外人来自己的家里。姨父是镇上非常有名的医生，他的医术高超，为镇上的医疗事业做出了很大的贡献。他在家里的态度和在诊所完全相反：

然而，和他在家里的态度相比，他在诊所里看上去那么随和。仿佛在家里需要时刻保持警惕，而在诊所里任何监督都毫无必要，虽然你也许认为情况应

---

① 艾丽丝·门罗.恨，友谊，追求，爱情，婚姻[M].马永波，杨于军，译.南京：译林出版社，2013：346.

② 艾丽丝·门罗.亲爱的生活[M].姚媛，译.北京：北京十月文艺出版社，2014：106.

该恰恰相反。那名在那里工作的护士对他甚至没有特别的尊重——她和道恩姨妈截然不同。[①]

在家里，姨父占有绝对的主导地位，十分强势，阿姨道恩做什么事情都要看姨父的脸色。连用餐的时候气氛都非常紧张，姨父简单的一句不喜欢，阿姨脸上的笑容就会消失了。

有一次，他说："我不喜欢。"并且拒绝详细说明，于是她的笑容消失了，取而代之的是紧绷的嘴唇和英勇的自我控制。

那顿晚饭是什么？我想说是咖喱，但也许那是因为我爸爸不喜欢咖喱，虽然他并不会为此抱怨。姨父站起来，给自己做了一个花生酱三明治，他对做三明治的过程的着意强调，等于是在大加抱怨。无论道恩姨妈端上的是什么菜，都不可能是为了故意激怒他。也许只是杂志里的某道看上去不错的不太常见的菜。而且，我记得，他把菜都吃完了之后才做出裁定。因此他并非受到饥饿的驱使，而是感到有必要做出纯粹而强有力的反对声明。[②]

"我"一直以为贾斯珀姨父没有任何亲人，其实并非如此，姨父的姐姐莫娜从小被亲戚抚养长大，后来成了一名小提琴手。他们姐弟两个人完全没有共同之处，关系一直不睦。正好姨父的姐姐莫娜来镇上演出，道恩阿姨趁姨父去参加县医生年度大会的机会，偷偷邀请了姐姐莫娜和隔壁新搬来的邻居夫妇一起来家里做客。大家沉浸在音乐中忘记了时间，正好被参加完大会的贾斯珀姨父赶回来撞见。姨父可能感觉自己的权威受到了侵犯，不顾客人在场，径直穿过了客厅和餐厅走进了厨房。在客人们纷纷离去后，姨父贾斯珀借着与"我"谈话的机会，旁敲侧击地表达了他对姨妈邀请这些所谓的音乐家来家里做客的强烈不满。

之后，莫娜突然去世了，姨父贾斯珀带着家里的女佣伯妮斯突然出现在葬礼上。为了证明自己不可动摇的权威地位，他让伯妮斯负责风琴，自己指挥大家唱歌。

贾斯珀姨父没有在棺椁边停下；他领着伯妮斯朝风琴走去。乐曲中突然出现了一个奇怪的、某种因为惊讶而猛力敲键的声音。接着是持续的低音，然后是一片茫然，一阵静默，长椅上的人躁动不安，伸长脖子想看清发生了什么。

---

① 艾丽丝·门罗.亲爱的生活 [M].姚媛，译.北京：北京十月文艺出版社，2014：106.
② 艾丽丝·门罗.亲爱的生活 [M].姚媛，译.北京：北京十月文艺出版社，2014：109.

负责弹风琴的钢琴家和大提琴家现在都不见了。那里一定有扇边门，他们可以从那里避走。贾斯珀姨父让伯妮斯在那个女人刚才坐过的位子上坐下。

伯妮斯开始弹琴时，姨父走上前向大家做了个手势。这个手势的意思是，起立，唱歌。先有几个人站了起来。然后是更多的人。再然后是所有人。①

葬礼上姨父的表现，强调了伯妮斯在家里的地位。她是贾斯珀姨夫坚定的追随者。

对于这个家的女主人道恩阿姨来说，这个家其实完全算不上庇护所，而是受难地。无论在情感上还是经济上她都完全依附于自己的丈夫。在家庭中没有一点自己的地位，她处处压制自己的感情，生活在自我压抑的婚姻中。甚至，连邀请朋友来家里做客都要背着自己的丈夫，害怕被自己的丈夫发现：

她一定因为自我纵容而感到不知所措。更别提很多次地祈求走运，祈祷好运，因为在此之前的那些天里随时有被贾斯珀姨父偶然发现的危险。比如说他会在大街上遇到那位音乐老师，而她则会滔滔不绝地向他表示感激之情和对会面的期待。②

在邀请客人被丈夫撞破以后，道恩姨妈充满了紧张和不安。第二天，她还婉转暗示"我"写信的时候不要把昨天晚上的事情告诉父母。

在文章的结尾，当贾斯珀姨父陷于困境，被唱诗班困住，无法回到我们给他留的座位的时候：

或者也许她在贾斯珀姨父自己都还没有意识到的时候就留意到了他脸上失意的阴影。

也许她第一次意识到她不在乎。完完全全，一点儿都不在乎。③

结尾以道恩阿姨的反抗结束。她第一次对唯命是从的丈夫感觉到完全不在乎。突出了女性对不是"庇护所"而是"受难地"的婚姻家庭的反抗意识。

（四）《深洞》中隐喻的运用

小说《深洞》的题目来源于文中野餐地点附近的一块警示路牌，它用以提醒人们此处有深洞。"深洞"在小说中还具有耐人寻味的隐喻意义，暗示着人

---

① 艾丽丝·门罗.亲爱的生活[M].姚媛，译.北京：北京十月文艺出版社，2014：121.

② 艾丽丝·门罗.亲爱的生活[M].姚媛，译.北京：北京十月文艺出版社，2014：112-113.

③ 艾丽丝·门罗.亲爱的生活[M].姚媛，译.北京：北京十月文艺出版社，2014：123.

物之间深深的裂痕。

小说讲述的是地质学家阿历克斯和莎莉的故事。他们是一对结婚多年的夫妇，共同养育了三个孩子，多年的婚姻生活已使他们两个人彼此厌倦。儿子肯特是母亲莎莉的代言人，他直言不讳地批评爸爸的职业，随意打断爸爸讲话，父子关系也比较紧张。一次一家人去地质公园玩，在野餐时，最好动的儿子肯特不小心掉进了"深洞"里，最后被父亲阿历克斯救了上来。父亲阿历克斯在这次救援活动中的重要性使他成了家庭英雄。肯特将父亲视为英雄，决心要做一个好儿子和好学生。这样看来好像原来掩藏着的家庭危机和婚姻危机都得到了缓解。但是这一切却并没有消失，父子之间关系的裂痕依然存在，就像隐蔽的"深洞"。

首先，深洞所隐喻的家庭关系危机首先体现在紧张的夫妻关系上，结婚多年的阿历克斯和莎莉两个人之间关系冷淡，彼此厌倦。莎莉对丈夫引以为豪的职业充满了蔑视，对那些枯燥的地质知识也丝毫没有兴趣。依赖丈夫而生存的她又不敢公开忤逆丈夫，只能装作表面上顺从。而丈夫对妻子莎莉同样充满了厌倦，觉得"他老婆的乳房变成了牛羊的奶头"一样。这种紧张的夫妻关系像深洞一样掩藏在表面平和的家庭生活下面。

其次，深洞所隐喻的家庭关系危机还体现在阿历克斯和肯特之间紧张的父子关系上。阿历克斯在家庭中为保持父亲的尊严，一直是一位十分严厉和冷酷的父亲。肯特掉进深洞被父亲阿历克斯救起来之后，本来父子之间的关系有所缓和，肯特改变了对父亲的态度，开始把自己的父亲当作英雄来崇拜。但是父亲的冷漠和对自己的否定再次深深伤害了肯特，在持续紧张的父子关系中，肯特最终放弃了做一个乖儿子去讨好父亲。在成年以后，他选择了离家出走。

最后，深洞隐喻的人物裂痕还存在于母子之间。肯特失踪了三年后，母亲莎莉通过电视新闻找到了他。但是肯特对自己的母亲态度冷淡，不屑一顾。肯特对自己的母亲，经历了从刚开始的好奇到亲密到最后冷淡的过程。在刚开始的家庭关系中，莎莉面对丈夫阿历克斯的大男子主义和他对儿子肯特的误解和冷酷，作为母亲的她并没有对其行为进行干预，没有给予童年的肯特保护的力量。接下来，在肯特因为骨折而在家休养的半年时间里，母子二人度过了一段亲密融洽的幸福时光。但是随着后边父子关系和家庭关系的紧张，走向社会的肯特与家庭、与母亲之间逐渐疏离，母子之间的关系也越来越远。在肯特失踪多年后，当莎莉从女儿那里听到他的消息时，她"突然感觉到，胸腔里有点像塞了个膨胀的气球"。母子之间紧张的关系和长期分离造成的隔阂导致母子之间的亲情也逐渐淡漠，就像深洞一样，隔阂和裂痕永远无法愈合。

二、反讽的运用

米兰·昆德拉认为从定义上来讲，小说就是讽刺的艺术：它的"真理"是隐藏起来、不说出来的，而且不可以说出来的。①像门罗这样优秀的小说家似乎都与反讽有着不解之缘，反讽是其小说的一大特点。

（一）《重重想象》中反讽的运用

在小说《重重想象》中作者是从一个心思缜密、对气味特别敏感的女童的视角来对成人世界进行观察和描述的，女童的心思远比大人认为的要细腻得多。成年人自以为是地以为掌控了孩童的世界，岂不知孩童也在不动声色地洞见一切，成人与成人世界成了他们反讽的对象。

整篇小说共分为三个部分。第一部分主要讲述了姑姑玛丽来到"我"家之后发生的一系列事情。第二部分主要讲述了"我"在一次和爸爸打猎的时候，偶遇了乔的事情。第三部分讲述了"我"和爸爸回来以后，爸爸向玛丽谈起我们遇到乔的事情。从全文来看整个故事的情节比较简单。文中的小女孩对气味比较敏感，在写到玛丽的气味时：

在屋里，我永远会闻到她的气味，就连她很少进去的房间都有。是什么气味呢？像金属，又隐约像某种香料，或许是丁香？她最近牙疼。或者像我感冒的时候，往胸口擦的配方药水。②

孩子们总是对现实世界多一些维度的观察，他们的时间远远慢于大人，他们永远在捕捉生活的细节，所以，他们才是哲学家，是真相的拥有者。文中的"我"对母亲和爸爸的表妹玛丽比较抵触和反感。因为她们总是以为对孩童的"我"比较了解，其实她们并不了解真正的"我"，反而是她们认为仅仅是个孩子的"我"能够一眼看穿她们的心思。在这里这种关系本身就构成了一种反讽关系。

"我"对玛丽的反感从小说的开始部分就已经表现了出来：

玛丽·麦奎德来了，我装作不记得她了。这似乎是最明智的反应。她说：

---

① 米兰·昆德拉. 小说的艺术 [M].董强，译. 上海：上海译文出版社，2004：158.
② 艾丽丝·门罗. 快乐影子之舞 [M].张小意，译. 南京：译林出版社，2013：43.

"你连我都不记得，估计你是什么也不会记得了。"似乎让这个话题过去了，不过随即又补了一句："我敢打赌，去年夏天你没去你奶奶家。我肯定你连这个也不记得了。"①

从这段话中可以看出玛丽的自以为是，她的本意是嘲讽身为孩童的"我"的记忆力差，岂不知"我"是故意装作不认识她。这里也充满了反讽的意味。其实"我"对玛丽印象深刻：

> 身着制服的玛丽·麦奎德是房间里的另一座孤岛。大部分时间，她都一动不动地坐在风扇旁边，风扇似乎已然筋疲力尽，搅动空气的模样仿佛是在搅拌浓汤。她待的地方，要是想看书或者织毛衣什么的，肯定嫌暗，所以她只是在那儿等着，呼吸，发出来的声音如同风扇的声响，充满了苍凉的，一种无法描述的控诉的声音。②

在奶奶家担任住家护士的玛丽给叙述者留下了很不好的印象，她觉得玛丽就像一座巨大阴沉的冰山。叙述者对玛丽的反感和玛丽的一无所知在这里也构成了反讽。

在接下来对母亲的描述中，能够看出这对母女缺乏普通母女之间的温馨之情：

> 她以一种第三人的语气，郁郁寡欢地形容自己说："小心，别伤到妈妈，别坐在妈妈腿上。"每回，她只要一说妈妈，我就浑身发冷，像提到耶稣的名字一样，一种悲惨以及羞愧感顿时贯穿了我全身上下。这个"妈妈"，我真正的，有一个温暖的脖子的，脾气暴躁的，能赐予安慰的人类妈妈，在我们之间竖起了一道永久的，受伤的幻觉。她如同耶稣一般悲伤，俯视我的一切邪恶罪行，而我自己还不知道会不会犯下这些罪行。③

母亲总认为女儿会伤到自己而拒绝母女之间的亲近，也在母女关系之间竖起了一道藩篱。"能赐予安慰的人类妈妈"充满了反讽意味，因为这样的母亲不仅没有带给女儿任何安慰还对女儿幼小的心灵造成了伤害。而母亲不但没有认识到自己和女儿之间形成的隔阂，反而自认为很了解自己女儿地说：我想她是寂寞了吧。这句话也反映出了母亲言语之间所表现的虚伪。

---

① 艾丽丝·门罗.快乐影子之舞[M].张小意，译.南京：译林出版社，2013：41.
② 艾丽丝·门罗.快乐影子之舞[M].张小意，译.南京：译林出版社，2013：41.
③ 艾丽丝·门罗.快乐影子之舞[M].张小意，译.南京：译林出版社，2013：44.

对于玛丽，叙述者更是毫不客气地反讽了其可笑、滑稽之处：

他调戏玛丽的话总是和丈夫有关。"今天早上我替你想了一个人。"他会这么说，"我不是和你开玩笑，你要好好考虑一下。"她紧闭嘴唇，发出几声冷笑，随之喷出一股愤怒的喘息。她的脸红了，红得不是一般二般，身体在椅子上猛然抽搐，压得椅子发出吓人的轰轰声。毋庸置疑，她享受这些玩笑。这些不合情理的荒谬婚配，肯定会被我妈妈说成是残酷的玩笑。对一个老姑娘开男人的玩笑，残酷，没有礼貌。不过，在爸爸家里，他们一直拿这个话题取笑她。还有别的可说的吗？她越阴郁，越粗鄙，越不堪忍受，他们的玩笑就越多。①

这段话的字里行间也充满了反讽的意味。因为连身为孩童的"我"都能够看出父亲是拿玛丽开玩笑来取笑她的老姑娘的身份。而玛丽不但不生气，反而享受其中，她的内心充满了拼命掩饰而又掩饰不住的喜悦和快乐，像一个滑稽而丑陋的小丑。

从整篇文章来看，叙述者"我"对以母亲和玛丽为代表的处处表现出刻薄、虚伪、自以为是等特性的成年女性充满了反感，她们成了"我"反讽的对象。相比较而言，叙述者对自己的父亲则充满了依恋和赞赏。从对父亲皮靴的依恋，到和父亲一起去打猎的经历，处处都能看出叙述者对勇敢而幽默的父亲的赞赏。

（二）《忘情》中反讽的运用

小说《忘情》描述了图书管理员路易莎与士兵杰克通过书信往来，互相之间产生了好感的经过。路易莎一心等待着心上人的归来，最后等来的却是士兵退伍回来后和未婚妻订婚的消息。而后路易莎嫁给了阿瑟，杰克在工厂的一次事故中意外丧生。多年以后，年老的路易莎在另外一个城市看病的时候却意外遇上了自己昔日的恋人杰克。文章整体分为四部分，每一部分的叙述者都不一样，限知人物视角不断切换又穿插着全知叙述者的视角，限知人物被蒙在鼓里而不自知，构成了一种反讽的关系，揭示了人物的悲惨命运。

在文章的第一部分，叙述者主要围绕路易莎展开，叙述了路易莎与士兵杰克的书信往来，路易莎的家庭情况和曾经的一段感情经历，交代了路易莎图书管理员的身份，以及她在不知不觉之间对杰克产生了感情。叙述借助路易莎的

---

① 艾丽丝·门罗.快乐影子之舞[M].张小意，译.南京：译林出版社，2013：46.

视角来进行描述，这一切的叙述都没有超出路易莎的视角认知。但是，在第一部分的结尾处，却突然出现了这样一段叙述：

这群女孩子里有位名叫格雷丝·霍姆的。她很害羞，但有着坚毅的外表，今年十九岁。宽脸盘，薄薄的嘴唇常抿着。棕发，直刘海，身材成熟诱人。杰克·阿格纽出国前和她订了婚，但他们约定要保守这个秘密。①

在上面这段描述中，叙述者突然跳出了路易莎的视角，突兀地转为全知视角来描述杰克的未婚妻格雷丝的出场。纵观第一部分，一直在描述路易莎和杰克之间的书信来往，在书信中杰克描述了曾经在图书馆见到过路易莎以及对她的良好印象，随着频繁的书信来往，杰克向路易莎表达了爱意，路易莎虽然没有见过杰克，但也对杰克情愫暗生，开始关心前线的战事。这时感觉一切尽在路易莎的掌握之中，她沉浸在爱情的美梦中，一心期盼着心上人早日归来。全知叙述者像无所不知的上帝，残酷而冷静地道出了杰克和格雷丝已经订婚的事实，无情刺破了路易莎的爱情美梦。但是这一切路易莎却并不知情，依旧沉浸在对爱情的憧憬中不能自拔。路易莎成了被嘲讽的对象，这样的一份被蒙在鼓里的爱情也充满了讽刺意味，预示了路易莎的感情悲剧。

第二部分的叙述者转为推销员吉姆·弗拉雷。该部分叙述了路易莎在酒后向他讲述她和杰克之间的故事。即便在流感肆虐的时候她依然继续开着图书馆，每天都准备着迎接杰克的到来。直到在报纸上读到关于杰克和格雷丝的婚讯。她收到了杰克偷偷留在图书馆办公桌上的纸条和她的照片，才知道在去海外之前杰克就已经订婚了。路易莎觉得自己像一个傻瓜一样。吉姆开始不断安慰酒醉的路易莎，深谙此道并希望棋逢对手的吉姆自信地认为读懂了路易莎的暗示，两个人不知不觉发生了一夜情。在这一段的结尾部分，叙述者又跳出了推销员吉姆的视角：

"那么，是我会错意了，"他说，"我从没打算这事会对你有所改变。"

她说不会。此刻，身上撤去了他的摁压，她只觉得自己被漩涡裹挟着无力挣脱。床垫仿佛变成了一个孩子的陀螺，让她渐渐失神。她想解释说床单上的血迹是因为例假，可这番说辞伴随着一种恣意的冷漠，零散得让人无从会意。②

后面第二部分这段话的叙述是对吉姆前面自以为是的自信的反讽，他对路

① 艾丽丝·门罗. 公开的秘密 [M]. 邢楠，陈笑黎，等，译. 南京：译林出版社，2013：12.
② 艾丽丝·门罗. 公开的秘密 [M]. 邢楠，陈笑黎，等，译. 南京：译林出版社，2013：20.

易莎的暗示的理解完全是他自己会错了意。

第三部分叙述者又转向了阿瑟。该部分讲述杰克意外丧生，阿瑟去图书馆替杰克还书，邂逅了路易莎的故事。她对杰克复杂的感情引起了阿瑟的好奇：

"你还记得我们聊过一次那个出事的男人吗？"

阿瑟说还记得。

"想问你几件事，你别见怪。"

他点了点头。

"我问的事情——我希望你——保密。"

"是的，当然。"他说。

"他长什么样？"

长什么样？阿瑟有些不明白。不明白她会弄得如此神秘和小题大做——有人瞒着她把书带走，想知道那个人的长相是自然不过的事情——但他帮不上忙，摇了摇头。他的脑海里浮现不出杰克·阿格纽的模样。①

通过这段描述可以看出阿瑟对路易莎和杰克之间发生的一切一无所知，他以为路易莎向他打听杰克的长相是因为杰克瞒着路易莎把书从图书馆带走了，这样他觉得有点小题大做。对于路易莎和杰克的往事叙述者，路易莎和读者都是知情者，他们成了反讽者，而蒙在鼓里对这一切一无所知的阿瑟成了反讽对象，他自以为是的揣测也显得充满讽刺。

在小说的第四部分也就是最后一部分，叙述者又转向了年老的路易莎，路易莎坐巴士赶去伦敦看病。在候诊室她读到了一篇文章，在工会发言人那里她看到了熟悉的名字——杰克·阿格纽先生。路易莎决定一探究竟看看到底是不是她曾经的恋人杰克：

名字上的巧合谈不上多有趣。名和姓都不算罕见。

她不知道自己为什么坐下，究竟为什么会来这里。她感觉自己快要晕倒了，是那种熟悉的焦虑感。她这种感觉无故而来，当它袭来时，所谓无故也无济于事。现在要做的是起身离开，趁更多人还没围坐过来。②

但最终路易莎还是逃离了，她打算去汽车枢纽站坐回城巴士回家。在车站的候车室，路易莎遇到了发完言后匆匆赶来的杰克，两个人聊起了彼此的家人

---

① 艾丽丝·门罗.公开的秘密 [M].邢楠，陈笑黎，等，译.南京：译林出版社，2013：81.
② 艾丽丝·门罗.公开的秘密 [M].邢楠，陈笑黎，等，译.南京：译林出版社，2013：83.

和生活。杰克感慨：爱情不死。路易莎感觉受到了冒犯，表示自己嫁给阿瑟是想过正常的人生。但奇妙的氛围在两人之间蔓延：

> "正常的人生，"她重复道——接着一阵眩晕袭来，对愚蠢的宽恕荡漾开去，提醒她那长着色斑的手掌、那干枯粗大的手指就挨着他的，搁在两人间的椅座上。情热的火焰升腾，裹着周身细胞与旧日的情意。哦，永远不死。

一群托尔普德尔殉道者的出现打破了这份暧昧，充满讽刺意味的是，杰克的语调和神态使路易莎联想到了那个推销员吉姆·弗拉雷。最后杰克消失于人群。在文章的结尾处，又出现了路易莎初到卡斯泰尔斯小镇的场景：

> 那是些考究的老房子，有着宽阔的庭院，街边的行道树是成材的榆树和枫树。她从没在尚未落叶的时节到过这里。到时一定大为不同。眼前敞亮的景致大多会掩映起来。
>
> 她很高兴能有全新的开始，这平和了她的心情，让她心怀感激。她曾有过全新的开始，虽然结果并不如她所愿，但她相信这样随性的决定、这不可测的扰动，以及她不平凡的命运。[①]

命运充满了神奇，一切兜兜转转之后，仿佛又回到了最初。叙述者在这里刻意忽略发生在路易莎身上的几十年岁月带来的变化，以年轻时候路易莎的无知叙述者视角来展开叙述，这样就与得知真相后的老年路易莎及深知一切的读者之间构成反讽对照，而人生的变幻无常和不可捉摸在这里更是深层次的反讽对象。人们在年轻的时候总是对生活充满美好的希望和期待，然而现实的残酷却让人一次次迷失，忘记自己的初心。就像文中的路易莎，经历了人生中爱情、婚姻的迷失，在多年以后是否还会记得自己刚刚来到卡斯泰尔斯小镇的时候，对新的生活满怀希望和热情的时光。

(三)《脸》中反讽的运用

在小说《脸》中，叙述者"我"是一个从出生的时候脸上就有紫色胎记的男孩儿，但是母亲为了"我"的健康成长，特意对家里的镜子做了处理，镜子不是设置得比较高，就是光线比较暗，"我"一直以为"我"和别的小孩没有特别大的区别。直到有一天，"我"的小伙伴南希在自己的脸上涂了红红的颜料，高兴地告诉"我"说她现在和"我"一样了，"我"才发现原来自己一直都生活在母亲编制的自欺欺人的梦里。

---

① 艾丽丝·门罗.公开的秘密[M].邢楠，陈笑黎，等，译.南京：译林出版社，2013：85.

但充满讽刺的是，偏偏是"我"这样一个脸上长满胎记的人，长大后却成了一名演员。此处的叙事设置具有强烈的反讽意味。因为，在人们通常的认知里，演员一般都有着出色的样貌。作者独具匠心地设置使文章的反讽意味更强烈，突出了"我"人生如戏、戏如人生的戏剧化命运。一个容貌有着严重缺陷的人偏偏成了演员——一种更看重容貌的职业，命运经常是充满讽刺和无常的，人们面对命运的无情捉弄往往束手无策，也许掩藏在生活背后的真相就是如此。

第二节　象征的运用

象征是文学作品的特别表现手法，也是文本叙事艺术方面的一种新的方式。作者在写作过程中存在抽象思维和形象思维两种思维方式，象征的表现手法能够将抽象的概念通过一定的形式直接表现出来，把作家对人生与社会的理念表现在作品之中，通过读者的想象再造出来。这种特别的写作理念是作者针对抽象思维形成的特点从客观存在的事物中提炼的，读者在阅读作品的过程中也要对各种形象进行总结、判断、推理，才能得到新的理念并且不断地创造出新的理念。因此，从本质上来说，象征就是通过某一事物去体现另一抽象事物的思维方式。象征方面的特点或性质是作者心理最直接的表达，这一思维过程是精神意义形象化和物化的过程。在门罗的小说中，象征的运用是其作品叙事中的一大艺术特点。

一、荒野的象征意象

荒野是人类最初的家园。在门罗的小说中赋予了荒野别样的象征意义。在门罗的笔下，荒野既是可以提供生存和庇护的地方，也是充满了恐惧和死亡威胁的地方，这种荒野的象征意象，构成了门罗小说复杂情感的底蕴。

在门罗小说《荒野小站》中荒野有三重象征意象：

荒野的第一重象征意象是家园，这重象征意象是对西蒙和弟弟乔治而言的。西蒙和乔治兄弟俩是一对孤儿，他们被各自寄养在别人家里，对他们来说没有家园的概念。直到他们离开寄养家庭来到休伦，荒野给了他们家园的感觉，他们在荒野开荒种地，砍掉灌木开辟出道路。荒野给他们提供了物资和财富，承载了他们生存的希望和对新生活的梦想。

荒野的第二重象征意象是死亡，这重象征意象主要是对西蒙来说的。西蒙和乔治一起去荒野的林地里砍树，最后西蒙意外死在那里。他的死因没有人能说得清楚：弟弟乔治说西蒙是在砍树时被掉下的树权砸死的，西蒙的妻子安妮说是自己拿石头砸死了西蒙。只有荒野是西蒙死亡真相的唯一见证者，它的意象带着死亡的恐惧和威胁，有着最后审判的意味。

荒野的第三重象征意象是庇护所，这重象征意象主要是对安妮而言的。在丈夫西蒙死了以后，乔治也离开了，安妮一个人留在了原来的小屋。对于安妮来说，荒野能够抚平她过去的伤痕，是收留她的庇护所。在她写给朋友萨迪的信中这样写道：

我几乎每晚都做梦，他们中的一人拿着斧子追我。不是他，就是乔治，反正是他们中的一个。有时候不是斧子，是他们中的一人用双手举着一块大石头，躲在门后等着我。梦是对我们的警告。

我不再待在屋里，怕他找到我。当我不在屋里而是在外面睡以后，噩梦没那么频繁了。天气忽然就暖和起来，外面蚊虫也多了，可我并不怎么在乎。我能看见它们咬出的包，却没有任何感觉，这也是我在外面受到庇护的征兆之一。一听到有人过来，我就蹲下身去。我吃一些浆果果腹，红的黑的都有，上帝保佑我没吃出毛病。[①]

安妮为了拯救别人而违背了自己的内心，她每晚都做噩梦，承受着内心的煎熬和折磨。在荒野中，她找到了庇护。她在荒野中以一种近乎野人的状态生存着，她在荒野中以野果为食，寻找灵魂的解脱与救赎。安妮是一个孤儿，父母双亡的她自小在收容所长大，虽然她身材消瘦，有一只眼睛还不太好，但是这个女孩吃苦耐劳，非常能干。当她嫁给西蒙来到这片土地生活的时候，贫瘠的生活和现实并没有压倒这个女孩，她很快就适应了这里的生活。但是西蒙的死让一切都改变了，乔治也离开了，安妮又成了一个人。这个世界上她找不到可以依赖的亲人也没有其他可以容身的地方。荒野为她提供了最后的容身之地，在荒野中，她不再频繁地做噩梦，灵魂得到了解脱。荒野也给了她继续活下去的希望，在这里她重新感受到了生命的力量，她决定听从内心的声音坚强地活下去。

---

① 艾丽丝·门罗.公开的秘密[M].邢楠，陈笑黎，等，译.南京：译林出版社，2013：222.

二、森林的象征意象

在门罗的小说《森林》里，森林代表的不仅仅是一种自然环境，更象征着精神的回归。这个小说讲述的是丈夫罗伊和妻子莉住在森林边上的故事。罗伊性格比较沉闷，很难融入莉在当地的大家庭，他喜欢做木工活，还喜欢独自一个人去森林里面锯木头。罗伊和妻子莉的感情很好，虽然他们没有自己的孩子，但彼此都认为对方对自己来说很重要。罗伊特别喜欢树木，树木对他来说就像老朋友一样熟悉，他能如数家珍地说出每一种树木的名字、纹理和各种特性。罗伊喜欢锯树木的时候它发出的香味和苹果树燃烧时候发出的让人安宁的香味。妻子莉的性格比较随和，她原来在镇上的一家牙科诊所当接待员和会计员。冬天的时候，莉一直生病，就辞去了镇上的工作。她的身体和精神都变得越来越差，两人的夫妻关系也开始产生了距离。

> 罗伊怀念以前的妻子，怀念她的玩笑＼她的活力。他希望以前的她回来，但他无能为力。他只能对现在这个性格阴沉、无精打采的女人保持耐心。有的时候，她的手在自己的面前挥舞不停，好像有蜘蛛网，或者是被荆棘缠住了。[①]

有一次去伐木的时候罗伊遇到了铂西，听他说了森林的主人将由锯木厂向酒店提供柴火的消息。那样的话罗伊就不能再到森林里伐木了，这意味着仅属于自己的一点空间也要失去了。下雪后的第二天，心情烦躁的罗伊开着卡车又来到了森林里，他想趁冬天还没有完全到来之前，把木材想办法都运出去。结果在伐木的过程中，因为雪后路面太滑，他一不小心滑倒把腿摔伤了。罗伊知道在人迹罕至的森林里是十分危险的，他开始拖着受伤的腿向着卡车的方向努力爬过去。就在他筋疲力尽、精神崩溃打算放弃的时候，突然发现妻子莉开着卡车向自己赶了过来。罗伊感到以前的妻子莉又回来了，两个人之间又恢复了默契和融洽。经过交谈，夫妻二人发现铂西所说的森林的主人将收回罗伊伐木的资格的消息是一个谣言，其实森林的主人提到的向酒店提供柴火的供应者正是罗伊。妻子莉在发现罗伊把砍树的斧子丢在森林里以后，并没有责怪罗伊，那个无精打采、性格阴沉的女人不见了，他性格活泼的妻子莉又回来了，夫妻之间默契关系的重新建立使罗伊的心里感慨万千，周围的树木仿佛也与往日的不同，从来没有开过卡车的莉勇敢地载着罗伊回家了。

在这里，森林不再单纯的是一种自然环境，而是一种精神回归的象征。罗

---

① 艾丽丝·门罗.幸福过了头 [M].张小意，译.南京：译林出版社，2013：264.

伊最后得到的不仅仅是能够在森林里伐木的自由，更重要的是，通过森林中摔伤腿这一事件，他和妻子莉的关系又回到了之前的亲密无间，他从精神上得到了救赎和回归。透过大自然中森林这面镜子，罗伊也意识到了自己的不足，在以往的生活中的自我束缚和一味逃避，使他从没有想过真正融入莉的生活和她的大家庭中：

> 他不过是和家里某个人结婚的人，甚至连个孩子也没贡献出来，和他们不一样。他们体型庞大，滔滔不绝。而他则短小精悍，沉默寡言。他的太太莉总的来说是个随和的女人。她就喜欢罗伊这样子，所以不会因为他的表现感觉抱歉，绝不会责怪他。①

他开始逃避，尤其在莉生病之后，他把森林当成了自己逃避的场所：

> 收割之后的季节更好，地面因为霜冻而坚硬。今年秋天，木柴需求量比以往大，罗伊每星期都要来两到三次。

> 大部分人靠叶子来分辨树种，或者看树的形状、大小。不过，走在叶子已经掉光的丛林里，罗伊根据树干来分辨。铁木重，是可靠的木柴，它的树皮是棕色的，表面粗糙，树干又矮又壮……樱桃是最黑的树，它的树皮是一片片的，形状别具一格……这里的苹果树和果园的苹果树倒是更接近，不算太高，鳞状树皮不像樱桃树那么明显，颜色没有那么黑。榕树则是一种有军人风度的树，树干上长了类似灯芯绒的棱纹。枫树的树皮是灰色的，表面不规则……山毛榉和栎树则是另外一回事儿。虽然它们没有现在几乎已经消失的大榆树的可爱造型，但它们有自己与众不同的特点。山毛榉光滑的树皮是灰的，像大象的皮肤颜色……栎树则永远像是故事书里的树。仿佛所有的故事都是这样开头的，"很久很久以前，有一片树林"，而树林里全都是栎树。②

罗伊在森林中找到了自己的归属和世界，在这里的他身上充满了人情味，他也不再是那个沉默寡言的罗伊，他把这里的每一棵树都当成朋友，他对它们的一切是那么熟悉和亲切。当罗伊从铂西那里得知自己有可能失去森林这片属于自己的天地，不能再在森林里伐木的时候，森林在罗伊的眼里又完全变了一副面孔。此刻的森林仿佛是掌握着生杀大权的上位记者，以无情和冰冷的面孔来报复以罗伊为代表的索取者。当危难时刻妻子莉突然出现时，森林在罗伊的

---

① 艾丽丝·门罗.幸福过了头 [M].张小意，译.南京：译林出版社，2013：263.
② 艾丽丝·门罗.幸福过了头 [M].张小意，译.南京：译林出版社，2013：265-266.

眼里又发生了奇妙的变化：

天色阴暗，还有浓密的雪，他只能看见第一排树。今天早些时候，他经过这里时，冬天的夜幕还没有降临。不过，这会儿他才注意到，他才发现，以前来树林的时候，他错过了一东西。树林竟然这么纠缠不清，这么稠密，这么隐秘。它不是棵树，然后另一棵树，而是所有的树在一起互相支持，互相帮助，然后编织成一样东西。在你不知不觉之中发生的一种变形。①

罗伊通过在森林中濒临死亡的体验感受到了生命的力量并获得了精神的回归。在他发生意外面临崩溃的时候，妻子冥冥之中产生预感赶了过来，她的病态消失了，活力又回来了。这树林里的树一棵棵缠绕在一起，相互扶持，正如他和妻子莉一样，亲情之树早已经根与根、枝与枝紧紧交织在一起。

三、信的象征意象

在门罗的小说中，信件充当了一个十分重要的角色反复多次出现，其象征意义也有多重含义。信件所包含的时间与空间的距离，就暗示了人与人之间的疏离关系。信的不断出现将人与人之间的疏离境遇体现出来，使这种疏离分裂的抽象状态变得普遍日常。

在小说《逃离》中，信主要用来告别，它象征一种分裂关系。不管是女儿和母亲之间的告别，还是男人与女人之间的告别，信往往意味着离别的开始或是离别的结束。卡拉的第一次逃离是从父母家里。那时卡拉对克拉克着迷，她不愿意过父母的那种生活，虽然对和克拉克未来的前景一片茫然，但是在出走的那个清晨她依然感觉非常兴奋。她给母亲留下了简短的字条：

我一直到需要过一种更为真实的生活。我知道在这一点上我是永远也无法得到你们的理解的。②

母亲唯一的回信写道："你都不明白你抛弃掉的是什么。"③卡拉觉得自己很清楚自己丢掉的是什么，她看不起自己的父母，对于他们的一切不屑一顾。母女之间简短的通信可以看出彼此之间不能进行有效的沟通，谁也不认同对方的做法。母亲更是对卡拉的出走感到气愤，只写了短短的一句话就再没有了回

---

① 艾丽丝·门罗.幸福过了头 [M].张小意，译.南京：译林出版社，2013：282.
② 艾丽丝·门罗.逃离 [M].李文俊，译.北京：北京十月文艺出版社，2016：32.
③ 艾丽丝·门罗.逃离 [M].李文俊，译.北京：北京十月文艺出版社，2016：32.

信，这里的信象征着母女之间关系的破裂。卡拉的第二次逃离是离开克拉克。她实在受不了克拉克的火暴脾气，好像无论她说什么做什么都是错的，克拉克的大男子主义使卡拉处处感到压抑。在西尔维亚的帮助下她决心逃离克拉克身边，在慌乱之中她给克拉克写下了字条。正如文中西尔维亚所说的，卡拉当然分得清事和是的，慌乱中匆匆写下的错别字，正说明了卡拉的心不在焉。她在内心里并不想真正离开克拉克。信在这里代表的是一种告别，对克拉克的告别、对过去生活的告别。但是这告别又是那么不坚定，所以卡拉才会在逃离的途中不断动摇。最后在去往多伦多的途中忍不住给克拉克打了电话，匆忙结束了她的第二次逃离之旅：

> "来接我一下吧。求求你了。来接接我吧。"
> "我这就来。"①

四、山羊弗洛拉的象征意象

在门罗的小说《逃离》中有一个不可忽视的角色——山羊弗洛拉，它在文中对推动故事情节的发展起到了重要作用，进一步深化了作品的主题和内涵，它的神秘出现与消失使作品蒙上了一层神秘的色彩，使结局变得更加扑朔迷离。弗洛拉的意象贯穿整个故事，它的出现—失踪—再次出现—再次消失与卡拉的内心活动不谋而合，推动着故事情节的纵深发展，可以说山羊弗洛拉就是卡拉的象征，门罗选取山羊弗洛拉的意象，预示了卡拉逃离婚姻、追求自我的历程注定是一场悲剧。

弗洛拉是卡拉的丈夫克拉克去农场买马具的时候带回来的，因为克拉克听说在马棚里养只山羊可以起到安抚马匹的作用。在这里弗洛拉是作为马的陪衬物出现的，与其他的动物没有平等的身份，处于边缘的位置。这正像卡拉在与克拉克的夫妻关系中的地位，她在家中处于边缘的地位，完全依附于丈夫而存在。克拉克与山羊弗洛拉之间的关系也间接反映了他与卡拉之间的夫妻关系。在弗洛拉刚被买回来的时候，它完全成了克拉克的宠物，整天跟着克拉克到处乱跑，正如卡拉和克拉克刚在一起时候的亲密时光。但好景不长，马场的经营出现了危机，卡拉和克拉克的关系变得十分紧张，克拉克随时都会对她发脾气。而此时因为弗洛拉一直都没有产下小羊，克拉克认为它是一只没有价值的

---

① 艾丽丝·门罗. 逃离 [M].李文俊，译. 北京：北京十月文艺出版社，2016：35.

羊，弗洛拉和克拉克之间的关系也开始变得疏远。

弗洛拉开始变得更加依恋卡拉，与弗洛拉的相处也成为卡拉期待的宁静而温馨的美好时光，可爱温暖的弗洛拉是卡拉最好的朋友，也是卡拉内心的柔软所在。

弗洛拉的意外走失使卡拉的生活变得迷茫而焦虑，这时候两个有关于弗洛拉的梦给她提供了精神上的指引。在第一个梦中，弗洛拉嘴里叼着一个红色的苹果出现在卡拉的床前。在西方神话里，苹果是智慧和诱惑的代表，这使卡拉进一步认清了自己在婚姻中的不幸处境，也代表着她的心中开始有所动摇。在第二个梦中，受伤的弗洛拉引导卡拉来到铁丝网栅栏的跟前，然后就消失不见了。受伤的弗洛拉就好比在夫妻关系中一直处于边缘地位的卡拉的心理创伤。梦中的铁丝网栅栏则象征着现实生活中来自丈夫和家庭的囚禁和束缚。弗洛拉钻出铁丝网消失不见映射出了卡拉潜意识中渴望逃离、追求自由的愿望。

在梦境的指引下，卡拉终于不再忍受不平等婚姻的压抑和束缚，在西尔维亚表示愿意帮助她逃离时，她接受了西尔维亚提供的衣服和路费，匆匆忙忙开始了逃离之旅。但是卡拉在去往多伦多的路上因为放不下克拉克，又给他打电话把自己接了回来，放弃了逃离。在卡拉被克拉克接回来后，克拉克去送还西尔维亚借给卡拉的衣服，就在两个人为卡拉的这次出逃闹得不愉快的时候，弗洛拉神秘地出现了：

起先像一个活动的蒲公英状的球体，滚动着朝前，接着又演变成一个非人间般的动物，纯白色的，像只巨大的独角兽，就跟不要命似的，朝他们这边冲过来。

……

克拉克松开了手。他说："你这小家伙，究竟是从哪儿跑出来的？"

"是你们的羊，"西尔维亚说，"这不是你们的羊吗？"

"弗洛拉，"他说，"弗洛拉。"

那羊在离他们一码左右的地方停了下来，变得羞怯起来，垂下了头。①

弗洛拉的重新出现象征着卡拉在经过内心的挣扎之后放弃了逃离，给克拉克打电话接她回去，最终又回到了原来的生活。这是卡拉在逃离的途中经过不断的思想斗争之后最后选择的道路，也是她意识到残酷的现实和不可知的未来

---

① 艾丽丝·门罗.逃离[M].李文俊，译.北京：北京十月文艺出版社，2016：39-40.

之后无奈的妥协。门罗通过卡拉的逃离最后又无奈回归的情节设置，一方面表达了女性对男权社会的专制统治的抗争和她们对新的生活的追求和向往；另一方面也反映了现实生活对女性的种种束缚和羁绊，使她们在逃离的路上注定不会一帆风顺，她们处于无处可逃的尴尬境地，最后只能将逃离的想法埋于内心深处。文章中，山羊弗洛拉与卡拉的命运是息息相通的，弗洛拉的每一次出现和消失都是对卡拉境况的某种暗示。在卡拉结束逃离无奈回归之后，消失的弗洛拉突然再次出现了。当西尔维亚想要伸手去抚摸重新出现的弗洛拉的时候，它却表现出了特别抵触的情绪。这种抵触情绪与逃离失败之后回归的卡拉对西尔维亚的态度是一致的，卡拉对西尔维亚也采取了逃避和抵触的态度，这再次印证了山羊弗洛拉和卡拉之间某种神秘的联系，从某种意义上来说，弗洛拉是卡拉精神意象的象征。

克拉克对失踪后又神秘出现的弗洛拉表现出了说不出的厌恶，甚至用"狗日的蠢东西""鬼""幽灵"等来称呼它。从克拉克对弗洛拉的态度可以看出，他认为弗洛拉的失而复得并不是一件让人高兴的事情。他好像隐隐约约感觉到了弗洛拉与卡拉之间的某种神秘的联系，这也为后面的故事埋下了伏笔。在文章中，弗洛拉的最后失踪成了一个谜团，没有人知道它到底去了什么地方。但是由克拉克对卡拉隐瞒了弗洛拉的出现，还有他故意说谎说弗洛拉丢了，还信口开河说它跑到了落基山脉，这些不正常的反应都说明弗洛拉最后的消失与克拉克有着直接的关系。所以，当卡拉在西尔维亚的信中读到那次弗洛拉的神秘出现，卡拉的心立刻被恐惧所占据，她一定是明白了什么。但是她并没有去向克拉克追问弗洛拉失踪的真相，而是什么也没有说，悄悄把信销毁处理掉了。这代表着卡拉决定与过去彻底告别，把真相埋藏于心底，继续和克拉克把日子过下去。

弗洛拉不但是卡拉精神意象的象征，它的名字也有特殊的暗示。"弗洛拉"是古罗马神话里面花神的名字，是女性健康与活力的象征。门罗在文中对山羊弗洛拉形象的设置，暗合了卡拉健康而充满活力的形象。同时，弗洛拉的动物性与神性的结合，体现出了卡拉作为女性想要挣脱男权代表克拉克的束缚，追求自由的需求。在古希腊神话中，山羊往往代表着悲剧，这也是门罗选取山羊这一形象的原因，这预示着卡拉的逃离注定以失败而告终，避免不了悲剧的发生。弗洛拉最后的死亡也暗示了卡拉自我追求的破灭，门罗成功运用弗洛拉这一形象，反映了男权主义社会中女性在社会和家庭中的附庸地位，突出表现了在男权社会中女性追求自由的逃离之路注定是一场悲剧。

五、绿裙子的象征意象

在门罗的作品中绿裙子也是作为一个高频词经常出现的。绿色在西方文化中是希望和美好的象征。绿色为大自然的本色，是朝气蓬勃、富有生命力的象征，由此可以引申出"不成熟、无经验"这一象征意义。[①]在小说《播弄》中，绿裙子有两重象征意义。第一重象征意义，绿裙子象征着主人公若冰朝气蓬勃、富有生命力的青春；第二重象征意义，绿裙子象征着若冰由于命运的播弄，爱情最终破灭。在文章的开头部分，叙述者首先描述了若冰打算等洗衣店的人把绿裙子准备妥，第二天去看戏的场景：

"我会死的，"许多年前的一个晚上，若冰这样说，"如果她们不把那条裙子给我准备好，那我一定会死的。"

他们是在伊萨克街一座有暗绿色护墙板的房屋安了纱窗的前廊上。住在隔壁的威拉德·格里格正在牌桌上和若冰的姐姐乔安妮玩纸牌。若冰坐在一把长椅上，对着一本杂志直皱眉头。这条街一路过去，从好几家厨房里都冒出了烟草与番茄汁相克却又混杂在一起的气味。

威拉德瞧着乔安妮那张几乎没有一点笑意的脸，片刻后她用不动声色的口气问了一句："你说什么来着？"

"我说，我会死的。"若冰气呼呼地说，"我会死的，如果她们明天还没有把那条裙子准备妥的话。我说的是洗衣店里的那些人。"[②]

这段话反映了若冰焦虑而紧张的等待心情，说明绿裙子对若冰的重要性。接下来故事采用倒叙的手法讲述五年前若冰还在斯特拉特福接受护士训练的时候，偶然的机会去看了一部莎士比亚的戏剧演出，从此爱上了看戏的感觉。她下定决心每年夏天都要去看一场戏剧。有一年，若冰在看戏的时候不小心把钱包和返程的车票丢了。在一筹莫展之际遇上了好心的钟表店老板丹尼洛，丹尼洛主动帮助了若冰，两个人一起吃晚餐，听爵士乐，聊莎士比亚，那天晚上分别时两人在火车站相拥亲吻并定下了约定：

---

① 吴俊.英语颜色词之象征意义在英美文学的应用[J].华中农业大学学报（社会科学版），2005（5）：239-242.

② 艾丽丝·门罗.逃离[M].李文俊，译.北京：北京十月文艺出版社，2016：247.

"明年夏天我还会在老地方。还是那家店铺。明年最迟六月，我一定会在的。明年夏天。因此你可以挑选你要看的戏，上这儿来，去那家店。"

"我那时候再还你？"

"哦，是的。我再做饭，咱们一块儿喝红酒，我会告诉你一年来发生了什么事，你也告诉我。不过另外我还有一个要求。"

"什么要求？"

"你仍然得穿同样的衣服。穿你的绿裙子。你的头发也仍然得是这个样子。"

她笑了。"这样你才能认出是我。"①

绿裙子在文章中起到推动故事情节发展的作用。因为干洗店的人没有把绿裙子收拾好，若冰无奈之下只能买了一条酸橙绿色的裙子来代替。因为颜色的改变一切都面目全非了，人生亦是如此。往往关键之处的稍加变动，整个结局就会改写。文章中因为干洗店的人把裙子搞砸，象征物的细微情节变动，从而改变了小说中人物的命运。绿裙子的改变象征着若冰爱情的破灭，她的人生因为关键处细微的变动而注定了被命运捉弄，最后以悲剧收场。

门罗通过象征手法的运用，赋予每个象征物以生命，通过把抽象事物具体化、形象化，深刻揭示了作品的主题，并赋予文章以深意，从而给读者留下了回味无穷的意蕴。

---

① 艾丽丝·门罗.逃离[M].李文俊，译.北京：北京十月文艺出版社，2016：262

参考文献

[1] 傅利，杨金才.写尽女性的爱与哀愁——艾丽丝·门罗研究论集[C].南京：译林出版社，2015.

[2] 张磊.崛起的女性声音——艾丽丝·门罗小说研究[M].北京：中国财富出版社，2014.

[3] 刘文.神秘、寓言与顿悟：艾丽丝·门罗小说研究[M].杭州：浙江大学出版社，2014.

[4] 周怡.文化、身份与话语重构：艾丽丝·门罗及其短篇小说研究[M].北京：社会科学文献出版社，2022.

[5] 贾梦姗，等.艾丽丝·门罗荒野小说研究[M].天津：天津人民出版社，2017.

[6] 李柳英.艾丽丝·门罗的童年印记[J].智库时代，2021（25）：150-152.

[7] 汪婷.解析艾丽丝·门罗作品《播弄》的表现手法[J].青年文学家，2022（6）：100-102.

[8] 袁瑶.艾丽丝·门罗与丁玲作品的阴性叙事比较[J].今古文创,2021（14）:21-22.

[9] 宋知超，王芳.艾丽丝·门罗《变化之前》的女性主义解读[J].名作欣赏，2021（3）：31-33.

[10] 吕延治.论艾丽丝·门罗《忘情》中的创伤[J].今古文创，2021（10）：20-22.

[11]　熊芳.艾丽丝·门罗短篇小说中生态伦理[J].文化学刊,2021（9）:115-118.

[12]　王琳琳.艾丽丝·门罗短篇小说的创作机制研究[J].魅力中国,2021（8）:365-366.

[13]　张学思.论艾丽丝·门罗小说中的"回归"[J].学语文,2021（2）:80-82.

[14]　张芳.艾丽丝·门罗日常生活中的哥特式书写[J].桂林航天工业学院学报,2020,25（3）:414-418.

[15]　陈丽秋.艾丽丝·门罗短篇小说《逃离》的叙事策略[J].盐城工学院学报（社会科学版）,2020,33（1）:87-90.

[16]　李琳.艾丽丝·门罗小说的"不确定性"研究[J].今古文创,2022（20）:38-40.

[17]　苏丽敏.艾丽丝·门罗作品中的女性形象研究[J].散文百家,2020（11）:26.

[18]　妥古丽苏,齐雪艳.浅析艾丽丝·门罗《逃离》中的"逃离"主题[J].青年文学家,2020（26）:123-124.

[19]　沈悠.论艾丽丝·门罗作品中的叙事声音[J].南京师大学报（社会科学版）,2020（6）:141-148.

[20]　钟丹.艾丽丝·门罗《庇护所》中的双重叙事[J].文教资料,2020（9）:23-24.

[21]　黄欢.艾丽丝·门罗的"逃离"哲学思考[J].贵阳学院学报（社会科学版）,2018,13（6）:94-96.

[22]　欧宝怡.艾丽丝·门罗《好女人的爱情》中的动物性书写[J].黑河学院学报,2022,13（4）:130-133.

[23]　杨芳.论艾丽丝·门罗《苔藓》中的错位关系[J].西安建筑科技大学学报（社会科学版）,2019,38（2）:64-69.

[24]　李思凝.论艾丽丝·门罗作品中的加拿大"荒野精神"[J].青年文学家,

2021（14）：121–122.

[25] 李倩倩.艾丽丝·门罗《多重空间》女性的觉醒[J].北方文学,2019（17）：97，99.

[26] 张淑玲.无法逃离的精神藩篱——艾丽丝·门罗《逃离》的文体学分析[J].外国语文研究（辑刊），2021（1）：129–143.

[27] 李棹楠.论艾丽丝·门罗小说中母爱神话的破灭[J].魅力中国,2021（40）：192–193.

[28] 鲁向黎.艾丽丝·门罗创作谈[J].太原城市职业技术学院学报,2016（10）：205–207.

[29] 黄川.艾丽丝·门罗《爱的进程》中的创伤与身份建构[J].英语文学研究,2021（1）：114–122.

[30] 付丽.艾丽丝·门罗《逃离》作品中卡拉性格成因的重点分析[J].电脑爱好者（电子刊），2021（4）：562.

[31] 陈芬.艾丽丝·门罗短篇小说中自然景观的隐喻解读[J].青年文学家,2021（5）：103–105.

[32] 赵叶青.艾丽丝·门罗的家乡书写[J].牡丹江大学学报,2016,25（1）：96–98.

[33] 柴鲜.艾丽丝·门罗笔下的记忆与写作[J].文学评论丛刊,2017（2）：187–195.

[34] 李伟华.旷日持久的"逃离"——从《逃离》探求"出走"女性的"归路"[J].赤峰学院学报(哲学社会科学版),2015(1)：185–186.

[35] 周学文.全知视角下《好女人的爱情》中伊内德形象解读[J].合肥学院学报(社会科学版),2015(6)：90–94.

[36] 赵宁欢.艾丽丝·门罗《激情》的叙事策略分析[J].神州,2018（18）：3–5.

[37] 杨晓琼.艾丽丝·门罗作品的互文性解读[J].文教资料,2018（11）：11–12，42.

[38] 艾伟.逃离或无处可逃——艾丽丝·门罗《逃离》文本分析[J].扬子江

文学评论，2020（2）：5-9.

[39] 卢梦.艾丽丝·门罗《死亡时刻》的女性关系探析[J].钦州学院学报，2018，33（9）：43-47.

[40] 柴鲜.论艾丽丝·门罗小说中的代际关系书写[J].信阳师范学院学报（哲学社会科学版），2020，40（6）：123-129.

[41] 唐玉娟.传统与现代的冲突：艾丽丝·门罗《快乐影子之舞》的女性书写[J].文教资料，2020（2）：42-43.

[42] 舒婧.艾丽丝·门罗《公开的秘密》叙事策略研究[J].出版广角，2018（6）：88-90.

[43] 杨芳.艾丽丝·门罗文学的叙事特质——以《乌得勒支的宁静》为例[J].西安外国语大学学报，2020，28（4）：112-116.

[44] 鲁向黎.艾丽丝·门罗叙事风格简析[J].文学教育，2016（10）：11-13.

[45] 马思钰.谈艾丽丝·门罗的主妇写作[J].南风，2016（11）：13.

[46] 袁媛.艾丽丝·门罗的女性写作困境[J].人间，2016，208（13）：7.

[47] 樊静.艾丽丝·门罗的《逃离》原型解读[J].赤峰学院学报（汉文哲学社会科学版），2016，37（12）：156-157.

[48] 刘洪宇.艾丽丝·门罗的消解艺术[J].宜春学院学报，2015（4）：77-79.

[49] 陈娇.艾丽丝·门罗《逃离》的女性意识研究[J].文学教育，2017（9）：54-55.

[50] 李汇香.浅析艾丽丝·门罗小说《机缘》中"无法看清的现实"[J].青年文学家，2019（11）：136.

[51] 邵天瑶，韩雪.艾丽丝·门罗短篇小说中的女性形象解读[J].戏剧之家，2019（20）：227.

[52] 张宁.艾丽丝·门罗短篇小说《办公室》的空间艺术[J].北方文学，2019（32）：98-99.

[53] 马晔. 艾丽丝·门罗短篇小说《爱的进程》中的创伤 [J]. 青春岁月，2019（7）：14，13.

[54] 黄芙蓉. 艾丽丝·门罗小说《忘情》中的图书馆意象 [J]. 英美文学研究论丛，2017（2）：289-300.

[55] 林璐. 论艾丽丝·门罗《荨麻》的叙事艺术 [J]. 青年文学家，2017（11）：108-109.

[56] 尹元. 艾丽丝·门罗《荨麻》中的叙事时间 [J]. 山西大同大学学报（社会科学版），2017，31（6）：67-69.

[57] 毛春华，赵红新. 解读艾丽丝·门罗作品中她们的"顿悟"[J]. 青年文学家，2016（3）：80-81.

[58] 赵红新. 语言学视角下的英美叙事文学作品适应性教学分析 [J]. 北方文学，2018（5）:200.

[59] 赵红新. 深层次解读英美文学作品的叙事与文体研究 [M]. 电子科技大学出版社，2019.

[60] 赵红新. 艾丽丝·门罗小说作品中的叙事节奏艺术解析 [J]. 教育教学研究，2022（5）：198-199.

[61] 赵红新. 艾丽丝·门罗小说作品中的"自己"解读 [J]. 山海经教育前沿，2022（34）：16.

[62] 赵红新. 艾丽丝·门罗小说中的象征意义解读 [J]. 教育研究，2023（5）：337-338.